KB271651

혈야광무
무조 新무협 판타지 소설
FANTASTIC ORIENTAL HEROES

혈야광무 4

무조 新무협 판타지 소설

초판 1쇄 찍은 날 § 2008년 1월 25일
초판 1쇄 펴낸 날 § 2008년 2월 5일

지은이 § 무조
펴낸이 § 서경석

편집장 § 문혜영
편집책임 § 최하나
편집 § 이환진
펴낸곳 § 도서출판 청어람
등록번호 § 제1081-1-89호
등록일자 § 1999. 5. 31
어람번호 § 제2-1410호

주소 § 경기도 부천시 원미구 심곡1동 350-1 남성B/D 3F (우) 420-011
전화 § 032-656-4452 팩스 § 032-656-4453
http://www.chungeoram.com
E-mail § eoram99@chollian.net

ⓒ 무조, 2007

ISBN 978-89-251-1156-8 04810
ISBN 978-89-251-0935-0 (세트)

혈야광무

血夜狂舞

무조 新무협 판타지 소설

FANTASTIC ORIENTAL HEROES

과유불급(過猶不及)

4

청어람

目次

第一章
진전문

“우둔한 저로서는 이해할 수가 없네요. 지금 도대체 무슨 일이 벌어지고 있는 거죠?”

낭랑한 목소리가 뒤에서부터 들려왔다. 사무량이 등을 돌리자 그곳에는 심각한 얼굴을 하고 있는 용검문의 여식, 은소부가 있었다.

“무슨 소리야?”

“지금 상황을 이해할 수가 없다고요. 하오문에서 들이닥친 것도 그렇고, 아까 그 화살 세례는 도대체 뭐죠?”

“우리 일행을 죽이려는 자들이겠지.”

사무량의 태평한 말에 은소부는 잠시 당황하더니 이내 말을 이었다.

"그러니까 왜 죽이려는가 하는 거예요."

"무슨 소리를 하고 싶은 거야?"

"우리 일행… 아니, 당신들이 부재도에 가게 된 건 무슨 연유가 있을 테니 이해하겠어요. 하지만 이미 지나간 일이잖아요? 꼭 죽일 필요가 있는가 묻는 거라고요."

"당신 같으면 어떻게 하겠어?"

"네?"

"내가 당신의 생명을 위협하는 존재야. 당신은 어렵게 날 부재도에 가둬두었지. 몇 년이 흐른 후에 난 부재도에서 빠져나왔고, 당신은 그 사실을 알게 되었어. 그럼 어떤 행동을 하겠느냐고."

"……"

은소부는 딱히 대답할 말이 없었다.

사무량의 말처럼 자신이 만약 그런 입장에 놓이게 된다면 죽이는 것 외엔 방법이 없을 것 같다.

하지만 은소부는 쉽게 이해하지 못했다. 그동안 쌓아놓은 지식만으로 무림에 관한 모든 일을 알 수는 없을 것이다. 직접 살을 맞대고 부딪치며 겪어도 다 이해할 수 없는 것인데 너무 쉽게 생각한 건 아닌가 싶었다.

다만 머리로는 이해하지만 마음 한구석은 무림사의 어느 한 부분을 부정하고 있었다.

"이건… 이건 정말 아니에요."

은소부는 결국 고개를 젓고 말았다.

며칠 동안 동행하는 내내 여태껏 변변한 대화 한 번 나누지 못한 두 사람이었다. 아니, 딱히 나눌 만한 이야기도 없었다.

사무량의 목적은 비급을 찾는 것이고, 은소부는 흑천의 무리를 만나기 위해 길을 떠나왔다. 하지만 그녀가 만나길 바라마지않던 흑천은 아직도 모습을 드러내지 않고 있다.

대신 정체를 알 수 없는, 따지고 보면 그녀와는 아무런 상관없는 자들만이 속속 나타나 목숨을 위협하고 있으니 그녀의 입장에선 걱정하지 않을 수가 없었다.

"흥!"

얼굴을 찌푸리며 생각에 잠기던 은소부는 사무량의 코웃음에 다시 그를 바라봤다.

"무서운 모양이지?"

도도하고 무시하는 듯한 말투였다.

"무섭냐고요? 천만에요. 흑천을 찾기 위해 당신과의 동행을 원했지만, 모르는 자들의 공격을 받아야 한다니 기분이 나쁠 뿐이에요."

"그런가? 싫으면 지금이라도 떨어져 나가도 괜찮아."

"아니요. 여기까지 왔는데 물러설 수는 없죠. 사천성이 코앞이잖아요. 당신이 비급인지 뭔지를 찾는 것엔 관심없지만,

흑천을 만날 날이 가까워져 오고 있어요."

"도대체 무슨 말을 하고 싶은 건지 알 수가 없군."

"흑천을 만나기 전까지 내 안전을 보장해 줘요."

"……?"

반쯤 돌아가던 사무량의 고개가 다시 은소부를 향해 돌려졌다. 그녀에게선 방금 전까지 보이던 불안함이나 초조한 기색은 찾아볼 수 없었다.

'요상한 여자.'

사무량은 눈을 가늘게 뜨고 그녀를 직시했다.

"내 귀가 어떻게 된 건가, 방금 뭐라고 했지?"

"흑천을 만날 때까지 안전을 보장해 달라고요."

"명령인가?"

"부탁이에요."

"본인은 이게 부탁하는 자세라 생각하고 있고?"

"난 당신이라는 사람에 대해 아는 게 없어요. 이 방법이 통한다면 조금은 당신을 알게 되는 것일 수도 있겠죠."

"안전이라면 나보다 더 나은 사람이 있잖아?"

사무량은 턱 끝으로 먼발치에 있는 사혼검을 가리켰다. 사혼검은 아까부터 두 사람을 계속 주시하고 있었다. 물론 이들의 대화를 들을 순 없겠지만.

"당주의 무공은 본 문에서도 손에 꼽힐 정도로 강해요."

"그런데 이번 여정에서 실망이라도 했나 보군."

"아니요. 일 대 일이든 일 대 다수든, 당주가 그 누구에게
도 밀릴 것이라고는 생각하지 않아요. 하지만 당신에게 부탁
하는 이유는 정보 때문이에요. 일행을 공격하는 자들의 정체
를 당주와 저는 모르지만 당신은 알고 있어요. 그렇지 않나
요?"

"그런 건 몰라. 알면 미리미리 피해가지."

"그래요. 아니라고 해요. 하지만 당신은 본능적으로 언제
가 위험한 상황인지 알고 있어요. 뛰어난 직감인가요, 아니면
운이 좋은 건가요?"

"둘 다 아니야."

"그렇다면 실망이군요."

"……?"

"적어도 혈광검의 자식이라면 어딘가 특별한 구석이 있을
거라 생각했거든요."

"하하! 기대에 미치지 못해서 미안하군."

"그래서 부탁하는 거예요."

"……."

"많은 사람들이 그렇듯 당신이 전 천하제일인의 자식이라
는 것 빼곤 아는 것이 없어요. 모두가 당신의 아버지 때문에
당신을 두려워해요. 며칠간 내가 겪은 당신은… 어느 것 하나
튀지 않는 평범한 사람일 뿐이에요."

"그래서 부탁하는 셈치고 내가 어떤 사람인지 시험이라도

해보고 싶다는 말인가?"

"당신은 중원의 적이에요."

"동문서답에 일가견이 있군."

"나와 당주가 당신과 동행하고 있다는 소문이 퍼져 나가면 용검문 역시 중원의 적이 되고 말죠."

"그건 내 알 바가 아니야."

"확실히 하고 싶어요. 저들에게 들었어요. 당신이 말한 동료라는 것, 그건 우리도 포함이 되는 건가요?"

은소부의 '우리' 라는 말은 은소부 자신과 사혼검뿐만이 아니라 용검문 전체를 의미하고 있었다.

사무량은 자신의 앞에서 당돌하게 말하는 어린 여인의 말을 무시하지 못했다.

어쩌다가 용검문과 얽히게 된 것일까.

흑천은 부재도에 있는 사무량을 빼내오기 위해 용검문을 이용했다. 용검문이 아니어도 사무량 혼자 빠져나올 수 있었으니 그들은 괜한 수고를 한 셈이다.

용검문은 운이 없게도 사무량과 흑천의 싸움에 끼이게 된 희생양이 되고 말았다. 이것은 전적으로 사무량의 책임이 아니다. 무시하면 그만이다. 납치당한 소문주가 어떻게 되든, 용검문의 앞날이 어떻게 되든 사무량과는 아무런 상관이 없는 일이다.

하지만 눈물을 글썽이며 소문주를 찾게 도와달라고 애원

하던 은소부의 모습. 그 모습이 사무량을 움직였다. 사무량 자신도 모르던 내면의 잠재된 또 다른 성격이 얼굴을 내밀기 시작했다.

'냉정을 유지하기에도 모자라. 그런 여유를 부릴 새가……'

그러나 생각과 마음은 달랐다.

은소부와 사혼검을 일행에 합류시킨 것이 원인이다. 그렇지 않았다면 지금처럼 다시금 용검문에 대한 일을 생각할 필요는 없었을 테니까.

"부탁을 그냥 들어달라는 말은 아니에요. 흑천과의 만남이 안전하게 이루어지면 대가를 드릴게요."

"그 대가는?"

"용검문이 잡고 있는 상권의 절반을 내어드리죠."

"상권이라 함은… 서호(西湖)의 상권을 말함인가?"

은소부의 입꼬리가 살짝 말려 올라갔다. 눈에서는 한 번도 보지 못했던 기광이 번쩍였다.

"용검문의 상권이 어디까지 퍼져 있을 것 같나요? 세간엔 서호방이라는 신흥 문파가 저희와 상권 다툼을 한다고 소문이 퍼져 있어요. 하지만 그거 아세요? 서호방이 백날 뛰어봤자 용검문을 밀어낼 수 없다는 것."

"겉으로 드러나지 않은 알부자?"

"그런 셈이죠. 용검문은 서호뿐만이 아닌, 항주(杭州) 전역의 상권을 소유하고 있으니까요."

"……!"

사무량은 믿을 수 없다는 눈으로 은소부를 바라봤다.

항주가 어떠한 도시인가.

옛날 오(吳), 월(越), 전(錢), 무(武), 숙(肅) 오대국의 도읍이자, 지금은 절강성의 성도다. 물자는 물론 다른 지방과의 교류도 풍부함은 이루 말할 수 없고, 이방인과 풍류객의 발길도 끊이지 않는 곳이다. 그러니 상업의 발달은 다른 곳과는 비교도 할 수 없었다.

그런 곳의 상권을 잡고 있다니… 은소부의 말이 사실이라면 용검문의 재력은 상상을 초월한다.

"극비사항이지만 용검문의 앞날을 위해 어쩔 수 없죠."

은소부에게선 거짓이 느껴지지 않았다. 그녀의 말은 사실이었다.

"무림은 정말 알 수 없는 곳이라더니……. 이런 재력가의 여식과 마주하게 될 줄이야."

"무림이 아니기에 몰랐던 거예요. 상권은 무림과는 별개죠."

"그래, 자기 집안의 흥망을 걸고 거짓을 할 위인은 없으니 당신의 말을 믿도록 하지. 하나, 용검문주의 뜻도 아닌 상권의 절반을 넘겨주겠다는 당신의 말은 믿을 수가 없어. 그만한 능력이 된다는 소린가?"

“무가(武家)로서의 용검문은 오라버니가 잇지만 상권은 제가 이을 거예요.”

“그렇다면, 만약 부탁을 들어준다 해도 대가를 받으려면 몇십 년은 기다려야겠군.”

“왜요? 몇십 년 후까지 살아남을 자신이 없나요?”

“한 가지 충고하지. 그 세 치 혓바닥으로 날 시험하려고 하지 마.”

“미안해요.”

사무량은 은소부에게서 고개를 돌려 잠시 생각에 잠겼다.

용검문의 숨겨진 재산을 알게 되어 조금 놀랐지만 딱히 돈에 욕심이 들진 않았다. 대신 사무량은 은소부의 부탁보다도 자신들을 일행으로 인정해 주겠느냐는 말이 더욱 신경 쓰였다.

중원의 많은 사람들이 천하제일인이자 살인마의 아들인 사무량을 적으로 견제하는 상황. 은소부는 그런 편견 따위는 개의치 않고 오직 소문주를 찾겠다는 일념으로 일행에 합류했다.

함께 움직였으나 지금까지는 따로 행동한 두 사람. 며칠 동안 은소부는 무림에 대해 조금이나마 알게 되었고, 위험을 느꼈다. 그리고 사무량에게 부탁이라는 말로 도움을 요청했다.

‘아버지와 다른 방법으로 천하제일인이 되는 길……’

생전에 부친은 어떤 삶을 살았는지 모른다. 하지만 아집으로 고립된 자였다면 천하제일인이라는 칭호 또한 붙여지지 않았을 게다.

'결국 아버지와 같은 길을 걷게 되는가.'

사무량에게는 달리 마땅한 선택이 주어지지 않았다. 진정한 대인(大人)이라면 이런 간단한 청을 거절하지는 못하리라.

"좋아. 부탁을 들어주지."

"그럴 줄 알았어요. 고마워요."

"하나, 나도 조건이 있어."

"뭔가요?"

"흑천과 만나게 되면 이번 일에서 깨끗이 물러나. 괜한 호기심 가지고 끼어들지 말고."

"……알았어요."

은소부는 돌아서 가는 사무량의 뒷모습을 말없이 바라보기만 했다.

우르르릉…… 콰쾅!

"하이고! 억세게도 쏟아 붓네. 하늘에 구멍이 뚫렸나?"

사천성을 얼마 남겨두지 않은 시점. 일행의 행보는 느닷없이 쏟아지는 빗줄기 때문에 멈춰졌다.

불행 중 다행으로 발견한 폐가는 천장이 듬성듬성 뚫렸지만 비막이 역할은 톡톡히 해주었다.

"이렇게 행보가 더뎌져서야 원. 답답해 미치겠네."

왕가는 헛간의 문을 닫고 들어와 지푸라기 위에 철퍼덕 앉았다.

"그나저나 사무량 이 녀석은 말도 없이 어디 간 거야?"

일행들이 모두 모인 가운데 사무량은 초저녁부터 모습을 보이지 않았다. 원래 두문불출 온다간다는 말없는 녀석이니 다들 걱정하거나 하지는 않았다.

"개인행동 하지 말래놓고 자기는 아주 멋대로 행동한다니까."

왕가는 고단한지 짜리몽땅한 몸을 바닥에 뉘었다.

일행들 모두 피곤하기는 마찬가지였다.

객잔에서 소신녀를 공격하려던 하오문도는 약과에 불과했다. 형문산에서의 화살 세례는 모두의 목숨을 경각에 가져다 놓을 만큼 위협적이었다.

가까스로 적들을 물리치기는 했지만, 만약 한 명이라도 마음이 맞지 않았다면 이 중 절반은 차디찬 시신이 되어 있을 게다.

물론 모두는 알고 있었다.

위험했던 순간 이들, 그리고 가야와 가완의 마음마저 하나로 만들어준 공로를 세운 인물이 사무량이라는 사실을.

확실히 변화는 있었다.

가완과 가야의 태도가 조금은 달라졌다. 두 사람은 형문산을 벗어난 후에도 아무런 말이 없었다. 다만 예전처럼 따로 행동하지는 않았다.

일행들이 모여 있는 곳엔 언제나 같이 있었고, 다른 이들의 의견을 묵묵히 들었다. 두 사람이 사무량과 무언가 말을 주고받는 모습도 간간이 볼 수 있었다.

가완과 가야는 벽에 등을 댄 채 조용히 눈을 감고 있었다.

해타는 이미 곯아떨어진 지 오래고, 우서문도 잠을 자기 위해 자리를 잡았다. 은소부는 무슨 생각을 하는지 아까부터 한곳만 바라보았으며, 사혼검은 그녀의 주위에서 잔뜩 경계심을 곤두세우고 있었다.

은소부와 소신녀를 데리고 피신한 사혼검은 멀리에서 소나기처럼 쏟아지는 화살세례를 보았다. 그리고 비로소 사태의 심각성을 눈치 챘다.

물론 이번 여정이 그리 쉬울 거라고는 생각하지 않았다. 여차하면 사천성에 도달하기도 전에 목숨을 잃을지도 모르는 일이었다.

그러나 가장 걱정인 것은 사천성에 도달한 직후다. 만약 혹천을 만나게 된다면? 사무량에게 들었기에 그들이 얼마나 큰 세력인지는 알고 있다. 오래전 멸문 직전까지 다다른 다섯 문파가 모인 세력. 여태껏 누구에게도 진 적이 없는 사혼검이지만 솔직한 심정으로는 자신이 없었다. 아니, 혼자서라면 얼마든지 싸울 수 있다. 검을 잡은 순간부터 죽음이 항상 근처에

도사리고 있다는 것은 항상 염두해 두었다.

그러나 은소부는 다르다. 흑천을 만나 소문주를 되찾아야 하는 것이 사혼검의 일이지만, 은소부를 지키는 것 또한 그의 책임이다. 그렇기에 그가 가진 책임의 무게는 너무도 무거웠다.

형문산을 내려온 후 등은 쉴 새 없이 식은땀으로 축축했고, 언제 어디서 공격해 올지 모르는 적들을 대비하기 위해 신경을 곤두세운 덕분에 몸은 천근만근 무겁고 피곤했다.

남몰래 내쉬는 한숨을 은소부는 알고 있을까? 아니, 그녀 역시 괴롭기는 마찬가지겠지.

가장 불안해 보이는 사람은 소신녀다.

중원에 퍼진 하오문도가 어디 한두 사람이던가. 무공이 약한 그들이지만 문파의 성격상 인맥이 넓어 자객들은 쉽게 구할 수 있을 게다. 자객들은 오직 그녀만을 노린다. 무궁무진한 살인 방법과 위협 때문에 소신녀는 요 며칠간 편히 잠을 자본 적이 없었다.

더군다나 지켜주겠다고 굳게 약속을 한 사무량이 없는 지금은 그녀를 더욱 불안하게 만들었다. 가뜩이나 창백한 안색에 눈까지 퀭해지니 이제는 정말 사람이라고는 생각도 못할 만큼 그녀 스스로 으스스한 분위기를 자아냈다.

유담은 쌍둥이들과 마찬가지로 고개를 떨군 채 눈을 감았다.

　일행 중 가장 생각이 많은 사람은 아마도 유담일 게다. 다른 이들은 자신들을 공격하는 자들이 누구인지 알고 있지만 유담은 윤곽조차 잡을 수가 없다.

　스승의 죽음에 연관된 자들, 자신을 부재도로 옮겨놓았던 정체 모를 사람들. 유담의 예감이 맞다면 그들은 반드시 자신을 처단하러 나타날 것이다.

　'정도의 사람들인 것은 분명하다. 일말의 의협이 남았기에 날 부재도에 가둬둔 것이겠지, 그렇지 않았다면 바로 죽였을 터.'

　일개 중소 문파의 사람들 역시 아니다. 그들에게서 느껴졌던 기운, 그리고 강랑선괴라는 무림인사의 죽음을 덮을 만큼의 권력.

　'어쩌면 사무량보다도 나의 적이 더 큰 자들일지도 모르겠군.'

　유담이 곰곰이 생각에 잠겼을 무렵이었다.

　부스럭!

　조용히 앉아 있던 가완이 벌떡 몸을 일으켰다. 무언가에 놀란 듯한 그의 표정이 어딘지 불안해 보였다.

　"왜 그래?"

　가완은 대답하지 않았다. 그는 미간을 좁히고 눈을 굴려 주위를 천천히 살폈다. 그러다가 갑자기 얼굴빛이 변하더니 헛간이 날아가라 버럭 고함을 질렀다.

“숙여!”

동시에,

빠각!

“끼악!”

헛간 문이 부서지는 소리. 은소부의 비명.

실로 순식간에 벌어진 일이었다. 곤한 잠을 자던 일행들 역시 천둥번개를 맞은 듯 벌떡 일어나 허겁지겁 병장기들을 손에 쥐었다.

그러나 그뿐이었다.

“…….”

어느덧 쥐 죽은 듯 조용해진 헛간에선 모두가 서로의 눈빛만을 바라봤다.

스릉—!

우서문이 검을 빼 들곤 자리에서 일어섰다.

그는 조심스레 문가로 걸어가 밖의 동정을 살폈다. 칠흑같이 어두운 밤, 빗줄기가 떨어져 내리는 소리밖에 들리지 않았다.

유등을 끄려는 왕가의 행동을 유담이 말렸다. 모두가 조심스럽게 움직이는 가운데 우서문은 헛간 문을 뚫고 들어온 물체를 발견했다.

그가 일행 앞에 가져다 놓은 건 튼튼한 철시 한 대였다.

“전서?”

화살을 유심히 살피던 우서문은 시축에 매달린 종이를 떼어냈다.

묘한 긴장감이 흘렀다.

만약 중요한 내용을 담고 있는 전서라면 이런 식으로 소식을 전해올 사람은 아무도 없었다.

우서문이 종이를 펼칠 때까지 모두는 숨을 죽인 채 그를 주시했다. 우서문이 조용히 전서를 읽으려던 찰나, 종이 맨 윗부분에 쓰인 첫 문장이 전서의 주인을 가리켰다.

"유담 전(前)……."

"이리 줘!"

유담이 번개처럼 달려들어 우서문의 손에서 전서를 가로채 갔다.

유담은 우서문에게서 빼앗은 전서를 손에 쥐고 속으로 글귀를 읽어나갔다. 글을 읽어 내려가는 그의 표정이 시시각각으로 변하기 시작했다.

"뭐야? 누구에게서 온 거야?"

유담은 대답 대신 종이를 와락 구겨 쥔 채 곧장 밖으로 몸을 날렸다.

쏴아아……!

하염없이 퍼붓는 빗줄기가 그를 맞았다.

유담이 찾으려는 자는 보이지 않았다.

화살을 날린 자는 이미 종적을 감춘 지 오래다. 그가 이곳에 있다는 것을 미리 알았더라면 좋았을 것을.

"누굴 찾아? 근처엔 아무도 없어."

어느새 따라 나온 가야가 주위를 빠르게 둘러보며 말했다.

내리붓는 빗줄기 속에선 가야의 뛰어난 시각도, 왕가의 독특한 후각도 아무런 소용이 없었다.

"도대체 전서에 뭐라고 쓰여 있는 건가?"

우서문이 걱정스럽게 물었다.

"……아니. 아무것도."

유담은 궁금증만을 남긴 채 고개를 내젓기만 했다.

2

사무량은 커다란 느티나무 기둥에 뚫려 있는 구멍에서 밤새 비를 피했다.

약속한 진시(辰時)가 다가오고 있었다. 약속 시간에 맞춰 나올 수도 있지만 날이 밝으면 따라나서게 될지도 모르는 일행들 때문에 홀로 움직였다.

하늘은 밤새 비를 쏟아 붓더니 지금은 언제 그랬냐는 듯 맑게 개었다.

사무량은 구멍에서 나와 허리를 쭈욱 폈다. 때마침 언덕 아래에서 두 명의 인영이 걸어오고 있었다.

한 사람은 각산이었고, 다른 사람은 처음 보는 중년인이었다. 그러나 사무량은 중년인의 얼굴이 어딘지 낯설지 않아 보였다.

중년인은 특이하게도 등에 강궁과 함께 오 척 정도 되는 창을 메고 있었다.

"무사하구나."

각산은 오랜 지기처럼 편안하게 말을 걸어왔다.

사무량이 혈광검의 아들이라는 걸 알아도 각산의 태도는 바뀌지 않았다. 사무량은 오히려 그 점을 다행스럽게 여겼다. 그 역시 부친의 명성을 빌어 특별한 대우를 받고 싶은 마음은 없었으니까.

사무량은 각산에게서 시선을 돌려 중년인을 바라봤다.

"아, 이쪽은……."

"가휼(嘉鷸)이라 하오."

자신의 이름을 가휼이라 밝힌 중년인은 깍듯이 포권을 취했다.

사무량은 그의 이름을 듣는 순간 조금의 의문이 풀리는 듯한 기분이 들었다. 그러나 중년인을 바라보는 얼굴엔 냉랭한 비소가 떠올랐다.

"낯이 익다 했더니, 두 아들을 버리고 사라진 장본인이셨군."

"……."

가휼은 입술을 굳게 다물었다. 각산 쪽도 조용했다.

중년의 나이지만 가휼의 생김새는 여인의 그것만큼 섬세
했다. 남자답지 않게 선이 고운 얼굴에서 사무량은 자신이 알
고 있는 두 사람의 얼굴이 겹쳐져 보였다.

가야와 가완의 부친. 그자가 바로 지금 사무량의 앞에 서
있는 가휼이다.

가야와 가완의 부친이 적량회의 일원이라는 사실은 정녕
의외였다.

"미안하게 되었소. 내가 미리 알고 처리했어야 하는
데……."

가휼은 형문산에서의 싸움을 뒤늦게 들었다. 그 소식을 듣
자마자 뒤도 안 돌아보고 달려왔지만 이미 한참이나 지난 일
이었다.

"당신이 쌍둥이들을 버리고 간 이유 따위는 별로 알고 싶
지 않아. 이 자리에 나타난 이유도 궁금하지 않고. 당신과 나
는 나눌 말이 없는 듯하군."

"이미 오래전의 일이기에 괜찮을 줄 알았소. 녀석들이 부
재도에서 나왔다는 걸 알았어도 그리 걱정하지는 않았소. 한
데 놈들은 아직도 그때의 일을 잊지 않고 있었다니……."

"당신……."

가휼을 바라보는 사무량의 얼굴은 점점 어두워졌다.

이자가 무슨 사정이 있어 쌍둥이들을 버렸다는 건 이해한
다. 그러나 사무량은 이자의 마음보다 쌍둥이들의 마음을 더

욱 잘 알고 있다. 자신 역시 쌍둥이들과 같은 처지가 되어 보았기 때문이다.

"당신은 쌍둥이들을 만나기 위해 이곳에 왔나?"

"언젠가는 만나야 할 날이 있겠지만, 지금은 아니오. 두 녀석들 때문에 그쪽에게 피해가 가서 미안하다는 말을 전하러 왔소. 엽사들은 내가 뒤에서 처리할 테니 앞으로는 이런 일이 없을 것이오."

사무량은 눈을 감았다가 천천히 떴다. 중년인의 말을 더는 듣기 싫은 표정이 역력했다.

"당신은 이곳에서 빨리 사라지는 게 좋겠군."

"사무량! 그래도 네 아버지뻘 되는 분한테 예의없이!"

"내 아버지뻘 되는 분이기에 없던 인내심까지 발휘하는 거다. 가완과 가야의 아버지만 아니었어도……."

철컹!

눈 깜짝할 사이에 혈광검이 모습을 비췄다가 다시 검집 안에 들어갔다. 사무량의 뒷말은 그것으로 되었다.

"당신은 그걸 걱정할 게 아니라, 당신 아이들에게 용서를 빌 생각부터 하는 게 옳아. 아비인 척, 걱정하는 척하지 마. 당신은 아비 될 자격이 없는 자야."

길게 한숨을 내쉬는 가휼을 무시하며 사무량은 각산에게 말을 걸었다.

"놈들은?"

"예상했던 대로다. 낙뢰문, 철궁방, 고언문의 흔적이 사천
성 곳곳에서 드러났다. 하지만 흔적이 미미해서 일반 무인들
은 전혀 눈치 채지 못하고 있다."

"소림은?"

"소림이라 단정 지을 수 없지만 근래에 들어 사천성에 불
자들이 늘었다는 말이 떠돌고 있다."

"그럼 소림이 맞겠군."

"혈살문과 만영문은 발견하지 못했다."

사무량 역시 그 정도까지는 바라지 않았다. 혈살문이야 워
낙에 은밀한 집단이니 흔적을 잡아내기 어려웠을 게고, 만영
문은 하오문과 마찬가지로 무인에서 일반인들까지 신분이 고
루 퍼져 있으니 알아내기 힘들었을 게다.

지금 각산이 말한 정보만으로도 사무량에겐 큰 도움이 되
었다.

"간다고 한 곳이 어디라고 했냐?"

"무산."

"무산이라면 동부 호북성과의 경계……."

"맞아."

"그렇다면 사천성에 들어서자마자 일사천리로 움직여야겠
군."

"지금 움직이고 있는 적랑회의 수는?"

"……!"

사무량의 물음에 각산이 순간 멈칫했다.

"없군."

사무량에게 미안한 말이지만, 적랑회는 사천성에 밀집한 흑천의 흔적만을 취합한 후 뒤로 물러섰다. 간단히 말해 현재 사천성에 남아 있는 적랑회도는 한 명도 없다.

적랑회주는 사무량이 말한 부탁만 정확하게 들어주었다. 더 보태지도 덜 되지도 않은, 딱 사무량이 부탁한 것만.

이로써 적랑회는 이번 일에서 손을 놓았다. 아직은 그들이 사무량을 위해 움직이겠다는 마음은 없는 듯하다.

"내부에서 논란이야 있었겠지. 날 도와야 한다 혹은 아직 더 지켜봐야 한다."

"내가 미안해해야 하나?"

직설적인 각산의 말투에 사무량은 웃으며 고개를 내저었다.

"아니. 어차피 내가 해야 할 일이니 됐어. 신경 쓰게 만들었다면 오히려 내가 미안하군."

각산은 품에서 종이 하나를 꺼내 사무량에게 건넸다.

그동안 취합한 정보를 토대로 흑천과 소림의 흔적을 발견한 곳이 표기된 지도였다.

"대외적으로 적랑회는 이번 일에서 손을 놓았지만, 회주의 직접적인 명령으로 몇 명이 움직일 게다."

"그렇군."

"그들은 네 앞에 모습을 드러내지 않을 것이니 너 역시 먼저 찾지 않길 바란다. 다시 한 번 말하지만 적랑회가 세상에 모습을 드러내는 날은 네 녀석이 혈광검의 뒤를 잇는 날이니까."

"그래."

"정보도 여기까지다. 나 역시 앞으로 볼 수는 없을 거다."

각산은 등을 돌렸다.

"무슨 할 말이 더 남았나?"

아직도 자신을 바라보고 있는 가휼에게 사무량이 물었다.

"아이들의 몸속에 들어 있는 고독은……."

"삼 개월 남았어."

"……."

"끝까지 그들 앞에 모습을 드러내지 않을 생각인가?"

"아직은 때가 아닌 듯하오."

가휼의 목소리는 처음보다 훨씬 누그러졌다.

부자 간의 일. 사무량이 나설 곳은 없었다.

"그래, 나도 지금은 때가 아니라고 봐. 나 역시 이제 막 열기 시작한 녀석들의 마음의 문이 다시 닫히는 걸 원하지는 않으니까."

"그럼."

가휼은 고개를 살짝 끄덕여 보였다. 그때 몇 걸음 걸어 내려가던 각산이 다시 고개를 돌리며 외쳤다.

"이건 네 부탁이 아닌 개인적인 이야기다. 아까 보니 일단
의 여인들이 네 녀석들의 거처로 가고 있는 걸 보았……."
각산은 말을 다 이을 수 없었다. 눈 깜짝할 사이에 사무량
은 이미 신형을 날리고 있었다.

"야, 야, 이 사람들 뭐 하는 자들인지 아는 바 없냐?"
왕가는 분명 싱그러운 향기를 맡았다.
몇 년 전부터 맡아볼 수 없었던 여인만이 지니고 있는 그런
향기였다. 특이한 점은 싱그러운 향기 속에 사내들에게서 느
꼈던 땀 냄새가 적절하게 섞여 있다는 것이다.
예민한 후각은 그를 폐가 밖으로 끌어내는 데 성공했다.
하지만 그 향기의 근원이 폐가를 빙 둘러싼 삼십여 명의 여
인들이라는 점이 왕가를 놀라게 했다.
하나같이 푸른색 경장을 입은, 그리고 옆구리에 검 한 자루
씩을 찬 여인들은 어느 모로 보나 무인들임이 분명했다.
태어나서 이토록 많은 여협들이 몰려다니는 모습을 처음
보는지라 다소 당황스러웠지만 왕가는 빠르게 머리를 굴렸
다. 중원에 여인들의 무리가 몇이나 되는지. 그러나 왕가가
미처 생각을 정리하기도 전에 우서문이 궁금증을 해소시켰
다.
"진전문."
"뭐? 진전문?"

우서문의 눈동자 역시 여인들에게서 떨어지지 않았다.

"진전문이면…… 뭐냐! 이번엔 해타냐?"

왕가가 빠르게 고개를 돌렸다.

어느새 헛간에서 빠져나온 일행들이 왕가의 주위에 몰려들었다. 그러나 그 어디에도 해타의 모습은 보이지 않았다.

"해타 이 자식, 어디 있어!"

"자고 있지. 고단한 모양이야."

유담은 현 상황과는 다르게 여유 있어 보였다.

바람에 날리는 푸른 경장의 끝자락과 여인들의 머리카락. 분명 공격할 자세를 취하고 있었지만 여인들 모두가 하늘에서 내려온 선녀처럼 보이는 건 어쩔 수 없었다.

"뭐야, 이년들은? 도대체 어쩌자는 거야?"

소신녀의 눈은 여전히 불안했다. 여인들에게서 뿜어져 나오는 기운은 조금 무공을 익힌 소신녀에게는 솜털까지 곤두서게 할 정도로 위협적이었다.

사실이 그랬다. 유담의 여유는 이들이 여인들이라는 점에 있었지만, 이는 진전문을 몰라서 하는 행동이다.

여인 중심의 문파는 다른 문파에 비해 비교적 세력이 약하기 때문에 장기간 동안 유지시키기 힘든 게 현실이었다.

그러나 진전문은 달랐다.

여인 중심의 문파하면 떠오르는 아미파(峨嵋派).

아미파의 장로 중에 검선녀(劍仙女)라 불리는 혜정 신니(慧

晶神尼)는 진전문주와 단 한 차례 손을 섞은 적이 있었다.

결과는 두 사람을 제외한 그 누구도 알 수 없었다. 다만, 떠도는 소문으로는 혜정 신니가 유일하게 인정하는 문파가 진전문이라는 사실이다.

여자라고 우습게보면 큰코다친다. 진전문에 굴복한 문파들 역시 손으로 꼽을 수 없을 정도로 많다. 비록 여인들이지만 무공으로는 사내들 못지않은 실력을 지녔다.

그때였다. 중년 여인 하나가 한 발 앞으로 나서며 말문을 열었다.

"진전문 예화당주(譽和堂主)입니다."

중년 여인의 음성 속엔 상당한 무게가 실려 있었다. 여장부다운 말투 못지않게 체격이 컸고, 절도 있는 행동이었다.

말을 마친 그녀는 눈동자를 돌리며 일행들을 이끄는 자가 누구인지 찾고 있었다.

"무슨 용건인지 물어도 되는지?"

그나마 일행 중 가장 수완이 좋은 유담이 나섰다.

"사람을 찾고 있습니다. 조준이라고……."

"그런 사람은 없소이다."

"해타라고도 불린다지요?"

"해타? 해타, 해타라……. 제 기억으론 들어본 적이 없는 이름이오만?"

일행 모두가 초조한 마음으로 유담을 바라봤다.

유담은 진정 진전문을 몰라서 지금처럼 여유를 부리는 게 아니었다. 최소한 진전문은 지금까지 공격했던 자들과는 달리 정도를 걷는 문파. 명분 없는 싸움을 걸어올 턱이 없기에 여유를 부리는 것이었다.

"후후!"

여인이 웃었다. 그녀의 웃음은 모두를 긴장시키기에 충분했다.

"쓸데없는 농담을 즐기고 싶진 않습니다."

"농담이라 생각하시오? 나 역시 농담을 별로 좋아하지는 않소."

"조준만 내어주시죠. 피를 보고 싶진 않군요."

"지금 그 말은… 공격할 의사가 있다는 투로 들리는데……."

"훗!"

여인이 또 한 번 웃었다.

스릉!

여인들 사이에서 섬뜩하고 차가운 검울림이 들려왔다.

"낄낄! 계집들아, 잘못 찾아왔어. 우리가 누구인지 알고 감히!"

왕가는 어린아이가 장난감을 가지고 놀듯 유성추를 빙글빙글 돌렸다. 우서문과 사혼검 역시 검집에 손을 가져갔고, 쌍둥이들도 무기를 쥐었다.

"명문 정파로 이름난 진전문에서 사전에 아무런 통보도 없이 죄 없는 우리를 공격이라도 하겠다는 말씀이시오?"

유담의 여유는 극에 달했다. 하지만 그런 여유와는 달리 그의 손은 접선을 가볍게 튕기고 있었다.

"명문 정파이기에 가능한 일. 부재도에서 빠져나온 자들은 그 누구를 막론하고 공격의 대상이 된다는 사실을 모르십니까?"

유담의 얼굴에서 웃음기가 사라졌다. 그의 여유도 거기까지였다.

진전문은 해타를 내어주기 전엔 얌전히 돌아갈 생각이 없는 듯했다.

유담은 찬찬히 일행을 둘러보았다. 그리고 눈빛으로 의사를 물었다. 무언의 질문에 대꾸를 한 사람은 아무도 없었지만 모두들 행동으로써 대답을 대신하고 있었다.

일행은 확실히 변했다.

예전 같으면 감히 상상도 못할 일이었다. 일행들에게 동료라는 개념은 존재치 않았고, 한 명이라도 먼저 사라져 주길 바랐었다.

지금 이들은 싸울 준비를 하고 있다.

해타를 지키기 위해서라고만은 할 수 없다. 어느 순간부터 한 사람의 적은 곧 모두의 적이 되었다.

누가 먼저 나서 약속을 한 것도 아니다. 혼자 살기에도 바뻔 자들이었는데……. 눈에 보이지 않는 단단한 끈이 이들을 하나로 엮고 있다고밖에 표현할 수 없었다.

'싸움은 피할 수 없겠군.'

그렇게 생각하니 마음이 편해졌다.

명문 정파에다 실력까지 출중한 진전문의 여인 서른 명. 하지만 이쪽도 결코 만만치는 않다. 한땐 중원에서 난다 긴다 하던 무인들이지 않은가.

유담은 일행들을 바라보며 어깨를 으쓱했다.

"땀 좀 흘려야겠는데?"

채챙!

우서문과 사혼검의 검이 검집에서 모습을 드러냈다. 여인들을 향해 일직선으로 뻗어 있는 가완의 뾰족한 창끝. 금방이리도 쏘아낼 듯 시위가 팽팽히 당겨진 가야의 활. 무서운 소리를 흘리며 허공에 빙빙 돌려지는 왕가의 유성추.

은소부와 소신녀는 뒤로 빠지며 헛간의 문을 단단히 막았다.

"피는 보지 않으려 했건만."

예화당주가 한 손을 들어 올렸다.

촤르륵!

그것이 공격 신호였는지 헛간을 빙 둘러싸던 여인들이 일사불란하게 움직였다.

서른 명이 준비하여 펼치는 진법은 진전문의 무위를 견식

해 볼 기회가 없던 일행들에겐 대단한 눈요깃거리가 아닐 수 없었다.

보법은 나비가 날아다니듯 가벼웠으며, 검을 쥔 손동작은 현란했다.

'환검(幻劍)인가? 음이 바탕이 되어 차갑고 냉정하니… 결코 쉽지 않겠군.'

유담도 준비를 했다.

두 다리로는 땅을 단단히 딛고 서서 비침을 가장 효율적으로 날릴 수 있는 위치를 빠르게 살폈다.

"쳐랏!"

예화당주의 음성이 장내를 쩌렁 울렸다. 그러자 진전문도들이 막 몸을 날리려는 찰나,

"멈춰!"

거짓말처럼 여인들의 행동이 일시에 뚝 멈췄다. 그렇지만 공격할 기세를 푼 건 아니었다.

싸움을 멈춘 사람은 사무량이었다.

한숨도 쉬지 않고 뛰어왔는지 사무량의 온몸은 땀으로 축축하게 젖어 있었다.

이상하게도 사무량이 나타나자 진전문 여인들의 경계심은 더욱 날카로워졌다.

느닷없이 달려와 싸움을 멈춘 사내의 얼굴은 갸름하고 지저분했으며 옷은 낭인들처럼 남루했다. 하지만 사내가 뿜어

내는 기운이 조금 특이했다.

위로 살짝 올라가 번뜩이는 눈은 야생 늑대의 것이었고, 나이는 약관 정도 되어 보이나 걸음걸이가 갓 무공을 배운 사람 같진 않았다.

급히 다가온 사무량은 빠르게 장내의 동태를 살폈다. 여인들의 정체를 어느 정도 짐작한 그는 눈앞에 서 있는 예화당주를 흘끔 바라본 뒤, 신경질적으로 말을 뱉었다.

"당신이 인솔자요?"

"인솔자?"

예화당주는 당돌하게 말하는 어린 사내의 물음을 되읊었다.

"난 이 일행을 책임지고 있소. 다시 말하자면, 내 허락이 없는 한 여기 있는 사람들을 건드리지 못한다는 말이오."

"뭐?"

예화당주의 얼굴이 구겨졌다.

"말투를 보아하니 네가 사무량이라는 녀석임은 틀림없구나. 미안하지만 우리는 네 허락까지 받아야 할 만큼 한가하지 않다."

"그런가? 나 역시 당신들을 일일이 상대해야 할 만큼 한가하지 않아."

사무량의 말투도 어느새 바뀌었다.

해타를 보기 전까지 진전문은 물러서지 않겠지만 사무량

역시 한 치의 양보도 하고 싶지 않았다.

앞으로 조금만 더 가면 사천성이다. 장애물이 있는 것이야 예상은 해왔다. 하나 더 이상 일행이 위험에 빠져 행보가 더디어 지는 것을 방치할 수는 없었다.

상황은 더욱 악화되었다.

여태까지 움직이지 않고 있던 예화당주가 무서운 기운을 흘려내기 시작했다. 비록 한 번 싸움이 멈추었지만 얼마든지 다시 공격할 수 있었다.

긴장감이 드리워지는 순간이었다.

"하하하하!"

사자후(獅子吼)처럼 공력이 담긴 웃음소리가 여인들 사이에서 울려 퍼져 왔다.

모두는 소리가 난 곳으로 시선을 돌렸다.

한곳에 뭉쳐 있던 다섯 명의 여인이 공간을 넓히자, 가운데에 남여(藍輿) 하나가 모습을 드러냈다.

비단이 씌워진 남여엔 풍채 좋은 여인이 앉아 있었다. 여인은 심드렁한 얼굴로 현재의 상황을 처음부터 끝까지 지켜보았다.

사무량이 등장함과 동시에 여인은 진한 호기심을 느꼈다.

그녀 역시 순수한 무인으로서 혈광검에 대한 동경의 마음은 있었다. 웬만해선 움직이지 않는 그녀가 직접 걸음을 한 이유도 혹시나 혈광검의 아들을 보지 않을까 하는 기대감 때문이기도 했다.

여인은 아주 천천히 남여에서 일어섰다. 조금은 육중한 몸을 이끌고 길을 비켜준 여인들 사이로 한 걸음 한 걸음 내딛었다.

'으음……!'

사무량은 속으로 침음성을 삼켰다.

진전문주는 일문의 수장답게 압도적인 분위기를 풍겼다. 아무런 무기를 지니고 있지 않았음에도 불구하고 등에 땀이 홍건할 정도로 상대를 긴장시켰다.

가슴 아래에서 교차한 양팔, 편안해 보이는 자세. 그러나 그 어디에도 틈이 없었다.

이런 자와 싸우게 된다면 어떤 결과가 나올까. 승리를 장담하기는 힘들지만 일생에 다시없을 좋은 적수가 될지도 모를 일이었다.

"내가 진전문주다."

부드럽지만 힘이 담긴 음성이었다.

사무량은 일파의 문주를 대하는 예우를 깍듯이 취했다.

"사무량입니다."

예화당주를 대할 때와는 달리 존칭도 마다 않았다.

"네 소문은 익히 들어왔다. 명불허전(名不虛傳). 직접 보니 좋군. 어느 모로 봐도 무공을 익힌 지 얼마 안 된 애송이처럼 보이지는 않는구나."

“…….”

“내가 이곳에 왜 왔는지는 굳이 설명할 필요가 없을 듯한데.”

“조준을 죽이실 겁니까?”

“그렇다.”

사무량은 순간적으로 등골이 오싹했다.

생각해 보지도 않고 바로 답하는 진전문주의 말에서 모자지간의 정이란 한 올도 찾아볼 수 없었다.

사무량은 가까스로 냉정을 회복하며 고개를 살짝 숙였다.

“그렇다면 조준을 내어드릴 수 없습니다.”

단호한 사무량의 거절에 진전문주는 가볍게 웃었다.

“배짱이 두둑한 건 부친과 쏙 빼닮은 것 같군. 하긴, 같은 피를 지녔는데 그 성격이 어디 가겠느냐. 하나 알아야 한다. 네 부친은 배짱을 부릴 만큼의 무공 실력 역시 겸비하고 있었다는 것을.”

“세상사, 직접 겪기 전까진 아무도 결과를 모르는 법입니다.”

“네 이놈!”

죽일 듯 사무량을 노려보며 소리치는 예화당주를 진전문주가 한 손을 들어 제지했다. 그녀는 방금 전보다 더욱 진한 호기심을 가지고 사무량을 바라봤다.

“자신이 있다는 말로 들리는구나.”

“묻습니다. 적입니까, 편입니까?”

“무어라?”

“조준을 만나고 싶으시다면 여기 있는 저희 일행을 모두 상대하셔야 할 겁니다.”

“너희를 상대한다면 적이 되고, 그냥 되돌아가면 편이 된다?”

“그렇습니다.”

진전문주는 기가 막힌 듯 웃었다. 하지만 눈빛만큼은 어느 때보다 진지했다.

평소의 진전문주라면 이렇게 건방지게 말하는 초짜 무인들을 일검에 쳐 버렸을 게다. 지금 그녀가 사무량을 대하는 태도는 지위가 높은 무림 명숙들을 대할 때의 태도라는 걸 곁에 있는 예화당주는 알고 있었다.

“내가 이 자리에서 너희들을 모두 죽인다면 어찌할 셈이냐?”

“뒷일은 책임지지 않겠습니다.”

“나를 상대로 협박을 하는 게냐?”

“그렇게 들리신다면 말로 하실 게 아니라 한 수 배우겠습니다.”

스릉—!

사무량은 서슴없이 혈광검을 뽑아 진전문주에게 겨누었다.

촤촤촥!

진전문도들도 움직였다. 사무량이 검을 뽑는 순간, 이미 십여 자루의 검끝이 사무량의 목에 닿아 있었다.

조금만 움직인다면 목에 검혼이 생길 터인데도 사무량은 일말의 두려운 기색조차 보이지 않았다.

"모두 치워."

진전문주의 나직한 일갈에 사무량의 목에 대어졌던 검들이 모두 모습을 감췄다.

"까마득한 선배에게 검을 겨누다니 예의가 없는 녀석이군. 그럼 묻도록 하지. 조준을 내어주지 못하는 이유가 무어냐?"

진전문주의 감정 조절은 이미 최고의 수준이었다. 버릇없는 사무량의 말에 조금도 흥분하지 않았고, 오히려 그의 말 한마디 한마디가 재미있는 듯 뭔가를 기대하는 눈치였다.

"부재도에서 빠져나오면서 일 년간 제가 맡기로 했으니 제 사람입니다."

"……!"

듣고 있던 왕가가 막 뭐라 하려는 찰나에 유담이 그를 말렸다.

사무량이 지금 하는 말은 거짓말이다. 여기 있는 일행 중 누구도 사무량이 맡기로 한 사람은 없었다. 모두가 몸속에 잠들어 있는 고독의 해독약 때문에 어쩔 수 없이 사무량을 돕기로 나선 사람들이지 않은가.

진전문주도 어느 정도 충격을 받은 모양이었다. 그녀의 두 눈에서 반짝하고 기광이 번뜩였다 사라졌다.

"부재도에서 나온 지 반년이 훨씬 넘었으니, 그럼 얼마 후에는 네 사람이 아니라는 말이더냐?"

"후엔 조준이 어떻게 마음먹느냐에 달려 있지요."

"조준은 반드시 내 손으로 없애야 한다. 네 길에 동참시켰다가 다른 놈들의 손에 죽게 놔둘 수 없다."

"그건 제가 알 바가 아닙니다. 방금 제 말을 다 이해하셨으리라 생각합니다만."

진전문주의 눈이 가늘어졌다.

무슨 생각을 하는지 알 수 없는 눈빛으로 그녀는 한동안 사무량을 직시했다. 사무량은 그녀의 한기 서린 눈빛을 정면으로 맞받아치며 대답을 기다렸다.

서로에 대한 탐색을 하며 시산이 조금 흘렀을 즈음, 비로소 진전문주의 얼굴에 한 가닥 얇은 미소가 머금어졌다.

"좋다. 네 말대로 일 년이 다 채워질때까지 기다리마."

"문주님!"

문도들이 깜짝 놀라 불렀지만 그녀는 들은 척도 하지 않았다.

"그 후엔 내가 조준을 죽이든 살리든 상관하지 않겠다고 했느냐?"

"……."

"네가 이렇게 조건을 걸었으니 나도 조건 한 가지를 내세우지. 그 안에 조준에게 불상사가 생긴다면, 그를 대신해 네 목을 가져가겠다."

"알겠습니다."

진전문주는 사무량을 다시 노려보다가 조금 전처럼 천천히 남여로 걸어가 앉았다.

검을 세우고 공격하려던 진전문도들은 마지막까지 경계를 놓지 않은 채 자리에서 물러갔다.

진전문주는 문도들이 남여를 들어 반대 방향으로 돌리는 순간까지도 사무량에게서 시선을 떼지 않았다.

'휴! 이 짓도 못할 일이군.'

사무량은 남몰래 흐르는 식은땀을 바람에 날려 보냈다. 순간 긴장이 풀리니 다리가 저려왔다.

"문주님, 여기서 돌아가실 생각입니까?"

사무량 일행에게서 멀어져 가며 예화당주가 물었다.

"다섯을 보내 미행시켜."

"네?"

"배짱만 좋은 줄 알았더니 거짓말도 잘하더군. 일 년간 맡기로 했으니 자신의 사람이다? 하하!"

조준을 비롯한 부재도 사람들의 성격을 대충 파악하고 있는 진전문주는 그들이 절대로 한데 섞일 인물들이 아니라는 걸 알고 있었다.

또한 사무량의 말이 거짓임을 진즉에 눈치 챘다. 어디 살아 온 날이 한두 해이던가. 그럼에도 그의 말을 잠자코 듣고 있던 이유는 사무량이라는 인물에 조금 흥미를 느꼈기 때문이다.

"왜 조준을 죽인다고 하셨습니까? 사실대로 말씀을 하셔도……."

"맹랑한 녀석이 어떤 앙큼한 소리를 할지 궁금했거든."

하나 놀라운 점이 있다면, 사무량은 절대 혈광검의 명성에 의존하지 않는다는 것이다. 젊은 무인들이라면 우러러 마지 않는 진전문주 앞에서 그토록 당당하게 말대꾸를 할 사람은 아마 눈을 씻고 찾아봐도 없을 게다.

그렇다고 배짱을 뒷받침해 줄 실력을 지닌 것도 아니다. 최소한의 예의를 차린 것을 보니 막무가내의 성격도 아니었고, 일행들에게 손을 대지 못하게 하는 모습에선 악(惡)함은 보이지 않았다.

산전수전 세월의 풍파를 겪은 자는 장차 어떤 사람이 대성할지 한눈에 알아보는 법이다. 아직은 단언할 수 없지만 진전문주의 생각이 맞다면 사무량은 혈광검의 뒤를 잇는 명성을 얻거나, 아니면 요절할 상이다.

중원무림이 관심을 가지는 혈광검의 아들.

진전문주는 늦은 나이에 그가 어떻게 될지 지켜보고 싶었다. 그렇다고 해서 사무량의 조건대로 조준을 포기할 생각 또한 없었다.

"미행을 붙여. 내 명이 떨어지면 녀석을 죽이고 준아를 데려와."

단호한 명령이었다.

그러나 진전문은 진정 몰랐다. 사무량 일행 중에 바늘 떨어지는 소리도 듣는다는 천이통이 있다는 사실을.

第二章
유인

사천성은 공기부터가 달랐다.

사방에서 감시하는 눈빛들, 밤낮 가리지 않고 따라다니는 자들.

처음 며칠은 숨어서 따라다니더니 이제는 아예 대놓고 미행하는 자들도 있다.

일행은 서두르지 않고 천천히 움직였다. 누가 보면 유람이라도 나온 줄 알 정도로 행보가 더뎠다.

향하는 곳은 사천성 중부의 성도(成都). 비급이 있는 장소인 동부 무산과는 정반대 방향이었다.

호북을 넘어오기 전 마지막으로 접촉한 자들은 진전문이

었다. 더 이상 일행을 공격하는 자들도 없었다. 이는 다른 의미로 보면 사천성에 흑천이라는 거대한 무리가 온전히 자리를 잡고 있다는 말이기도 했다.

덕분에 일행은 숨어 다니지도, 긴장을 하지도 않았다.

비급을 찾기까지 사천성에서 일행을 공격할 자는 아무도 없다. 아니, 있긴 있다. 진전문이라고…….

가완은 죽립을 깊게 눌러썼다.

오래되었지만 항상 단정하게 차려입던 옷을 벗고, 대신 지저분하고 남루한 옷을 걸쳤다. 항상 손에서 놓지 않던 창은 보이지 않았다. 가완은 한 번도 휘둘러 본 적이 없는 낯선 장검 한 자루를 창 대신 허리에 맸다.

일행은 마차를 타고, 때론 배를 이용하며 서서히 성도를 향해 갔다. 날이 저물면 산에서의 야영도 마다하지 않았다.

타닥! 타닥!

모닥불이 활활 타올랐다.

초가을 날씨의 선선한 바람을 맞으며 산에서 직접 잡은 짐승을 구워먹는 것은 여행의 별미였다.

그러나 일행은 음식이 코로 들어가는지 입으로 들어가는지 몰랐다. 지금 이 순간에도 어디에선가 눈을 번뜩이며 지켜보고 있을 자들이 있기에.

"쿵쿵! 쿵쿵!"

왕가는 연신 콧구멍을 벌렁거렸다.

"아무도 없는 것 같은데?"

이번엔 모두의 시선이 가완에게 향했다.

"최소 일 리 안에는 아무도 없어. 편히 쉬어도 돼."

"휴우!"

일행은 그제야 안심하며 노릇노릇 구워진 고기로 배를 채우기 시작했다.

으레 장소를 이동할 때마다, 그리고 마음 편히 쉬고 싶을 때마다 일행은 왕가와 쌍둥이의 특별한 능력에 의지했다. 왕가의 후각으로 다른 사람의 냄새가 나지 않을 때, 가야의 예리한 눈썰미에 개미새끼 한 마리 포착되지 않을 때, 마지막으로 가완의 놀라운 청력은 은신하고 있는 자들의 숨소리까지 알아냈다.

세 사람이 의견을 일치했을 때에서야 비로소 일행은 편히 쉴 수 있었다.

"낄낄! 그러고 있으니까 영락없는 계집 같은데?"

왕가의 웃음은 유담에게 향했다.

유담은 언제나 깔끔하게 묶어 올렸던 머리를 풀었다. 그의 몸엔 연녹빛 무복 대신 가완의 옷이 걸쳐져 있었다. 등 뒤에는 가완의 창을 찔러 맸다. 그리고 사천성에 들어선 이후부터 한시도 가야의 곁에서 떨어지질 않았다.

"하기야, 나같이 멀쩡하게 생겨야 변장이라도 하지. 왕가,

너 같은 놈은 쉽게 변장하기엔 무리가 있지."

"흥! 계집인지 사내인지 구분도 못할 변장, 억만금을 준다고 해도 안 해!"

가완과 가야의 매서운 눈초리를 받은 왕가가 입을 씰룩거렸다.

"그런데 우리 지금 뭐 하고 있는 거야?"

오늘도 순진무구한 해타는 왕가의 곁에 착 달라붙어 있었다.

해타는 진전문이 자신을 찾아왔다는 사실을 전혀 모르고 있다.

"진전문주가 왔다는 사실을 해타에게 말하면 너희 모두 죽여버릴 게다."

왕가는 진심으로 말했다. 말 한마디라도 하면 정말로 그 자리에서 죽일 듯한 왕가의 진지한 모습에 일행은 다소 놀랐지만, 그의 바람대로 진전문의 일을 비밀에 부쳤다.

곤히 잘 때면 누가 업어 가도 모를 해타는 당연히 아무것도 몰랐다.

"보면 몰라? 하염없이 사천성을 방황하고 있잖아!"

"어어? 이상하네. 그런데 왜 사무량이 없…… 읍!"

왕가가 재빨리 해타의 입을 틀어막았다.

"아, 맞다. 여긴 아무도 없다고 했지?"

곧 왕가는 발버둥치는 해타를 자유롭게 풀어주었다.

"한 번만 더 사무량 어쩌네 말하면 모가지를 비틀어 버릴 줄 알아! 알았어?"

"아, 알았어."

"봐. 이제부터 쟤가 사무량이다."

왕가의 손가락을 따라 시선을 옮기던 해타는 더더욱 이해할 수 없다는 듯 고개를 갸웃거렸다.

"가완이 어째서 사무량이야?"

"그럼 내가 사무량을 할까!"

"왕가, 넌 뚱뚱해서 안 돼."

"이놈의 자식이!"

왕가는 해타의 멱살을 가볍게 쥐었다가 풀었다.

"그나저나 옆에서 떽떽거리는 인간이 없으니 기분이 묘하네."

일행은 모두 여덟 명.

사무량과 은소부, 사혼검의 모습은 보이지 않았다. 그들 세 사람은 사천성에 들어서기 직전에 이들과 헤어졌다.

만영문이나 소림은 은소부와 사혼검의 존재 여부에 대해 아직은 잘 모르고 있기 때문에 사무량과의 동행이 가능했다. 게다가 은소부는 흑천과의 만남을 꾀하고 있었다.

이목을 분산시키기 위함. 이 모두가 사무량의 뜻이고 계획이다.

덕분에 따로 떨어져 있는 이들 여덟의 위치가 조금 바뀌었다.

사무량과 나이가 비슷한 쌍둥이 중 가완이 자처해 사무량의 모습과 비슷하게 변장했다. 가완의 자리를 몸매가 호리호리하고 생김새가 매끈한 유담이 차지했다.

유담의 자리에는…….

"궁금한 게 있는데, 저 자식 정말로 귀머거리에 벙어리야?"

적랑회의 양소가 빠진 사무량을 대신해 일행의 수를 맞췄다.

"아직도 중자산에 있는 줄 알았는데 거 참, 귀신같은 놈일세."

각산의 말에 따르면 적랑회는 사천성에 도착한 후 이번 일에 손을 놓았다고 했다. 하나 양소는 달랐다. 회주가 직접 비밀리에 움직이는 인물 중 하나가 바로 양소였다.

"저놈, 조금 세 보이기는 한데 아무런 말이 없으니 은근히 기분 나쁘단 말이야."

왕가는 양소를 별로 달가워하지 않았다.

말이 없는 사람은 또 하나 있었다.

시종일관 왕가와 투닥거림을 끊이지 않던 소신녀가 사무량과 떨어진 이후에 말을 잃었다. 그녀의 속사정을 모르는 일

행들은 왜 소신녀가 언짢아하고 있는지 일부러 묻지도 않았
다.

'내가 갔어야 했어. 날 지켜주겠다고 했으면서…….'

소신녀는 아랫입술을 잘근 깨물었다. 더 있을 자객의 공격
에서부터 지켜주겠다고 약속한 사무량은 매정하게도 그녀를
버렸다. 버렸다기보다 자기의 책임을 일행에게 미뤘다는 게
옳은 말일 게다.

그가 약속을 지키지 않은 것은 아니다. 사천성에 들어선 이
후 소신녀 역시 안전하다는 것을 직감적으로 알았으니. 하지
만 은소부만 데려갔다는 사실이 여간 기분 나쁜 게 아니었다.

사실 사무량이 아니었다면 소신녀는 중원에 나오지도 않
았을 것이다. 부재도에 있을 당시에도 부재도민들과 사이가
좋지 않았다.

자서섬을 구하러 갈 때 호기심이 일어 사무량과의 접촉을
시도했고, 어쩌면 좋은 친구가 될 수 있을 거라는 생각 때문
에 자신의 과거 이야기까지 털어놓았다.

그렇게 의지하던 사람과 떨어져 있자니, 마치 부모로부터
버려져 길가에 홀로 남은 아이가 된 기분이었다.

부재도에서 나온 이후 가장 후회가 되는 시간이기도 했다.

'불안해. 이대로 영영 못 만나면 어쩌지? 아니, 내가 지금
무슨 생각을…….'

사무량은 무산으로 갔다.

　일행은 사무량을 대신해 소림과 흑천의 이목을 따돌리는 중이다. 위험 수위로 따지자면 현재 감시를 받고 있는 일행의 안위가 더욱 위험하다.

　하지만 모두 감수하기로 했다.

　사무량이 비급을 찾고 나서 모든 책임을 혼자 지겠다고 하니 거절할 이유가 없었다. 일행은 사무량의 소식이 들릴 때까지 사천성에서 벗어나지만 않으면 된다.

　"날이 밝으면 남쪽으로 내려가지."

　지도를 들여다보고 있던 우서문이 심각한 얼굴로 말했다.

　"무산과 거리가 멀어질 텐데?"

　"청성산(靑城山)은 위험해. 소림과 흑천이 따라다니는데 청성파(靑城派)까지 나선다면 힘들어지겠지. 무산과는 거리가 벌어지겠지만 성도 남쪽에 가장 가까운 팽산(彭山)이 좋을 듯하군."

　우서문과 유담의 사이는 오랜 지기처럼 좋았다. 비슷한 점도 많을뿐더러 정상인의 사고를 가진 두 사람이기에 대화가 가장 잘 통했다.

　"오늘 밤은 다들 편히 쉬도록 하지. 산에 들어서면 한시도 방심해선 안 되니."

　일행은 어떤 운명이 기다리고 있을지 모를 내일을 위해 마음의 준비를 했다.

"현재 행보가 느린 편입니다. 성도에서 남쪽으로 내려갔습니다."

흑의인은 정중히 보고를 올렸다.

"도화신군이 그러던가?"

"만영문의 보고입니다."

'이상한데……'

초유신군은 눈살을 가늘게 좁혔다.

사무량이 사천성에 들어왔다는 소식을 들었다. 당연 흑천의 눈은 그를 쫓았다. 비단 만영문뿐만이 아니다. 혈살문, 낙뢰문, 고언문, 철궁방이 사무량에게 모든 관심을 쏟아 붓고 있다.

사천성에 나온 오신군 중에선 초유신군이 유일했다. 다른 오신군들은 아직 움직이지 않았다. 성격 급한 뇌성신군마저도 도화신군에게 발을 꽁꽁 묶였다.

도화신군의 속셈을 모르는 바는 아니다.

요즘 천에서 도화신군은 천기자와 며칠째 계속 만남을 가졌다. 두 사람은 끊임없이 대화를 주고받았다. 중요한 회의이기에 다른 신군들은 낄 수가 없었지만 초유신군은 대강의 내용은 파악하고 있었다.

만영문의 정보와 천기자의 기감으로 사무량이 나아갈 방향을 정확하게 검토하는 중이다. 더불어 소림과의 마찰도 피해 나갈 계획을 세웠다.

도화신군은 많은 무인들을 사천성에 투입시켰고, 만영문의 정보를 통해 사무량 일행의 행보를 주시하고 흑천도들에게 명령을 내렸다.

"모두 몇 명이라고 했지?"

"여덟입니다."

"성도에서 정확히 보았나?"

"보았습니다."

초유신군은 고개를 갸웃했다.

어딘지 미심쩍은 기분이 들었다. 숨어 다녀도 모자랄 판에 정체를 드러내 놓고 다닌다는 사실을 이해할 수가 없었다.

자신의 존재를 중원에 퍼뜨려 버린 사무량의 성격이라면 가능한 일이지만, 이번에는 달랐다.

비급은 그 누구도 알아서는 안 되는 귀중한 것.

몸을 드러내고 다닌다는 것은 전 중원에 혈광검의 비급이 남아 있다는 사실을 알리는 것과도 같지 않은가.

아무리 배짱이 좋은 녀석이라도 그런 행동을 하는 것은 정녕 납득할 수 없었다.

"녀석들의 정확한 위치가 파악되는 대로 내게 알려라."

"존명!"

흑의인은 깊게 읍을 취하고 물러갔다.

'직접 보기 전까지는 믿을 수 없다.'

초유신군은 일 년 반 전에 보았던 사무량의 모습을 기억에서 끄집어냈다.

2

그날의 일은 평생 잊을 수가 없다. 잊으려고 미친 척도 해 보았지만 한 번 머릿속에 틀어박힌 기억은 쉽게 사라지지 않았다.

구화산 대선사.

당시 왕가는 대선사의 주지승으로 있었다.

누구보다 자애로운 승려였다. 어릴 적 동자승으로 들어가 주지승이 될 때까지 평생을 불도에 전념했으며, 무공도 소홀히 하지 않았다.

도인들처럼 세상사에 달관한 채 이대로 죽을 때까지 부처님을 모시며 살기로 마음먹었다. 대선사가 불에 타기 전까지는 말이다.

한밤중에 들려온 비구니들의 비명 소리에 잠에서 깨어났다. 다른 때 같으면 벌떡 일어났을 터인데, 그날따라 몸에 쇳덩이를 달아놓은 듯 무거웠다.

겨우 정신을 차리기 무섭게 현기증이 일어났다. 분명 잠들기 전에 늘 즐기던 오룡차(烏龍茶)를 마신 기억밖엔 없었다.

'설마!'

한가닥 의심이 뇌리를 스쳐 지나갔다. 왕가는 재빨리 다탁에 놓인 빈 찻잔을 들었다.

'역시……!'

누렇게 변색된 찻잔.

"쿨럭!"

곧 왕가는 답답한 듯 기침을 토해냈다. 공력을 이용해 몸 안의 독 기운을 몰아낼 새가 없었다. 난데없이 매캐한 연기가 문틈으로 스며들었다. 독은 그의 타고난 후각마저 마비시켜 버렸던 것이다.

'불이다!'

왕가는 힘겹게 일어나 방문을 박차고 밖으로 나갔다.

"……!"

밖으로 나온 그는 눈앞의 광경에 할 말을 잃었다.

달마저 구름에 가려진 어두컴컴한 숲 속에 일렁이는 불기둥. 순식간에 번진 화마(火魔)는 대선사를 집어삼키고 있었다.

순간, 왕가는 정신이 번쩍 들었다.

'효운이!'

왕가는 젖 먹던 힘까지 쥐어짜내어 어디론가 몸을 날렸다.

쾅!

불길에 휩싸여 반쯤 타고 있는 문짝을 발로 차냈다.

"효운아! 효운아!"

왕가는 실성한 사람처럼 누군가의 이름을 불렀다.

"스… 님……!"

타오르는 방 안에서 아주 희미한 목소리가 들려왔다. 왕가는 불에 탄 나무들을 발로 차내어 침상 밑에 쓰러져 있는 한 어린 동자승을 꺼내 부축했다.

"정신이 드느냐!"

"콜록! 콜록!"

"우선 여기를 나가자."

왕가는 효운을 등에 업고는 불당으로 발길을 돌렸다.

불은 꺼질 기미를 보이지 않았다. 절벽을 낀 절곡에 자리한 대선사는 물길이 없는 한 쉽게 소화를 할 수가 없었다.

불당에 도착한 왕가는 바위 위에 효운을 눕혀놓고 침을 꿀꺽 삼켰다. 불당 역시 화마를 피하지 못한 건 마찬가지였다.

왕가는 조금이나마 남아 있는 공력을 쥐어짜내어 문을 부수고 안으로 들어갔다.

부처상은 옆으로 쓰러져 있었다. 부처상 아래쪽에 굳게 잠겨 있던 벽장이 열려 있었고, 그 안은 텅텅 비었다.

선조 때부터 물려받아 내려오던 그 물건도 감쪽같이 사라졌다.

"…이러시깁니까?"

왕가는 설움이 담긴 얼굴로 부처상을 바라봤다. 부처상은 왕가의 눈앞에서 활활 타올랐다.

대선사의 식솔들은 한 명도 살아남지 못했다. 승려들도 마찬가지다. 뒤늦게 소식을 듣고 달려온 다른 산의 승려들이 살아남은 왕가와 효운을 위로하며, 식솔과 승려들이 모두 죽었다는 사실에 깊은 애도를 표했다.

며칠이 지난 후, 왕가는 효운을 근처 작은 산사에 맡겨두고 중원에서 홀연히 모습을 감췄다.

왕가는 독 기운이 완전히 사라지자 몸을 단련시키기 시작했다.

외부엔 대선사의 승려들이 모두 죽었다고 알려졌지만, 실은 다섯 명이 살아 나갔다. 대선사에 불을 지르고 물건을 가져간 범인들.

뒤늦게 속세에 눈을 떠 탐욕에 물들어 버린 다섯 명의 젊은 승려들. 왕가는 온갖 방법을 동원하여 그들을 회유시키려 했다. 그러나 이미 돈과 여자를 알아버린 그들에게는 왕가의 말이 씨알도 먹히지 않았다.

설마 했는데 그 물건을 가져갈 줄이야.

왕가는 일부러 이 사실을 외부에 알리지 않았다.

대선사를 불태우고 수많은 식솔들을 죽인 자들. 반드시 자신의 손으로 처리해야 했다.

오랫동안 거들떠 보지도 않던 유성추를 다시 손에 잡았다.

다섯 명을 찾는 일은 생각보다 쉬웠다. 수소문을 하고, 귀신같은 후각을 이용했다.

　다행히 무공을 익힌 자들은 아니었다. 이에 왕가는 파계승이 될 각오를 한 채 그들 다섯 명을 최대한 잔인하게 죽였고, 도둑맞은 물건을 되찾았다.

　하나 난관이 있었다.

　주지승이자 무인이기도 한 왕가가 무공도 익히지 않은 자들을 죽였다는 것은 대죄가 아닐 수 없었다. 물론 그들이 잘못을 하긴 했지만, 죄를 밝히자니 물건의 정체까지 사람들에게 탄로날 것 같았다.

　왕가는 미친 척을 했다. 사람을 죽인 후 인육을 즐긴다는 소문은 맨 처음 왕가의 입에서 비롯되었다.

　한없이 자애롭던 모습은 온데간데없이 오로지 미치광이 파계승의 모습만이 남았다.

　그렇게 왕가는 자신을 망가뜨리면서 물건을 보호하는 데 성공했다. 비록 부재도에 갇히세 되었지만.

　"확실히 이목을 집중시켰네. 소림의 땡중들이란……."

　왕가의 눈동자는 쉴 새 없이 움직였다.

　마차를 타고 팽산으로 향하는 관도로 들어서자 승복을 입은 자들이 일 리에 두세 명 꼴로 보이기 시작했다.

　왕가는 자신이 쉬지 않고 투덜거리고 있다는 사실을 자각하지 못했다. 승려들이 나타날 때마다 그는 눈에 더욱 힘을 주었다. 혹시나 안면이 있는 승려들이 나타날까 걱정하고 있는 기색이 역력했다.

"하하! 얼마든지 나타나라고 해! 그놈만 안 나타나면 돼. 그놈만……."

결국 왕가는 마차의 휘장을 닫아버렸다.

'그놈만 안 나타나면 돼.'

그는 마치 정신 나간 사람처럼 자신만의 세계에 빠져 옆에서 해타가 칭얼대는 것도 몰랐다.

소림의 심판을 받던 그 전날, 왕가는 자신을 고문하고 구타하던 그자의 모습을 잊을 수가 없었다. 오라에 묶이지 않은 몸은 자유로웠지만 반항을 할 틈이 주어지지 않았다.

복부에 틀어박히는 손바닥. 마치 칼날로 쑤시는 것처럼 내장이 갈기갈기 찢어지는 느낌이었다.

처음 몇 번은 반격해 보았지만 그자의 상대가 될 수 없다는 것을 깨닫는 데는 오랜 시간이 걸리지 않았다.

도저히 소림승이라 생각할 수 없을 만큼 잔인한 손속 아래 차라리 죽고 싶은 마음이 간절할 정도였다. 기절하고 깨어나길 반복. 그때의 일은 결코 기억하고 싶지 않은 지옥이었다.

'다른 건 다 괜찮다. 제발 그놈하고만 마주치지 않게…….'

왕가는 품 안의 주머니를 손으로 꼬옥 잡았다.

'됐어! 완벽하게 유인했어.'

우서문은 마차 밖의 동정을 살폈다.

하루 종일 팽산 주변을 돌았다. 쌍둥이들과 왕가 덕분에 주위에 많은 인파가 몰려 있다는 것을 알았다. 그들이 흑천의 사람들이나 소림승이라는 것은 의심할 여지가 없었다.

히이잉!

마차가 멈추고 잠시 후에 문이 열렸다.

"여기서부터 걸어야겠어. 마차를 끌고 산에 오를 순 없으니."

말을 몰던 유담이 일행에게 말했다.

일행들은 조심스럽게 마차에서 내려섰다. 팽산은 그리 높지 않아 산 아래에서도 정상이 보였다.

"여기에 비급이 있는 거야?"

해타가 초조한 듯 조심스럽게 물었다. 이번엔 왕가도 그의 입을 틀어막지 않았다. 주위에서 귀를 쫑긋거리고 있을 자들에게 일부러 듣게 할 작정이었다.

"사무량, 이곳이냐?"

가야가 변복을 한 가완에게 물었다. 가완은 대답 없이 고개만 끄덕였다.

그가 걸음을 떼고 나서야 일행들도 함께 움직이기 시작했다.

푸드득!

산에는 생각보다 많은 자들이 숨어 있었다. 일행이 초입에 오르기 무섭게 사방에서 전서구들이 날아올랐다.

"이거 정말 흥분되는데?"

왕가는 쉴 새 없이 사방을 둘러보았다.

'목적지는……'

가상의 목적지를 만들어놓고 해야 하는 등산은 여간 쉬운 게 아니었다. 가완은 산 정산을 가상의 목적지로 잡았다. 유인을 한 이상 끝까지 할 작정이었다.

자신이 사무량인 줄 아는 놈들은 정상까지 따라올 것이고, 그만한 시간 동안 사무량은 무산을 이 잡듯 뒤져 비급을 찾아낼 것이다.

문제는 그다음이었다.

사무량이 이곳에 없다는 걸 적들이 알았을 경우다. 사무량은 일행을 믿기 때문에 유인책을 권했지만, 그 누구 하나 안전을 보장받을 수 없다.

흑천에 대한 말은 우서문을 통해 간략하게 들었다.

그렇기 때문에 긴장을 놓을 수가 없었다. 어디서 날아들지 모를 화살과 검, 언제 솟구칠지 모를 땅바닥.

가완은 청각을 최대한으로 열었다.

"난 차라리 따라오지 말았어야 했어."

순간 소신녀가 우뚝 걸음을 멈췄다.

무인의 직감만큼 무서운 여자의 직감이 그녀의 신경을 팽팽하게 잡아당겼다. 지금 이대로 정상까지 올라가면 싸움을 피할 수 없다는 걸 그녀도 알고 있었다.

소신녀는 싸움이 무서운 게 아니었다. 단지 자신 때문에 일행에게 피해가 갈까 우려되는 마음뿐이었다.

"그런 말은 좀 일찍 하지. 지금 내려가기도 좀 그렇지 않아?"

가야가 차갑게 말했다.

그는 애초부터 적들을 유인한다는 계획이 못마땅했다. 사무량은 안전하다고 했지만 직접 이곳에 와보니 그다지 안전하지도 않았다.

"솔직히 아직은 모르겠어. 여기에 사무량이 없다는 걸 알면 놈들이 우릴 죽이지 않는다는 보장도 없잖아. 다들 제정신인지 궁금해. 만약 사무량이 혼자 비급을 차지하기라도 한다면 어쩔 생각이야?"

"놈은 우리를 배신하지 않을 게다. 동료라 믿기로 마음먹었으면 끝까지 믿어봐."

유담이 말했다. 하나 마음속 한구석에는 그 역시 배신을 당하지 않을까 하는 불안함이 있었다.

"쉿!"

그때 가완이 손가락을 입에 가져갔다.

"누군가 오고 있다."

"……!"

모두 주위를 두리번거렸다.

가완의 말은 틀리지 않았다.

저벅거리는 발걸음 소리는 곧 다른 일행들의 귀에도 들려왔다.

"이곳에서 정체가 발각되어선 안 돼."

가완과 유담, 그리고 우서문이 서로 눈빛을 교환했다.

"뛰어!"

유담의 입에서 말이 떨어지자마자 왕가가 소신녀를 들쳐업었다.

누가 먼저랄 것도 없이 일행은 번개처럼 정상을 향해 달리기 시작했다.

누군가 정체를 훤히 드러내며 다가오고 있다는 것은 좋지 않은 일이었다. 소림이나 흑천의 인물이라는 것은 분명한 노릇. 만약 그들 중 사무량의 얼굴을 아는 자가 있어선 곤란하다.

파바바밧!

"이쪽!"

왕가가 길을 안내했다. 소신녀까지 등에 업었지만 신법은 일행들보다 훨씬 앞섰고, 넙죽한 코는 연신 벌렁거렸다.

스스슷!

또 다른 움직임도 있었다.

여태껏 숨죽이며 일행을 지켜보던 자들 역시 그들을 추적하기 시작했다.

뒤쪽에서 바람이 일었다. 정체를 드러내며 걸어오던 자가 일행들을 따라잡은 것이다. 마치 거대한 파도가 휩쓸어 버릴 것 같은 신법에 일행들은 경악했다.

"어엇! 저, 저자는!"

뒤를 돌아보던 우서문의 안색이 새파랗게 변했다.

검은 복장의 중년인, 태산과 같은 기운을 자랑하며 일행의 뒤를 쫓고 있는 자. 절대 잊을 수 없는 얼굴이었다.

"혈살문주!"

우서문이 놀람을 토해내는 동시에,

"멈춰!"

앞서 달려가던 왕가의 발걸음이 뚝 멈췄다. 이에 달려가던 반동을 이기지 못한 소신녀의 몸뚱이가 앞으로 날아갔다.

"악!"

소신녀의 몸뚱이는 그대로 땅에 곤두박질치는 듯싶었다.

타앗—!

땅에 떨어지는 그녀를 잡아챈 것은 다름 아닌 해타였다. 곧이어 땅이 풀썩이며 수십 자루의 도가 튀어나왔다.

시퍼런 도신이 보이는가 싶더니 무기의 수보다 배나 더 되는 사람들이 풀잎을 들추고 걸어나왔다.

족히 이십여 명은 되는 인원이었다. 왕가가 발걸음을 멈출 수밖에 없는 이유는 이들의 냄새를 맡았기 때문이다.

일행은 서로의 등에 기대어 둥글게 모여 섰다.

"하나같이 범상치 않은 자들……."

"혈살문이다."

"그렇군. 달려오면서도 전혀 기척을 눈치 채지 못했어."

"제기랄! 겨우 살수 놈들에게 포위되고 만 거냐?"

살수라고는 하나 이들의 실력은 여느 무인들 못지않다는 걸 다들 알고 있었다. 일행의 앞길을 막아선 혈살문 살수들은 무시무시한 실력을 지녔음에도 불구하고 어느 조그마한 기운도 흘리지 않았다. 마치 죽은 사람인 듯, 무심한 얼굴로 일행들을 바라보고 있을 뿐이었다.

우서문은 유담과 가완의 사이로 파고들었다.

"놈들과 손속을 나눠본 적이 있다."

"할 만한가?"

우서문은 고개를 가로저었다.

"무당에 있을 땐 세 명까지는 상대했지만 그 이상은 힘들다. 더군다나 몸이 이런 마당에……."

"하지만 죽일 생각은 없는 것 같은데?"

"모르는 소리. 지금은 아무런 감정도 흘리지 않는 것일 뿐, 막상 싸움이 시작되고 나면 잔인한 손속이 펼쳐진다."

"오도 가도 못하고 독 안에 갇혀 버렸군."

"우선은 이곳에서 벗어나야 해."

가완은 죽립을 깊게 눌러쓴 채로 작게 중얼거렸다.

그러나 딱 달라붙어 있던 일행들 모두가 들었다. 다들 도주로를 찾는 데 여념이 없었다.

"예전 같지 않아. 그때는 절벽이 도주로였지. 하지만 지금은 전혀 구멍이 없어."

"결국 상대를 해야 한다는 말인가?"

작게 숨을 내쉬던 유담이 이상한 생각이 드는지 고개를 갸웃거렸다.

"한데 흑천 놈들이 원래 이렇게 나오나?"

"뭐?"

"입장을 바꿔 생각해 보면 지금 이놈들, 우리 앞에 나타나선 안 되는 것 아냐? 소림의 눈 역시 이곳에 있다는 걸 안다면 더더욱. 게다가 비급을 찾기 전까진 사무량을 죽일 수는 없잖아?"

일리 있는 말이었다.

제아무리 흑천이라고 해도 소림사와 함께 있는 와중에 모습을 드러내서 좋을 건 없다.

흑천과 소림, 사무량 일행은 서로에게 적이다.

"아무래도 사무량이 없다는 걸 눈치 챈 듯해."

"그렇다면 더더욱 이곳에서 시간을 끌어야겠는데?"

왕가의 볼이 실룩였다.

"나와 가야, 저 벙어리 친구가 길을 열지. 나머지는 도주하도록 해.”

“왜 나는 빼!”

“넌 소신녀를 지켜. 다들 알겠지?”

유담과 가야, 양소는 무기를 꺼낼 준비를 했다.

그때 한곳을 바라보던 우서문이 침을 꿀꺽 삼켰다.

일행을 바짝 따라오던, 다시는 보고 싶지 않은 얼굴이 모습을 드러냈다.

“도주로를 뒤로 뚫어.”

“…….”

“저자는 초유신군으로, 흑천의 오신군 중 하나다. 저자와 부딪친다면 가망이 없어. 준비해라, 모두들…… 지금!”

슈아아악!

첫 번째 일격은 소신녀를 들쳐 업은 왕가의 손에서 터져 나갔다.

효과는 있었다. 일행을 빙 둘러싸고 있던 무리들 중 몇 명이 허리를 크게 뒤로 젖혔다. 그 찰나의 틈을 잡은 일행이 뚫린 도주로로 달렸다.

“꽉 잡아라, 꼬맹아!”

왕가는 유성추를 갈무리하고 소신녀의 팔을 자신의 목에 둘렀다.

파바밧!

가슴속에 숨겨놓았던 접선이 활짝 펼쳐지며 유담의 비침

들이 무더기로 쏟아졌다.

"큭!"

방심을 하던 살수 중 몇 명이 비침을 막지 못하고 쓰러졌다.

피융—!

가야의 활도 한몫 더했다.

팽산에 오르기 전, 전통을 가득 채운 보람이 있었다. 가야는 화살을 활대에 세 개씩 걸어 쏘아냈다. 백발백중은 못하더라도 한 번 퉁길 때마다 어김없이 신음소리가 들려왔다.

이에 맞선 혈살문의 공격도 위협적이었다.

비침과 화살은 근거리의 공격을 용납지 않았다. 자연 가야와 유담은 살수들이 거리를 좁혀올 때마다 제대로 된 공격을 펼칠 수 없었다.

쉬이익—!

살갗을 저밀 듯 날아오는 반월도를 막아내는 사람이 하나 있었다. 조용해서 존재감조차 느껴지지 않던, 일행들과 단 한마디 말도 나눠볼 수 없었던 양소의 대도는 무서운 기세로 반월도와 부딪쳐 나갔다.

양소의 무공 실력을 제대로 알 수 없었던 일행들은 반월도가 날아오는 족족 휘둘러지는 양소의 대도를 보고 입을 다물지 못했다. 이런 거력을 지닌 사람이 중원에서 조용히 지낼 수 있는 것이 놀라울 따름이었다.

세 사람은 순식간에 퇴로를 만들었다. 나머지 네 명은 퇴로를 지나 재빨리 몸을 날렸다.

우서문이 우려하던 상황이 발생했다.

기껏 퇴로를 탈출했다 생각했는데 더 큰 난관이 눈앞에 닥쳤다.

우서문과 왕가, 해타, 가완은 어쩔 수 없이 걸음을 멈췄다.

도대체 언제 따라온 것일까.

"낯이 익군."

일행의 앞길을 막은 초유신군은 우서문을 보다가 피식 웃었다.

"무당에서 파문당했나? 후후! 차라리 일 년 전 내 손에 죽는 게 더 나았을 것을. 쯧쯧!"

스릉!

우서문은 검을 뽑아 들어 초유신군에게 겨눴다.

"치우는 게 좋겠네. 난 무인이 아닌 자는 죽이고 싶지 않으니."

"비급을 원한다면 왜 앞길을 가로막고 있는 게요!"

"그전에 한 가지 확인할 것이 있어서……."

초유신군의 시선이 죽립을 쓴 가완에게 옮겨져 갔다.

짧은 시간 동안 가완의 위아래를 훑어보던 초유신군의 눈썹이 미미하게 떨렸다. 그는 마침내 가완을 향해 뚜벅뚜벅 다가갔다.

왕가는 소신녀를 바닥에 내려놓고 가완의 앞을 막았다.

"이봐, 늙은이! 좋은 말할 때 비……."

퍼억!

손이 허공을 가른다 싶은 순간, 왕가의 몸뚱이는 저만치 날아가고 있었다.

"커헉! 이런 망할 늙은이가!"

땅에 떨어지기 직전에 몸을 비틀어 착지한 왕가는 빗살처럼 달려와 초유신군의 뒷덜미를 잡으려 했다.

"왕가……."

"뭐얏!"

해타가 고개를 저었다. 평소의 순진무구한 얼굴의 해타가 아니었다. 그는 왕가의 어깨에 손을 올리고 있었지만 두 눈은 초유신군에게서 떨어지지 않았다.

"치잇!"

왕가는 억울한 듯 얼굴을 찌푸렸다.

초유신군은 분명 고수다. 살수 문파 중 가장 강하다는 혈살문을 이끄는 자이니 오죽하겠는가. 적어도 구대문파의 장로급에 버금가는 실력을 지니고 있다.

우서문이 말했듯이 이자에게 걸렸다간 돌아오는 것은 죽음뿐이다.

왕가와 해타, 가완이 합공을 한다 해도 역부족이다. 아니,

일말의 가능성은 있겠지만 이들 중 하나 이상은 분명 희생양이 되고 만다. 해타는 그 점까지 내다보았기에 왕가를 말렸다.

"사무량?"

초유신군은 팔 하나 뻗으면 몸이 닿을 만치의 거리를 남겨두고 걸음을 멈췄다.

'제길!'

가완 역시 움직이지 못했다.

이미 온몸에서 뿜어져 나오는 살기에 압도당했다. 일전에 보았던 도화신군이라는 여자도 강했지만 이 사람은 그녀보다 열 배는 강해 보였다.

이제는 정말 궁지에 몰렸다. 도주할 수도 없다.

탄로가 날 경우엔 정말 뒷일을 감당하기 힘들다. 흑천은 이곳에 몰려 있다지만 소림은 그렇지 않다. 그들은 인맥을 동원해서라도 사무량이 있는 곳을 바로 찾아낼 것이다.

그리고 지금, 정체가 발각되게 생겼다.

가완은 주먹을 부르르 떨다가 검집에 손을 얹었다. 여차하면 검을 뽑을 생각이다. 물론 휘둘러 보지도 못하고 이자의 손에 죽겠지만.

초유신군의 손에 의해 죽립이 들어 올려짐에 따라 가완의 손에도 힘이 들어갔다.

죽립은 서서히 올려졌다. 그리고 가완은 차분하게 가라앉은 초유신군의 눈동자를 보았다.

'결국 이렇게……!'

가완이 막 검을 뽑으려는 찰나,

"많이 성장했군."

'……!'

눈빛만큼이나 차분한 음성이 들려왔다. 죽립은 이미 다시 눌려진 상황이었다.

"쭉 너를 지켜본다고 했다. 역시 기대를 충족시켜 주는 녀석이었어. 직접 눈으로 확인하지 않고는 기다릴 수가 없었다."

가완은 꼼짝도 하지 못했다.

초유신군이 하는 말이 무엇인가. 설마 이쯤 되는 고수가 사무량의 얼굴을 기억하지 못하는 것인가.

정체가 발각될 줄로만 알았는데…….

"가라. 가서 비급을 찾아라. 비급을 찾으면 널 다시 만나러 나타나겠다."

어떻게 된 연유인지 모르는 일행 역시 당황하긴 매한가지였다.

"어서 가라니까!"

초유신군이 쩌렁 고함을 질렀다.

"가자."

우서문이 일행을 재촉했다.

왕가는 당황함을 감추지 못한 채 소신녀를 등에 업었고, 해타 역시 경계의 눈빛을 풀지 않았다.

일행이 발걸음을 떼기 시작하자 초유신군은 원래 왔던 방향으로 다시 걸음을 옮겼다.

'초유신군, 대단한 연기군. 주위에 소림의 귀가 있다는 사실을 고려해서……. 이것이었어, 사무량이 안전할 거라 말한 이유가.'

우서문은 섬뜩한 느낌에 한차례 몸을 부르르 떨었다.

第三章
비금

"정말 이곳이 비급이 있는 장소가 맞나요?"

은소부의 음성은 시쳐 있었다.

무산으로 들어선 세 사람은 며칠째 산 주위만 맴돌았다.

비급의 정확한 위치를 알 수 없는 은소부와 사혼검은 무작정 사무량을 따라다닐 수밖에 없었다.

"지금쯤 다들 무사하겠죠?"

은소부는 헤어진 일행을 염려했다.

"걱정하지 마. 다들 무사할 거니까."

사무량은 담담하게 말했다. 은소부는 그 점을 이해할 수가 없었다. 최소한 조금이라도 긴장하는 빛이 있다면 사람 같아

보일 텐데 사무량은 아니었다.

하오문이 보낸 자객이 나타났을 때도, 형문산에서의 일화를 들었을 때도 그냥 변변찮은 용기 하나는 타고 났다고 생각했다. 하지만 사무량의 배짱은 도를 넘었다.

진전문주를 상대로 협박을 하는가 하면, 흑천과 소림이 따라갈 것을 알면서도 일행들을 따로 보내지 않았던가.

그동안 그에게서 남들이 가지지 못한 특이한 점을 발견하려 애썼지만 은소부가 알아낸 것은 엄청난 배짱밖에 없었다.

"날이 어두워졌어요. 오늘은 그만 쉬도록 해요."

은소부는 며칠째 계속 쌓여가는 피로를 풀고 싶었다.

밤하늘의 별이 유난히도 반짝였다.

어느덧 가을로 접어든 날씨 덕에 밤바람은 꽤나 쌀쌀했다.

사실 사무량은 따로 보낸 일행들에 대한 걱정이 조금도 들지 않았다. 그들은 무사할 것이다. 다행스럽게도 그는 초유신군이 어떠한 사람인지 조금 알고 있었다.

부재도로 호송되어 가던 때도 그랬다.

흑천에 오신군이 있다는 것은 나중에서야 알게 되었지만 사무량의 앞에 나타난 사람은 초유신군이 유일했다. 그는 무엇이든 자신의 눈으로 직접 확인하는 버릇이 있었다.

이번에도 예상은 빗나가지 않았을 게다. 의심이 많은 초유신군은 다시 사무량을 직접 만나려 했을 터이고, 유인에 거의 성공할 뻔한 일행들의 계획은 무산되었을 것이다.

하지만 그들의 안전은 보장된다.

초유신군이라면 가완이 자신으로 변복한 사실을 알면서도 겉으로 내색하지 않을 게 분명하다. 주위에 소림의 눈과 귀가 번쩍이고 있다는 걸 알기에 애써 태연하게 일행을 보내주었을 것이다.

그리고 사무량의 예상은 한 점의 빗나감도 없이 맞아 들었다.

하지만 문제는 지금부터다.

흑천은 이곳으로 몰려올 게다.

만영문이라는 정보 조직이 있고, 심증뿐이지만 흑천엔 기감이 뛰어난 자가 있다. 예전 사무량과 우서문이 도주할 때, 척척 알아내 찾아오지 않았던가.

비급을 찾는 순간 흑천과의 충돌은 피할 수 없는 숙명이다. 그래서 사혼검과 은소부를 데려왔다.

흑천이 어떻게 나올지는 아직 알 수가 없다. 우선 그 문제는 뒤로 미뤘다.

사무량에게 급한 것은 비급이 숨겨진 장소다.

"사천성 동부 호북성의 경계에 무산이 있어. 그곳으로 가. 그곳에 가서 가장 높은 데 위치한, 오래된 산사를 찾아."

마희가 알려준 비급의 장소다.

산의 정상은 벌써 여러 차례나 올라갔다 왔다. 그러나 마희가 말한 산사는 없었다. 혹시 그녀가 잘못 알고 있는 것은 아닐까.

그런 생각도 해보았지만 이내 고개를 저었다. 그렇게 중요한 것을 잘못 알고 있을 리 없는 그녀이기에.

결국 해답은 사무량의 등에 있다.

마희가 등에 새겨진 글귀를 읽어주었을 때는 경황이 없어 잘 알아듣지 못했다. 다시 반흔이 나타나게 하려면 술을 마셔야 하는데, 안타깝게도 무산 인근엔 객점은 고사하고 술을 파는 곳이 전혀 없었다.

'이를 어쩐다?

사무량이 곰곰이 생각에 빠져 있을 때 사혼검이 그의 곁으로 다가왔다.

"청승이군. 혼자 앉아서 하늘이나 보고 있고."

어느 순간부터 사혼검은 사무량을 편하게 대했다.

나이로 따지면 한참이나 어린 동생뻘인 사무량에게 꼬박꼬박 존대를 하기도 뭐 했을뿐더러, 몇 달 동안 붙어 지냈다고 이제는 자그마한 정까지 들었다.

"그러는 당신은 잠이 오질 않아?"

"잠을 자도 잔 것 같지 않은 지는 오래되었어. 용검문을 생각하면 자다가도 벌떡 일어나게 되니까."

"만약 용검문의 소문주가 죽었다면?"

"그런 소리 하지 마라."

"벌써 반년이 훌쩍 넘었는데 가망이 없다는 건 인정해야지."

"그래. 가망이 없기 때문에 이러는 거다."

"이해하기 힘들어. 쉽게 말해봐."

사혼검 역시 검은 하늘을 올려다보았다. 잠시 동안 침묵하던 그가 혼잣말처럼 중얼거렸다.

"열세 살 때였나? 내가 처음 용검문에 들어갔을 때가."

그는 옛일을 회상하며 오랜 기억들을 끄집어냈다.

"난 용검문의 무인이 되기 위해 삼 년 동안 매년 빠지지 않고 입문 과제를 치렀어."

"많고 많은 문파들이 있는데 왜 하필 용검문이야?"

"넌 모른다, 용검문이 어떠한 곳이었는지. 옛날에는 정말 내로라하는 무인들로 가득했어. 매년 성에서 열리는 비무대회에서 우승을 거머쥐고, 악을 처단하는 일에는 용검문이 빠지지 않았다. 물론 구파일방도 대단해 보였지만 내 눈엔 용검문이 가장 멋있게 보였어. 용검문도 모두 의와 협을 중시하는 진정한 무인들이었거든."

"내가 아는 용검문은 당신이 말한 것과 차이가 있는데?"

"그래. 어느 순간부터 무림문파라는 명성이 쇠퇴하기 시작했지. 상권에 손을 대고 있는 건 알았지만 갑자기 그 세가 불어날 줄은 그 누구도 예상치 못했다. 상권이 불어나자 일손이 모자라 무인들도 많이 관여하게 되었고, 결국 무인들은 돈맛을 알게 되었지. 돈맛을 알자 세상을 사는 데 무공만이 전부가 아니라는 것도 알게 된 모양이더군."

뻔한 전개였다.

대개 하나에 파묻혀 살던 사람들이 새로운 무엇을 알게 되면 거기에 푹 빠져 버리는 것을.

사무량은 잠자코 사혼검의 말을 들었다.

"무림문파로 오랫동안 자리를 잡아온 용검문이 쇠퇴하는 모습을 더 이상 보고 싶지 않다. 소문주는 그나마 무(武)를 지향하는 분이야. 그 희망마저 사라지고 나면 용검문은 더 이상 의협 가득한 무인들의 낙원이 아니다."

"이제 무슨 소리인지 알 것도 같아."

"그래, 용검문은 내 꿈이다. 난 이대로 내 꿈이 사라지는 걸 보고 싶지 않다."

분위기는 잠시 동안 숙연해졌다.

사무량은 문득 사혼검이 부러웠다. 들어보면 별것 아닌 듯하나 사무량에게는 더없는 자극이었다.

만약 자신이 사혼검의 입장이라도 이렇게 행동했을까?

아마 그랬을 것 같다. 지금도 천하제일인이 되기 위해, 자신만을 바라보는 사람들의 기대를 저버릴 수 없기에 비급을 찾고 있으니까.

"이만 들어가 자야겠다. 비급이 있는 장소를 알아내려면 또다시 걸어야 할 테니까."

사혼검은 자리를 털고 일어섰다.

"그런데 저기 혹시……."

"……?"

"가지고 있는 독이 있나?"

사혼검의 눈이 휘둥그레졌다.

"그런 게 있을 리가 없겠지. 알았어. 들어가 자도록 해."

사혼검은 궁금증도 풀지 못하고 사무량에게 떠밀려 동굴 안으로 들어갔다.

사무량은 머리를 굴리기 바빴다. 자신이 가지고 있는 지식들을 총동원해야 했다.

날이 밝자마자 사무량은 사혼검과 은소부를 임시 거처에 남겨두고 산속을 헤맸다.

'다연초(多然草)… 그래! 다연초다!'

의학에 밝은 편이 아니었지만 사무량은 자신이 원하는 가장 적합한 약초의 이름을 생각해 냈다.

'다연초라면 역시 물가를 뒤져야겠지.'

산을 이 잡듯 뒤지고 다녔다.

정상에서부터 흐르는 물줄기를 따라 산을 내려오길 수차례 반복했다. 물가에서 자라나는 다연초를 찾기 위함이다.

다연초는 흔한 잡초에 불과하다. 그러나 잡초와 다른 점이 있다면, 잎 자체는 얇은데 끝이 뭉뚝하고 표면에 나뭇가지처럼 선들이 빼곡히 박혀 있다.

다연초는 약재로도 취급되지 않는다.

복용하면 구토와 설사, 오열을 일으킨다. 독 성분이 극히 미비해 전문가들 사이에선 독초 취급도 받지 못하며, 다른 약재들과 섞어도 효과는 전혀 변하지 않는다.

인체에 백해무익(百害無益)하기에 사람들의 관심을 전혀 받지 못하는 불쌍한 식물이다.

사무량은 그런 다연초가 필요했다.

한데 잡초 사이에서 함께 자라는 다연초를 찾기란 그저 쉬운 일만은 아니었다.

"후!"

벌써 몇 시진째 몸을 구부리고 있었더니 허리가 뻐근했다. 사무량은 폐부 깊숙이 맑은 공기를 들이마시며 허리를 꺾었다.

'날씨 한번 좋군.'

뭉게구름이 여러 가지 형상을 만들어내며 하늘에 두둥실 떠다녔다. 산언저리에 걸린 구름 역시 아름다웠다. 개울 근처에 만개한 가을 들꽃들 역시 간만에 평화로운 풍경을 선물해 줬다.

왠지 모르게 시선이 가는 주변 풍경에 빠져 잠시 숨을 돌린

사무량은 잡초들 사이에서 정말 운명처럼 다연초를 발견했
다.

그는 잡초들 사이에 숨어서 고개를 살짝 내밀고 있는 다연
초 몇 뿌리를 뽑아냈다. 그리곤 개울물에 깨끗이 씻어 물기를
턴 후, 그것을 물끄러미 바라봤다.

'고생 좀 하겠어. 어쩔 수 없지.'

사무량은 일말의 망설임도 없이 다연초를 입안에 쑤셔 넣
었다.

"아, 안색이 왜 그래요?"

초저녁 무렵이 되어서야 사무량이 돌아왔다. 그의 얼굴은
고통에 일그러졌고, 핏기 하나 없이 창백했다.

은소부는 그가 어디서 무엇을 했는지 전혀 알 수가 없었다.

"도대체 무슨 일이에요? 네?"

"무슨 일이냐?"

사혼검이 달려나와 사무량을 부축했다. 사무량은 말할 기
운도 없어 온몸이 축축 늘어졌다.

"이리로!"

사혼검은 사무량을 동굴 안으로 데리고 들어갔다.

"큰일이에요! 몸이 불덩이 같아요!"

동굴에 들어와 눕혀놓은 이후로 계속 잠을 자던 사무량의

몸에 다시금 변화가 생겼다. 안색이 정상으로 되돌아오는가 싶어 한숨을 놓았는데, 이번에는 얼굴이 벌겋게 달아오르기 시작하더니 온몸에서 열이 펄펄 끓었다.

사혼검이 급히 사무량의 이마에 손을 가져갔다.

"아무래도 다연초를 복용한 것 같습니다."

"다연초요? 왜요? 무엇 때문에?"

은소부는 정말 이해할 수 없었다.

세 살배기 어린아이도 거들떠보지 않는 다연초를 사무량이 모르고 있을 리 만무하다. 배가 고파 풀을 뜯어먹었다는 것도 말이 되지 않는다.

일부러 먹었다면 이유가 분명히 있을 진데, 아무리 생각해보아도 마땅한 이유가 떠오르지 않았다.

"이 사람, 도대체 제정신인 거예요? 뭘 하러 그 쓸모없는 다연초를 먹었대요?"

은소부는 독초가 아닌 다연초라는 말을 듣고 한편으론 안심했지만 아무런 말도 해주지 않는 사무량이 괘씸했다.

"우선 열을 내려야 할 것 같아요. 근처에서 물을 좀 떠올게요."

은소부가 헝겊을 들고 자리에서 일어서자 갑자기 사무량이 그녀의 옷자락을 잡았다

"자, 잠깐…… 우욱!"

사무량이 윗몸을 일으키더니 구토를 하기 시작했다. 하루

종일 먹은 게 없으니 헛구역질만 할 뿐이었다.

"좀 정신이 드나?"

"괜찮은 거예요?"

은소부는 다시 주저앉아 사무량의 등을 두들겼다.

"우욱! 우웨엑!"

"정말 다연초를 복용한 건가요?"

사무량은 구토를 하는 와중에도 고개를 끄덕임으로써 은
소부의 질문에 답했다.

"그쪽은 다연초가 뭔지 몰라요? 알면서도 먹었다는 건 도
저히 말이 되지 않고… 아니, 모르고 먹었다는 것도 이해가
안 돼. 딱 보면 잡초인 걸 알면서 그걸 왜 뜯어 먹어요!"

은소부는 어린 동생을 나무라는 듯 있는 대로 구박을 하며
사무량의 등을 팡팡 두들겼다.

"부, 불! 빨리 불⋯⋯!"

"네?"

사무량은 손가락을 들어 구석에 놓인 유등을 가리켰다. 사
혼검이 재빨리 유등을 가지고 사무량의 곁에 다가왔다.

"등, 내 등⋯⋯ 우욱!"

사무량은 팔을 뒤로 해 힘들게 옷을 들어 올렸다.

"이러다가 정말 위액까지 다 게워내겠네. 등이 뭐요?"

은소부는 사무량의 등을 보기 위해서 고개를 꺾었다. 그리
고 그의 등을 보는 순간, 자신도 모르게 두들기던 손을 멈추

었다.

"이, 이게 뭐야?"

그녀의 두 눈은 화등잔만 하게 커졌다.

사무량의 등에는 마치 종이에 그려놓은 것처럼 글자 몇 개와 그림들이 적나라하게 보였다.

"붉은 글씨… 설마 반흔?!"

사혼검도 유등을 사무량의 등에 더욱 가깝게 비추며 고개를 숙였다.

"반흔이라면 문신을 말씀하시는 겁니까?"

"말로만 듣던 반흔을 직접 눈으로 보게 되다니……!"

은소부는 아직도 놀람을 감추지 못했다.

"뭐, 뭐라고 쓰여 있어?"

사무량의 음성은 다급했다.

"가만있어 봐요. 그러니까……."

은소부는 사무량의 등을 손가락으로 짚어나갔다.

"군웅들이 밀집한 계곡. 구름 사이에 용이 모습을 드러내니, 그 끝은 처음과도 같아라. 흐르는 물에 몸을 뉘이니, 보이는 것은 태양 위에 떠 있는 작은 산사……. 이게 도대체 뭐죠?"

"그게 다야?"

"네, 그리고 그림이 그려져 있네요. 마치 이 글귀를 그대로 옮겨놓은 듯한 그림이……."

“됐어.”

사무량은 힘겹게 윗옷을 내리고 다시 자리에 누웠다.

아직도 온몸엔 열이 펄펄 나지만 은소부가 말한 내용을 전부 머릿속에 각인시켰다.

“그런데 이게 뭘 의미하는 거죠?”

은소부이 호기심 가득한 눈빛은 사무량에게서 떨어지지 않았다.

“비급이 있는 장소.”

“……!”

“후우! 좀 살 것 같군.”

사무량은 참고 있던 숨을 시원하게 내쉬며 가만히 눈을 감았다.

반흔에 세거진 글귀는 정확한 장소를 말해주진 않았다.

그 점이 안타까웠지만 비급의 장소에 대한 윤곽을 대충이나마 잡을 수 있었다.

무언가를 은유해 놓은 글귀. 뜻을 알 수 없다면 글귀에 쓰인 대로 실행에 옮기는 방법밖엔 없다.

“비급이 있는 장소라면서요? 그 글귀만으로 알아내기엔 역부족인가요?”

은소부 역시 지대한 관심을 보였다.

그녀는 태어나서 처음으로 반흔이 있는 사람을 보았다. 그 글귀가 비급이 있는 장소를 가리키는 거라면 사무량의 몸에 있는 반흔은 혈광검이 그린 게 분명하다.

"아프지 않았어요? 꽤 오래전에 새겨 넣은 것 같던데."

"기억에 없어."

사무량은 다시 물가를 찾았다.. 이번엔 은소부와 함께 나왔다. 아무래도 한 사람보다는 두 사람이 머리를 맞대는 편이 문제를 해결하기가 쉬울 테니까.

"물가에 있는 건 확실한 것 같네요. 글귀에 물이라는 글자가 적혀 있으니."

'산사는 많지만 정상에 자리한 곳은 없어.'

사무량은 먼발치에 떨어진 정상을 바라봤다. 능선처럼 이어진 봉우리들이 무산의 아름다운 전경을 어김없이 드러냈다.

경치가 좋은데다가 성의 경계에 자리하기에 사람들의 발길이 끊이지 않는 곳이다. 넓디넓은 산에 지어진 산사 역시 한두 개가 아니다. 모두 뒤져 볼까도 생각했지만 입소문이 퍼질까 봐 관뒀다.

사무량에게는 단 하나의 산사만이 필요하다. 마희가 말한 이 산의 정상에 있는 산사 하나만.

"군웅들이란 무얼 뜻하는지 알 것도 같아요. 대게 이런 글귀엔 사물이나 동식물이 의인화되는 경우가 다반사거든요. 군웅들이라면… 산에서 제가 알아낼 수 있는 군웅은 아무래도 나무나 꽃 혹은 바위뿐이겠네요.”

은소부는 계속 수수께끼 같은 글귀들을 해석해 나갔다.

“계곡은 답이 나왔고… 구름 사이에 용이 모습을 드러내니, 그 끝은 처음과 같아라. 흐음, 이건 좀 어려운데요? 용이 무얼 뜻하는지 알 수 없어요. 용은 전설이지 실제가 아니에요.”

“봉우리.”

“네?”

“용은 봉우리를 뜻하는 거지.”

은소부가 사무량을 빤히 바라봤다. 그는 무슨 생각을 하는지 정상 부근에서 눈을 떼지 않은 채 말하였다.

“그럴 수도 있겠네요. 무산은 높아서 구름이 산 허리춤에 머물기도 하니. 좋아요. 그럼 ‘그 끝은 처음과도 같아라’, 이건 뭐죠?”

사무량 역시 그 부분을 이해하지 못했다.

산의 모양을 말함이라면 더더욱 알 수 없다. 자고로 산이란 위로 올라가면 갈수록 좁아지기 마련. 아마도 그 글귀는 다른 것을 은유한 것일지도.

이럴 줄 알았다면 마희에게 좀 더 자세히 물어볼 것을 그랬다. 아니, 하도 오래전의 일이니 어쩌면 그녀 역시 몰랐을 수도.

“흐르는 물에 몸을 뉘이니, 보이는 것은 태양 위에 떠 있는 작은 산사……."

잠시간 적막이 흘렀다.

은소부는 입을 닫았고, 사무량도 조용했다. 근처의 소리라고는 개울물이 졸졸 흐르는 소리밖에 들리지 않았다.

근 일각여 동안 한자리에서 꼼짝도 하지 않던 사무량이 드디어 입을 열었다.

"그래, 어쩌면……."

"뭔가를 알아냈나요?"

사무량은 은소부의 물음에 답도 해주지 않은 채 무작정 어디론가 걷기 시작했다.

사무량이 찾은 곳은 다연초를 발견한 장소였다.

'그래, 여기다.'

"아! 여긴 마치……."

은소부는 새로운 풍경을 보고 입을 다물지 못했다.

"꽃밭 같아요."

주위는 온갖 들꽃들로 가득했다. 그녀의 말처럼 꽃이 가득한 정원의 한 단면을 보는 듯했다.

사무량은 다연초를 찾다가 이곳의 경치에 넋을 잃었던 기억을 떠올렸다. 그리고 생각나는 이들… 부친과 마희, 아니, 어머니.

오래전 젊은 두 사람이 무산을 찾아온 이유가 무엇일까. 사무량이 태어나기도 훨씬 전이니 둘의 관계는 연인 사이 혹은 그 이전의 관계였을지도 모른다.

형형색색의 아름다운 꽃들을 바라보며 부친은 어머니에게 반흔의 시를 읊어주었겠지. 두 사람이 처음 만난 장소가 여기일지도. 이제야 감이 오는구나.

사무량은 옅은 미소를 배어 물었다.

군웅들은 꽃을 말함이오, 구름을 헤치고 나온 용은 봉우리를 말함이리라. 흐르는 물에 몸을 뉘이니…….

그는 물가로 가까이 다가갔다.

맑고 투명한 물엔 자신의 모습이 선명하게 비쳤다.

'두 사람이 처음 만난 장소라면… 그때 두 사람이 어떠한 위치였는지 상상해 내야 해.'

시간은 정오를 향해 달려갔다. 조금만 더 있으면 태양이 중천에 뜰 것이다.

사무량은 조금씩 위치를 바꿔가며 물속에 그려진 자신의 모습을 살폈다. 그러다가 은소부를 바라보며 명령했다.

"반대편으로 가."

개울가 반대편으로 간 은소부 역시 사무량과 마주 본 상태로 물가에 섰다.

사무량은 해가 중천에 떠오르길 기다렸다.

"언제까지 이렇게 서 있어야 하는 건가요?"

"조금만 기다려."

사무량은 물에 비춰진 은소부의 모습에서 눈을 떼지 않았다.

'민망하게.'

그러고 보니 은소부는 자신과 사무량이 단둘이 있다는 사실을 지금에서야 깨달았다. 그와 이야기를 나눈 적은 몇 번 있지만 항상 주위엔 사람들이 많았다.

지금은 사혼검도 보이지 않았고, 오직 사무량과 단둘이 있는 것도 모자라 물가에 비친 서로의 모습을 바라보고 있었다.

묘한 기분이 들었다.

한 번도 눈길을 돌리지 않는 사무량의 눈빛이 부담스러웠지만 딱히 싫지도 않았다.

그새 정이라도 들어버린 걸지도 몰랐다. 그러나 정이라고 하기엔 두 사람의 관계는 무척이나 사무적이었다.

지금 이렇게 하고 있는 것도 비급의 위치를 알아내기 위함이 아닌가. 비급을 찾은 후 나타날 흑천을 만나기 위함이지 않은가.

그러나 생각과는 다르게 은소부의 가슴은 두방망이질 치기 시작했다.

자신을 바라보는 사무량의 눈빛은 오묘했다. 길게 올라간 눈매가 서늘하다고만 생각했는데, 지금 보니 그윽하기 따로 없다. 깊게 침잠한 검은 눈동자 안엔 복잡한 감정들이 자리하고 있는 것 같다.

'그래, 한 번도 본 적이 없는 눈빛이야. 언제나 무심했지. 밥을 먹을 때도, 일행들에게 이야기를 건넬 때도, 어딘가를 응시하고 있을 때도…….'

은소부 자신은 정녕 몰랐다. 그동안 함께해 오면서 그녀의 눈동자가 사무량에게 머물러 있었다는 사실을.

'슬퍼.'

사무량의 눈빛은 슬펐다.

많은 사람들이 혈광검의 아들이라는 이유만으로 두려움에 떨지만, 은소부의 눈에는 홀로 고독한 싸움을 하고 있는 늑대 같았다. 그리고 그 슬픔을 보듬어주고 싶다는 마음이 들었다.

'앗! 내가 지금 무슨 생각을!'

은소부는 잠시 동안 넋이 빠진 자신을 책망했다.

한 번도 누군가에게서 연모라는 감정을 느낀 적이 없다.

'설마 아니겠지? 내가 저 사람을 연모할 리가 없잖아? 난 지금 오라버니를 찾아야 하는 것만으로도 바쁜 사람이야. 연모라니… 말도 안 돼. 인생 최대의 사치야, 그건.'

정신이 제대로 돌아온 은소부는 침을 꿀꺽 삼켰다.

그때 마침 사무량의 입술이 위로 말려 올라가기 시작했다. 그는 웃었다. 마치 은소부의 생각을 엿보기라도 한 것처럼.

은소부의 얼굴이 붉게 달아올랐다. 한데 사무량은 전혀 다른 생각을 하고 있던 모양이다.

"비급이 있는 장소를 찾았어."

그는 고개를 들어 하늘을 올려다봤다.

어느새 해는 하늘 높이 떠올라 있었다.

사무량과 위치를 바꾼 은소부의 눈이 더는 커질 수 없을 정도로 부릅 뜨였다.

"이, 이럴 수가! 이건 말도 안 돼."

물에 비친 풍경들은 정말 놀라웠다. 그리고 반혼의 의문도 일시에 해소되었다.

군웅들이란 주위에 만개한 꽃들을 일컬음이다.

구름 사이에 모습을 드러내는 용은 사무량이 말한 대로 봉우리가 맞다. 하지만 봉우리를 용이라 표현한 데는 흐르는 물이 한 몫을 했다. 물에 비친 뾰족한 봉우리는 물이 흐를 때마다 구불구불 움직여 마치 용의 움직임을 연상케 했다.

그 끝이 처음과 같다는 말은 용의 움직임이 정중동(靜中動)에서 비롯된 것이라는 걸 알 수 있었다.

반대편에 서 있는 사무량의 모습은 서 있다기보다 물속에 누워 있는 듯해 보였고, 정말 놀라운 것은 그의 옆으로 보이는 산봉우리의 모습이다.

물속에 비친 태양.

그리고 그 바로 옆, 구름에 걸린 절벽. 절벽은 가팔랐으며 끝이 뾰족해 언뜻 보면 산의 정상 같았다. 그리고 놀랍게도 태양이 비추는 그곳엔…… 작은 산사가 보였다.

2

"다행히도 늦지 않은 듯하군."

"홍! 여우 같은 놈! 유인책이라는 교묘한 술수를 쓰다니."

"낄낄! 그래도 다행이지? 소림은 아직도 모르고 있을 테니 말이야."

세 명의 중년인은 조금 떨어진 곳에서 사무량과 은소부의 모습을 지켜보고 있었다.

"천기자의 예감이 이번에는 맞아 들었어. 고얀 놈! 매번 틀려서 언젠가는 손을 봐주려고 했는데 말이야. 낄낄낄!"

등이 굽은 꼽추 적서신군은 신이 난 듯 웃음을 멈추지 않았다.

"초유 놈이 불쌍하지. 남을 속이려면 같은 편마서 속이야 된다는 계략에 말려들었잖아? 지금쯤 성도에서 고생깨나 하고 있을 게야. 배신감이 말도 못하게 들걸?"

"홍! 다 자업자득. 제 눈으로 확인하지 않으면 직성이 풀리지 않는 자이니 도화신군의 계략에 말려들 수밖에."

"히히! 그래도 나중에 고맙다고 해라. 초유 놈 역시 지금쯤 소림을 따돌리느라 전전긍긍할 테니 말이야."

오신군 중 세 명인 적서신군과 뇌성신군, 노도신군은 처음부터 무산에 와 있었다.

이들은 사무량 일행이 펼치고 있는 유인에 넘어가지 않았다. 모두 만영문과 천기자 덕택이다.

사무량이 무산으로 갈 것이라는 천기자의 예감은 이번엔 정확하게 맞아 들었다. 만영문의 정보도 큰 몫을 했다.

나머지는 도화신군이 결정을 내렸다.

사무량이 진즉에 어디로 향할지는 알고 있으나, 흑천 모두가 사무량을 따라나선다면 소림 역시 눈치를 챌 것은 자명한 일.

도화신군에게는 소림마저 따돌려 줄 수 있는 사람이 필요했다.

그리고 그 희생양은 초유신군이 되었다.

초유신군의 성격을 간파하고 있는 도화신군은 일부러 사무량의 위치를 그에게 알려주지 않았다. 그는 분명히 일행을 따라갈 것이고, 사무량을 직접 눈으로 확인할 것이다.

팽산에 있는 사무량이 가짜 사무량인 것을 안다고 해도 초유신군은 그 자리에서 실수를 저지를 자가 아니라는 것 또한 알고 있었다.

그에게는 미안하지만 혈살문은 이번 일에서 빠지는 편이 더 나았다. 아무래도 소림에게 흑천의 모습을 완벽히 드러내는 것보다 은신에 일가견이 있는 혈살문이 가장 적합할 테니까.

"도화 년이 뭐라 했어? 비급을 찾으면 녀석을 죽여도 된

대?"

"아무렴! 저 녀석 따위는 쓸모가 없지. 우리에게 필요한 건 혈광검의 비급이지, 저런 녀석이 아니다."

"호오! 내 생각은 좀 다른데? 도화 년하고 초유 놈이 저 녀석을 탐내는 것 같은 눈치란 말이지."

"흥! 쓸개 빠진 사람들."

"그 말, 도화 년에게 일러도 되냐? 낄낄낄!"

뇌성신군은 대답 대신 적서신군을 노려보았다.

"어쩌면 네놈과 손을 섞을 날이 빨리 올 것 같군. 흑천이 준비가 되는 날, 오신군도 서열을 가려야 하니까."

"뭐? 낄낄! 그런 거라면 언제든지 환영이다. 나중에 맞고 울지나 마."

"네놈 따위……."

"조용!"

반박을 하려던 뇌성신군이 입을 다물었다. 적서신군도 귀를 쫑긋거렸다.

두 사람이 티격태격하고 있는 동안 사무량을 주시하던 노도신군이 눈살을 찌푸렸다.

"녀석이 움직이고 있다. 서둘러."

더 이상 말이 필요없었다.

노도신군과 뇌성신군은 곧장 아래로 내려가기 시작했고, 적서신군은 씩 미소를 지은 채 땅속으로 푹 꺼지듯 사라졌다.

“교묘하군. 이런 절벽 위에 산사라니. 그래서 발견하지 못한 건가?”

사혼검은 까마득한 절벽 위를 바라보며 혀를 내둘렀다.

절벽 중턱에 산사가 자리 잡고 있을 줄은 몰랐다. 하지만 멀리서 딱 보아도 산사는 오래전에 빈 듯하고, 손을 델 수 없어 폐허가 된 지 오래인 듯했다.

“비급이 있는 장소로 딱이네요, 정말.”

며칠간의 고생이 결실을 맺고 나니 정말 속이 후련했다. 하지만 절벽을 어떻게 올라가느냐 하는 커다란 장벽이 눈앞을 가로막고 있었다.

밑에서 올라가기엔 발에 갈고리가 달렸다고 해도 힘들어 보였다. 바닥엔 땅밖에 없어 올라가다 떨어지기라도 한다면 죽음을 면치 못한다.

“차라리 위에서부터 내려가는 방법은 어떻겠어?”

사혼검이 걱정이 되어 한 말이었다.

그 역시 위험하기는 마찬가지다. 준비된 밧줄이 아닌 즉석에서 만든 밧줄로 사내 하나를 장시간 동안 지탱하기에도 무리가 따랐다. 그렇게 하다가 떨어지면 올라가는 것보다 더욱 충격이 심할 듯하고.

“두 사람은 이곳에 있어. 나 혼자 올라갈 테니까.”

“무슨 수로요?”

은소부가 놀란 목소리로 대뜸 물었다.

"아니, 우리가 이곳에 있는 건 당연한 말이긴 한데 그쪽은 어떻게 저 높은 곳을 올라가려고요?"

"널 무시하는 것은 아니지만 절정고수라고 해도 저긴 올라가기 힘들 것 같다."

사혼검도 거들었다.

그라고 해서 절벽을 안전하게 올라갈 뽀족한 방법이 떠오르는 것은 아니었다.

"방법은 만들면 돼."

스릉!

혈광검이 검집에서 빠져나왔다.

"무얼 하려는 거냐?"

"이거면 올라갈 수 있어."

"지금 제정신이에요? 그걸로 어딜 올라간다고요?!"

쉬이익―!

그 순간, 허공을 가로지는 혈광검은 은소부의 머리 위를 지났다.

"앗!"

"무슨 짓이야!"

은소부는 급히 머리를 숙였고, 사혼검의 검은 눈 깜짝할 사이에 뽑혀 사무량을 향해 쏘아져 갔다. 하지만 사혼검은 도중에 손의 힘을 뺄 수밖에 없었다.

은소부의 머리를 스쳐 지나간 혈광검은……

"이 검에 괜히 혈광검이라는 이름이 붙어진 게 아니야. 적어도 천하제일인이었던 내 부친이 사용하시던 검. 사람을 많이 죽여서 그런지… 전혀 녹슬어 있지 않아."

사무량의 섬뜩한 말처럼 붉은빛을 띠는 혈광검은 사혼검과 은소부의 걱정을 비웃으며 단단한 바위 절벽에 틀어박혀 있었다.

사무량은 한 손과 두 발로 절벽을 디디고, 다른 한 손으로는 혈광검을 뽑아 절벽에 쑤셔 넣기를 반복했다. 검을 뽑았을 때 손과 발로 중심을 잡은 채 떨어지지 않기 위해 온몸을 지탱해야 한다는 것은 참으로 고된 일이었다.

작업은 끝날 기미를 보이지 않았다. 잠시 아래를 내려다보니 사혼검과 은소부가 아직도 얼굴을 풀지 않은 채 자신을 올려다보고 있었다.

근 한 시진이 넘게 절벽을 기어오르고도 또다시 반시진이 흘렀을 무렵, 사무량은 드디어 산사를 볼 수 있었다.

아주 허름한, 지리적 위치로 인해 아무도 찾아보지 않았을 것 같은 다 쓰러져 가는 낡은 산사는 규모도 정말 작았다.

그러나 사람 하나 간신히 들어갈 것 같은 불당 안에 놓인 부처상은 왠지 모를 두려운 분위기를 풍겨냈다.

'이런 곳에 비급을 숨겨놓을 수 있다니……'

사무량은 컴컴한 불당 안을 천천히 뒤졌다. 워낙 작은 곳이라서 해가 지기 전에 찾을 수 있을 것 같았다.

하지만 시간이 지나갈수록 찾아오는 것은 불길함뿐이었다.

"……."

비급은 그 어디에도 없었다.

한 켠에 놓인 서랍장은 백 번도 더 열어 보았다. 혹시 몰라 부처상도 여러 번 들었다 놓았고, 어딘가에 통로가 있을까 해서 바닥도 수차례 두들겨 보았다.

해가 뉘엿뉘엿 저물어갔지만 사무량은 끝내 비급을 찾지 못했다.

허무함이 전신에 밀려들었다.

설마 잘못 찾아온 게 아닐까?

아니다. 반혼의 수수께끼는 풀었다. 마희도 분명 비급이 이곳에 있다고 했다. 어미 된 자의 직감이니 틀릴 리도 없고 믿지 않을 수도 없었다.

하지만 없는 건 없는 것이었다.

"후……!"

사무량은 그대로 벽에 기대어 주저앉았다.

단 한 번도 비급이 없는 상황을 생각해 본 적이 없었다.

어떻게 살아왔는가.

무당에서 부재도로 호송되면서 흑천과 소림을 만났다. 두 군데 모두 비급의 장소를 원했다. 마희도 분명 비급이 남아 있다고 말했다.

비급은 있다. 의심할 여지가 없다.

비단 사무량만이 비급을 찾으려는 건 아니기에, 그래서 더욱 조바심이 났다. 원래 부친의 물건이니 반드시 자신이 찾으리라 마음먹고 그 먼 길을 위험을 감수하면서까지 왔는데, 결과는…… 예상과는 달리 참담했다.

그러나 마음 한편으로는 편안하다는 것을 인정하지 않을 수 없었다.

그깟 천하제일인이 되지 않은들 어떠하리.

더 이상 흑천에게 쫓기지 않아도 되고, 소림의 눈치를 볼 필요도 없다. 혈광검의 무공을 이을 사람이 없으니 적랑회도 다들 제 갈 길로 가겠지.

하지만 불사체는?

자서섬의 독으로 지금은 잠재웠지만 완전히 회복된 것은 아니었다. 커다란 흥분을 하게 되거나 피를 많이 보게 되면 언제 다시 발작을 할지 모른다.

불사체의 저주를 풀 수 있는 방법이 비급에 남아 있다.

비급이 없어졌다고 죽을 사람은 아무도 없겠지만 사무량에게는 생사가 달린 일이다. 반드시 비급을 찾아야 한다.

어느덧 날은 저물고 어둠이 밀려왔다. 그래도 달이 떠오르기 시작해서 아주 작은 빛이나마 볼 수 있었다.

사무량은 어둠 속에 웅크린 채 석상처럼 꼼짝도 않았다.

밑에서 기다리고 있을 은소부와 사혼검에게는 미안하지만 그간에 쌓인 피로와 긴장을 모두 풀지 못했기에 절대적인 휴식이 필요했다.

한줄기 달빛이 불당 안으로 들어왔다.

빛이 향하는 자리의 부처상이 왠지 평온해 보였다. 부처는 정말 자비로웠겠지. 강한 자가 아니면서 자비로움으로 많은 사람들의 믿음과 희망이 되어주었고.

사무량은 부처상을 물끄러미 바라보다가 눈을 감았다. 그런데,

"……!"

감았던 눈이 번쩍 뜨였다.

다시 떠진 눈에선 희망을 잃고 퇴색되어 가던 빛이 되살아나고 있었다.

사무량은 자리에서 벌떡 일어섰다. 그리고 뚜벅뚜벅 부처상 곁으로 다가갔다. 달빛에 의지하며 시선을 고정시킨 사무량은 부처상을 바라보고 있지 않았다.

불당의 벽을 바라보는 사무량의 동공이 점점 팽창되어 갔다.

화륵!

품 안에 있던 화섭자를 꺼내 불을 붙였다.

자그마한 불씨에 불당의 전경이 한눈에 들어왔다.

"이럴 수가……!"

사무량은 너무 놀라 말문이 막혔다.

소름이 쫙 돋았다. 비급은 불당 안에 있는 것이 맞았다.

불당의 벽 삼 면에 빼곡하게 자리한 글자들. 대략적인 부분을 보았지만 이것은 무공 비급이 분명했다.

어찌하여 비급이 꼭 종이로만 되어 있다고 생각했을까. 그러니 찾을 수가 없었지. 이렇게 눈앞에 버젓이 있었는데도.

낮에는 보지 못했던 이유를 알 수 있었다.

교묘한 위치를 점하고 있는 불당의 문을 통해 햇빛은 오로지 불상만 비추고 있었던 것이다. 어두운 곳이었기에 미처 벽에까지 신경을 쓸 수가 없었다.

글자는 모두 벽에 음각되어 있었다.

이걸 만드는 데도 아마 꽤 긴 시간을 투자해야 했으리라. 그리고 비로소 산사를 만든 장본인이 부친이라는 사실도 알게 되었다.

그가 아니고서야 이런 올라갈 수도 내려갈 수도 없는 절벽에 산사를 만들 리가 없었겠지.

한동안 입을 다물지 못하던 사무량이 화섭자를 들고 비급의 첫 부분을 찾기 시작했다.

작업은 밤새도록 계속되었다.

사무량은 조금도 쉬지 않았다. 화섭자의 불이 완전히 사라졌을 땐 컴컴한 어둠 속에서 손가락으로 글자를 더듬어 읽어 나갔다.

이만 자가 족히 넘는 글자들.

글귀의 대부분은 무공의 대략적인 전개와 근원이었고, 중간이 지나고 나서부터가 본격적인 설명이 시작되었다.

사무량은 글귀들을 하나씩 외워 나갔다. 중요한 부분은 몇 번이고 다시 짚어보고, 머릿속에서 완전히 내 것으로 만들었을 때야 다음 글귀를 읽었다.

아침이 밝아왔다.

사무량은 비급의 마지막 부분을 읽고 있었다.

불사체를 극복하는 법. 비급은 처음부터 남담한 마음으로 읽었다. 정신을 집중해야 하기 때문에 어수룩한 흥분에 휩싸이지 않았다.

비급의 전체를 외우고 마지막 글귀에 손을 가져간 사무량은 천천히 한숨을 내쉬었다.

억겁의 세월이 흘러간 듯했다.

비록 반나절도 채 되지 않는 시간이었으나 사무량에겐 살아온 이십 년의 세월보다 더욱 값지고 고귀한 시간이었다.

그는 자리를 털고 일어섰다.

찌뿌둥할 거라 생각했던 몸은 깃털처럼 가벼웠다. 비급을 읽는 내내 운기를 쉬지 않았던 탓이다.

아침 햇살에 부신 눈을 가리며 사무량은 불당 밖으로 걸어 나갔다. 가슴 깊이 들어오는 숨도 어제와는 전혀 다른 종류의 것이었다.

누군가가 크게 소리치는 것을 듣고 절벽 아래로 시선을 돌렸다.

창백한 얼굴의 은소부가 보였다. 그 옆에 기절한 듯 쓰러져 있는 사혼검의 모습도 보였다.

또한 오십에 가까운 많은 사람들도 있었다. 올라올 때는 두 사람만 남겨두고 올라왔건만, 기다리는 사람은 왜 저렇게 많은 것인지.

흑천, 마치 호랑이의 먹이를 빼앗으러 온 늑대 무리 같구나.

아니지. 비급의 존재를 알았던 건 너희들이 먼저였으니 오랜 세월 동안 기다리고 있었겠지.

하지만 어찌하나. 너희들은 혈광검의 비급을 가져갈 자격이 없는걸. 힘들게 찾아낸 이 비급을 고이 넘겨줄 것 같으냐!

휘이잉!

절벽 아래에서 불어오는 바람이 옷과 머리카락을 날렸다.

사무량은 밑에서 올려다보고 있는 사람들을 보며 웃었다. 그는 품속을 뒤져 하나 남아 있는 화섭자를 꺼내 들었다.

‘바람이 적절하니 잘 타오르겠군.’

그는 웃음을 머금은 얼굴로 화섭자에 불을 붙였다.

치익!

불이 붙는 순간, 몇 명 사람의 얼굴이 구겨졌다.

‘흑천, 너희들이 기다린 데에 대한 나의 선물이다.’

사무량은 한 치의 망설임도 없이 불붙은 화섭자를 불당에 던졌다.

낡고 오래된 불당 바닥에 붙은 불은 삽시간에 불당 전체를 집어삼킬 듯 퍼져 나갔다.

“안 돼!”

검을 옆구리에 찬 중년인 하나가 비명과 같은 고함을 지르며 절벽을 기어오르기 시작했다.

날다람쥐처럼 날렵하게 기어오르는 중년인의 무위는 정녕 놀라웠지만 그의 속도보다 불당이 타는 속도가 훨씬 빨랐다.

사무량은 활활 타오르는 산사를 말없이 지켜보았다.

매캐한 연기가 하늘을 향해 피어올랐다. 천하제일인의 비급도, 많은 사람들의 염원도 한 줌의 재로 변해가고 있었다.

휘릭!

옷깃이 너풀거리는 소리와 함께 중년인이 절벽 위로 착지했다. 절벽을 타고 오르면서 나무에 긁힌 흔적이 군데군데 있었지만 그는 전혀 아픔을 느끼지 못하는 사람 같았다. 벌겋게 충혈된 눈에선 금방이라도 실핏줄이 터질 듯했다.

“비급! 비급이……!”

중년인, 뇌성신군은 거의 다 타버린 불당 속으로 뛰어들어 발로 재들을 헤집어댔다.

그가 찾는 것은 서책으로 된 비급일 터. 그런 물건이 있을 리 없었다.

사무량은 조용히 그를 바라보다가 사나운 예기를 느끼며 옆을 돌아보았다.

퍼억!

난데없이 날아온 발뒤꿈치가 정수리에 틀어박혔다. 요혈을 맞지 않아 다행이지만 공력이 들어간 발차기 앞에 사무량의 몸은 크게 휘청거렸다.

공격을 한 자는 피처럼 붉은 무복을 입은 꼽추 노인이었다.

“비급은 어딨냐?”

차가운 말은 뼛속까지 시리게 했다.

사무량은 가까스로 정신을 가다듬고 다시 똑바로 일어섰다.

“킥킥킥킥!”

소름 끼치는 웃음소리는 적서신군의 심기를 불편케 했다.

“어디 있느냐고 물었다!”

금방이라도 죽일 듯 살기를 쏘아내는 적서신군의 말에도 사무량은 여전히 비웃기만 했다.

“내 안에 있다. 너희들이 그토록 바라던 염원이 내 안에 있다고. 하하하하!"

　사무량은 웃음을 그치지 않았다. 적서신군의 매서운 눈길
만이 그에게 향해 있었다.

第四章
지낭의 최후

노도신군은 실수를 했다.

절벽 위에서 사무량이 모습을 드러내는 순간, 화살을 쏘아 죽였어야 했다. 설마 그가 비급을 태우리란 생각을 못했다.

하나밖에 없는 비급을 태워 버리다니……. 혈광검의 비급이라면 많은 내용을 담고 있을 터. 그 내용들을 밤새 외웠을 리가 없다.

아무리 쉬운 무공 비급이라 할지라도 무공의 묘리를 깨우치기 위해선 몇 날 며칠이 걸리는 건 당연지사. 하지만 비급은 사라졌고, 남은 것은 사무량뿐이다.

녀석은 처음 초유신군을 만났을 때처럼 애매한 결과만을

남겨두었다.

뚜벅! 뚜벅!

밀실의 복도를 걸어가는 세 명의 발걸음은 그 어느 때보다 무거웠다.

언제나 웃음이 끊이지 않던 적서신군은 평소와는 달리 심각한 표정이다. 사무량이 마지막으로 남긴 웃음소리와 말.

비급이 사라짐으로써 흑천의 염원은 한순간에 날아가 버렸다. 이제 일이 거의 끝났다고 생각했는데…… 또 하나의 일이 남았다. 비급을 알고 있는 유일한 사람인 사무량의 입을 열게 만드는 것.

철컹!

육중한 철문이 힘겹게 열리며 내부의 모습이 보였다.

비교적 넓은 회의실 사방으론 유등이 밝혀져 있었고, 그 가운데 탁자 위엔 도화신군과 초유신군이 앉아 있었다. 그리고 탁자 정중앙의 붉은 휘장 뒤에는 누군가의 모습이 흐릿하게 보였다.

회의실에 들어선 세 사람은 서로 눈빛을 교환한 후, 바닥에 무릎을 꿇었다.

"천주를 뵙습니다!"

들려오는 대답은 없었다.

언제나 이런 식이다. 오신군이 모였을 때에도 천주는 인사는 고사하고 말 한마디 한 적이 없었다. 천주는 오직 도화신군과 단둘이 있을 때에만 대화를 나눴을 뿐, 다른 네 명의 신군들은 천주의 목소리를 들어본 적이 없었다.

잠시 동안 머리를 땅에 찍던 세 사람은 다시 일어선 뒤, 탁자로 걸어가 자리에 앉았다.

"비급은요?"

세 사람이 앉자마자 도화신군이 입을 열었다.

만영문을 통해 이미 비급의 행방을 들었을 터, 그녀는 아무것도 모르는 양 뻔뻔하게 물어왔다.

세 사람은 할 말이 없어 고개를 숙였다.

"후후! 그럴 줄 알았어요. 사무량은요?"

사무량에 대한 질문은 그나마 나았다.

"암옥(暗獄)에 가둬놓았네."

"비급을 가지고 있대요?"

이번에도 할 말이 없었다.

사무량을 기절시킨 후에 그의 몸까지 샅샅이 뒤졌건만 종이 쪼가리 한 장 보이지 않았다.

"초유신군 외엔 아무도 일을 성사시키지 못했군요."

세 사람의 눈길이 초유신군에게 향했다.

초유신군은 자신의 이름이 거론되었음에도 눈썹 한 올 까닥하지 않았다. 깊은 배신감을 느꼈으리라. 하지만 그것마저 계획의 일부분이었다는 도화신군의 이야기를 듣고 아무런 반박도 하지 못했을 게다.

"녀석은 비급의 내용을 알고 있지. 하니, 녀석의 입만 벌리게 하면……."

"만약 그곳에 비급이 없었다면요? 이것 역시 사무량의 계략이라면요? 모두들 사무량이 어떤 인간인지 아시잖아요. 나이는 어리지만 결코 우리의 머리에 뒤지지 않는 인간이라는 걸."

"그곳에 비급이 없었다면 우리에게 잡혀오는 일도 없었을 것이네."

"흑천의 실체를 직접 두 눈으로 보고 싶었는지도 모르죠."

"……."

"용검문의 계집은 데려오셨죠?'

데려왔다마다.

은소부가 계곡에서 사무량을 바라보는 눈빛은 심상치 않았다. 세 사람은 무인으로서 연모의 정을 품는다는 것이 얼마나 한심한 일인지 알고 있었다.

목숨이 경각에 놓여 있는 무인이라면 연인 따윈 없는 편이 생명 연장에 도움이 되었다. 연인은 적에게 아주 좋은 인질이고, 그 인질로 하여금 원하는 것을 얻을 수 있으니.

"비급은 내가 알아내겠네."

뇌성신군은 한 맺힌 음성으로 도화신군에게 말했다.

"고맙지만 필요없어요. 좋은 고문관이 있으니까요."

비급을 찾지 못했다는 말에도 도화신군의 안색은 전혀 바뀌지 않았다. 보기보단 냉정한 여자다. 어떤 큰일에도 흐트러짐이 전혀 없다. 저렇게 차가운 머리를 지니고 있으니 정보 세력을 책임지고 있겠지.

"도화야, 한 가지 궁금한 게 있다."

잠자코 있던 적서신군이 입을 열었다. 표정이 어두운 것을 보니 그도 이번 일에 적잖은 충격을 받은 모양이다.

"뭔가요?"

"천기자 이야기다. 사무량이 팽산이 아닌 무산으로 갈 것을 진작에 알지 않았더냐. 그렇다면 사무량 없이도 비급이 있는 곳을 미리 알 수도 있다고 보는데?"

"호호!"

도화신군은 간드러지게 웃었다.

"그 질문이 언젠가는 나올 줄 알았어요. 저도 처음엔 그렇게 생각했죠. 천기자는 분명 세상에 다시없을 기김을 가진 사람이에요. 하지만 그것은 어디까지나 살아 있는 생물에 관해서라는 것."

"으음!"

"천기자는 사람의 기를 느끼고 행방을 알아낼 수가 있어요. 그러나 비급과 같은 물건에는 기라는 게 존재하지 않죠."

적서신군은 입술을 굳게 닫아버렸다.

사실 그는 천기자 같은 예지인에 대해 아는 바가 없었다. 결국 우문을 내뱉었고, 문제는 원점으로 되돌아왔다.

"이야기는 끝난 것 같네요. 모두 준비나 해두죠. 비급을 품고 있는 자가 가까이 있으니 알아내는 것은 시간문제니까."

네 신군들은 자리에서 일어섰다.

이야기가 끝날 즈음, 으레 그렇듯 도화신군은 그들이 나가기를 기다렸다. 천주와 나눌 말이 더 있었던 것이다.

똑! 똑!

천장에서 물방울 떨어지는 소리가 귓가에 생생하게 들려왔다.

사각사각!

무언가가 벽을 긁는 소리도 들려왔다.

사무량은 조용히 눈을 떴다.

퀴퀴한 냄새가 후각을 자극하며 암흑의 공간이 그를 맞이했다. 누워 있는 곳은 동굴 안인 듯싶다. 아니, 동굴이 아니다. 희미하게 쇳 냄새가 나는 걸 보니 감옥인 모양이다.

얼마나 누워 있던 것일까.

사무량은 몸을 일으켜 벽을 찾았다. 차가운 돌 벽에 등을 기대자 아까보다는 한결 숨쉬기가 편해졌다.

입고 있는 옷은 그대로였다. 손발이 전혀 묶여 있지 않은 걸 보니 엄밀한 감시가 아니라 이곳에서 절대 빠져나갈 수 없을 거라는 혹천의 자신감이라는 생각이 들었다.

허리춤을 찾았다.

검이 없다.

검을 빼앗길 거라는 걸 미리 예상했으니 그다지 놀랍지도 않았다. 검은 이곳을 나가면 반드시 되찾을 거니 미리 걱정할 필요는 없었다.

아직도 산사가 불에 타는 모습이 눈에 생생하다. 밤새도록 읽은 글귀도 머릿속에 그대로 남아 있다. 천운이었다. 그 작은 꼽추 노인에게 잘못 맞아 머리라도 다쳤다면 밤새 외운 비급은 모두 물거품이 되어버렸을 게다.

다시 한 번 머리를 맞고 정신을 완전히 잃은 후의 기억이 없다. 이곳으로 호송되기까지 며칠이 흘렀는지도 모른다.

은소부와 사혼검은 어떻게 되었을까.

사혼검은 몰라도 은소부는 걱정이 되었다. 그리고 후회도 들었다. 그들을 먼저 피하게 했어야 옳다. 놈들은 자신에게서 비급을 알아내기 위해 은소부를 이용할 것이다.

거기까지 생각하니 그녀도 이곳에 있을 거라는 확신이 들었다.

'복수할 거라 장담하더니…… 꼴사나워졌군.'

꼬르륵!

아무래도 시간이 많이 지난 것 같다.

며칠 굶어도 별로 배고픔을 느끼지 못하는 몸이었는데, 뱃속에서 영양분을 달라고 요동치고 있다.

'굶기는 고문부터 시작인가?'

사무량은 등을 기댄 상태로 운기를 시작했다.

천장에서 떨어지는 물만 받아먹어도 며칠은 견딜 수 있으니 그것이면 됐다. 비급을 가지고 있는데 설마 죽이기야 하겠는가.

그동안은 운기로 공복을 달랠 요량이었다.

눈을 감으니 비급의 글자 하나하나가 고스란히 머릿속에 떠올랐다.

비급을 읽은 후, 사무량은 속으로 웃어야 했다.

마희와의 수련이 생각났던 건 무슨 이유일까. 그녀는 혈광검이 펼친 검법 중 기억에 남는 것을 사무량에게 알려주었고, 사무량은 열성적인 그녀의 가르침을 열심히 배웠다.

흩어진 초식들을 이어 나름대로 투로를 만들었다. 초식은 점점 몸에 익어갔고, 직접 본 적이 없는 혈광검의 검법이 아닌 사무량만의 새로운 검법이 탄생되었다.

사무량은 검법의 이름을 짓지 않았다. 그건 혈광검도 마찬가지였다. '비급'이라는 칭호만 있을 뿐, 마땅히 부를 만한 이름이 없었다.

왜냐하면 그것은 무공의 비급이 아닌, 역천의 요체를 설명한 것이었으니까.

부친의 마지막 싸움. 그것이 혈야광무라고 했던가.

맞다. 그것은 광무가 맞다. 미친 자의 검무(劍舞). 아무런 의미도 없이 휘두르는 검법에 붙여진 이름.

사무량은 무공에 대해 해박한 지식을 가진 것은 아니나, 그 어떠한 무공이든 초식과 투로를 지니고 있다고 알고 있다. 이는 무공을 배우는 사람이라면 누구나가 아는 기본 상식일 것이다.

비급은 이런 기본적인 상식들마저 비웃었다.

사무량은 태어나서 처음으로 행동으로 인한 무공이 아닌, 순수 내공으로만 펼쳐지는 무공을 접했다.

비급 그 어디에도 투로나 초식에 대한 언급은 없었다.

역천 하나만으로 무공은 만들어졌다. 정확히 말하자면 역천으로 약간의 초인적인 힘을 단련시키는 방법이 적혀져 있었다.

초자연적인 현상은 세상 어디에나 있기 마련이다.

인간에게도 마찬가지다.

사람은 누구나 잠재된 능력을 지니고 있다. 단, 그것을 발견하는 자가 드물 뿐이다. 발견하여 노력해 단련시킨다면 보통 사람들보다 특별한 능력을 갖게 된다.

실로 그런 인물들을 사무량은 알고 있었다. 그것도 한 사람이 아닌 여러 사람을.

왕가가 그러하다. 쌍둥이들의 능력도 범상치 않다. 물론 타고나는 것도 있지만 자신들 스스로 단련시키지 않았다면 지금과 같은 결과를 지니지 않았을 게다.

인간이 느낄 수 있는 오감, 거기에 하나 더 보태어 육감까지 발달할 수 있다면 그건 이미 초인의 경지에 도달하게 된다. 그런 사람은 여태껏 단 한 명도 없었다. 있다면 그 사람은 이미 인간이 아닌 신(神)이 아닐까.

사무량이 무공을 다른 사람들보다 빨리 익힐 수 있는 이유도 무공의 감각을 타고 났기 때문이다. 그리고 또 중요한 건 그가 불사체라는 점에 있다.

자서섬의 독이 몸속에 침투했을 때, 만약 역천의 기운을 받아들이지 못했다면 어떻게 되었을까. 사무량의 영혼은 저 멀리 떠나갔을 게고, 육신은 한 줌의 재로 사라졌을 게다.

놀라운 사실은 사무량의 부친도, 조부도, 불사체를 지닌 그의 조상들 모두가 역천을 받아들였다는 것이다.

그들은 천하제일인이다.

무공은 각기 다르지만 몸속의 기운, 그것을 대대로 잘 활용했기 때문이다.

비록 감옥에 갇혀 있지만 사무량에게는 아주 좋은 기회가 아닐 수 없었다.

비급의 내용을 정리하고 수련할 수 있는 아주 좋은 기회.

그리고 비급의 마지막에 적혀 있는 것을 읽었다.

불사체의 저주에서 벗어나는 유일한 방법. 그것은…….

화르륵!

'……?'

불빛이 보였다. 어둠 속에 시력을 적응하던 사무량은 갑자기 생겨난 불빛에 잠시 얼굴을 찌푸렸다.

유등 하나가 어두운 복도에 걸렸다. 역시 예상대로 사무량이 있는 곳은 감옥이었다. 복도에는 그 흔한 경비병도 없었다. 경비가 삼엄하지 않다는 건 한눈에 알아볼 수 있지만 사무량은 알고 있다. 감옥에서 탈출을 하는 순간, 무시하지 못할 고수들을 상대해야 한다는 것을.

철창 밖에서 한 사람의 모습이 보였다.

끼익!

그는 조심스럽게 철문을 열고 감옥 안으로 들어섰다. 사무량은 안력을 돋워 그의 용모를 자세히 볼 수 있었다.

쥐 눈의 사내다. 나이는 삼십대 후반 정도로 보이고 왜소한 체격에선 무인의 기운이 전혀 느껴지지 않았다. 아니, 무인이 웬 말이랴. 평생 책만 파고들었을 법한 서생의 냄새가 풀풀 풍겼다.

사내는 사무량의 얼굴을 살핀 뒤, 가까이 다가왔다.

사무량은 아주 편한 자세로 여전히 벽에 등을 기대고 있었다. 팔은 힘없이 축 늘어뜨려 바닥에 두었다.

"나는 천기자라고 한다."

사내가 자신의 이름을 밝혔다.

그러고도 천기자는 눈살을 좁히며 사무량을 관찰했다. 사무량도 그에게서 시선을 떼지 않았다.

이상한 기분이었다. 이자가 무인이 아니라는 확신은 틀리지 않았다. 그런데 무인이 아니면서도 뭔가 일반인과는 다른… 오묘한 기운이 느껴진다.

"이 년 전 네가 부재도로 호송될 때, 그리고 네가 비급을 찾아 무산으로 갈 것이라는 걸 알아맞힌 사람이 바로 나다."

그제야 사무량은 천기자에게서 느껴지는 묘한 기운의 정체를 알아챘다.

일전에 우서문과 그런 말을 나눈 적이 있다. 흑천에 어쩌면 기감이 굉장히 좋은 사람이 있을지도 모른다고. 그래서 자신들이 나아갈 길을 미리 알고 나타나는 것이라고.

이자는 보통 영감을 가진 자가 아니다. 사람의 기운을 읽어 행방을 알아내는 자이니… 이자 역시 상단전이 발달된 사람 중 하나이리라.

"네가 비급을 가지고 있다고 들었다."

"……"

"기회를 주고자 하는 마음에 내가 직접 왔다. 지금 말하는 것이 네 신상에 좋을 게다. 말하지 않는다면 앞으로 네게 어떠한 일이 일어날지 장담할 수 없다."

"……"

"말해라."

"……"

사무량은 무심한 눈으로 천기자를 바라봤다. 천기자 역시 그의 눈빛을 피하지 않았다.

그가 본 사무량의 인상은 생각했던 것보다 더 강렬했다.

아직 스무 살밖에 되지 않았다고 들었다. 스무 살이면 세상을 배워 나가기 시작할 나이다. 자신은 스무 살 때 무엇을 했던가. 서책에 파묻혀 지냈다. 그때는 지금처럼 무림 일에 간여하게 되리라곤 생각조차 하지 않던 때였다.

스무 살 때의 자신과 비교하면 사무량은 세상을 다 산 사람 같았다. 무심한 눈빛은 섬뜩했고, 두렵기까지 했다. 마치 온몸이 발가벗겨진 기분이었다.

그러나 이토록 아무렇지 않게 서 있을 수 있는 것은 그동안 오신군이라는 초절정고수들을 대해왔기 때문이다. 일종의 면역이라고나 할까.

"말해라."

천기자는 다시 조용히 말했다.

사무량은 천천히 입술을 말아 올렸다. 입술이 올라가며 보이는 그의 작은 송곳니를 보며 천기자는 침을 꿀꺽 삼켰다.

"기감이 좋다면 이미 내 행동을 알고 있으리라 생각하는데?"

"……."

이번에는 천기자의 말문이 닫혔다.

"비급은 내 머릿속에 있어. 난 이걸 당신들에게 주고 싶은 마음이 눈곱만치도 없고. 당신들은 절대로 날 죽이지 못해."

천기자는 눈에 힘을 주었다.

사무량의 말속에서 진심을 느꼈기 때문이다. 그냥 하는 말이 아니었다. 사무량에게는 두려운 것이 없다. 그 어떤 고문을 가한다 하여도 절대 비급을 발설하지 않을 게다.

'곤란하게 되었군. 녀석은 죽어도 말하지 않을 게야. 이 사실을 말할 수도 없고…… 참 난감하군.'

도화신군에게는 더더욱 말할 수가 없었다.

그들은 자신들의 염원을 풀어줄 사무량에게 커다란 기대를 하고 있다. 그런 기대가 무너진다면 흑천은 더 이상이 흑천이 될 수 없다. 중원에 복수를 하기야 하겠지만, 이들 역시 몰살할 것이 자명하다.

"흑천에 들어오는 것은 어떠하냐?"

"개 풀 뜯어먹는 소리."

"……"

천기자는 사무량의 비방에도 꾹 참았다.

"네가 이곳에 들어오면 많은 사람들이 너의 수족이 될 것이다."

"아, 어디서 개가 짖나?"

사무량은 손가락으로 귓구멍을 후벼 팠다.

아무리 적이라 해도 무례한 행동이 아닐 수 없었다. 천기자는 그래도 정중하게 대했지만 사무량은 들은 척도 하지 않았다.

천기자는 권유하기를 포기하고 고개를 돌렸다.

"남의 일은 잘 알면서 자신이 앞으로 어떻게 될는지는 전혀 모르는 모양이지?"

사무량의 비웃는 듯한 목소리가 들려왔다.

"뭐?"

"당신의 앞날 말이야. 보아하니 생각이 아예 없는 사람 같지는 않은데 왜 이곳에 있는지 궁금해서."

"무슨 의미냐?"

"당신은 흑천의 두뇌가 될 그릇이 아니야. 기감 하나로 두뇌가 된다면, 그 두뇌를 철썩같이 믿는 놈은 다 병신들이고."

"……?"

"도화신군이라는 여자를 보았지. 적어도 두뇌라고 불리고 싶다면 그 여자 정도는 되어야 해. 고작 사람 따위를 찾는 기감? 그거라면 그녀가 이끌고 있는 만영문이 훨씬 더 정확하게 파악하겠지. 그러고 보니 이상하군. 전주가 딩신을 밀어내지 않고 있는 이유를. 어차피 쓸모가 없어지면 돌아오는 것은 죽음."

"닥쳐!"

천기자는 처음으로 버럭 화를 냈다.

사무량은 여전히 자신을 바라보며 웃고 있었다. 그 얼굴이 그토록 얄미울 수가 없었다. 손발이 묶여 있었다면 침이라도 뱉어주고 싶을 정도로.

"정곡을 찌른 모양이군."

사무량은 끝까지 천기자의 마음을 후벼 팠다.

맞다. 그는 천기자의 정곡을 찔렀다. 그것도 아주 뾰족하고 날이 잘 선 둔기로.

자신이 이곳에 어울리지 않는다는 건 이미 오래전부터 느끼고 있었던 것이다. 기감은 번번이 틀렸고, 실수도 많았다. 이번에 사무량을 찾아낸 것도 운이 좋아서라고밖에 말할 수 없다.

이토록 나이 어린 사무량까지 이상하다고 느끼는데 다른 이들이야 오죽하겠는가.

'처음부터 다시 생각해 봐야겠어. 이곳에 계속 머물러야 할지, 말아야 할지.'

천기자는 꽉 쥔 주먹을 부르르 떨었다. 그리곤 찬바람이 불 정도로 휙 돌아 감옥을 나갔다.

거처로 돌아온 천기자는 불안한 듯 방 안을 서성였다.

정곡을 찌른 사무량의 말은 객관적인 입장에서 본 솔직한 말이었다. 그의 말을 곱씹어볼 필요가 있었다.

굳이 자신이 아니더라도 흑천의 두뇌 역할을 할 사람은 많았다. 도화신군이 그렇고, 초유신군도 그렇다. 만영문이라는 거대한 정보 조직까지 있다. 사람을 찾아내는 것은 천기자의 기감이 아니라 만영문의 정보면 더 쉽고 빠르게 찾아낼 수 있다.

오래전부터 느껴왔던 일이다.

자신은 흑천에서 입지를 굳힐 자리가 없다. 그럼에도 아직까지 천주가 자신을 밀어내지 않는 이유를 알 수가 없었다.

천기자는 가진 것이라고는 남들보다 탁월한 기감밖에 없었다.

가난한 농부의 자식으로 태어나 유년 시절을 힘겹게 살아왔다. 잘 먹지도, 입지도 못하는 가난에 찌든 삶이 싫어 집을 나왔다. 집을 나와서 그가 할 수 있는 일 역시 아무것도 없었다.

운이 좋아 어린 나이에 어느 지방 부호 집안의 잡일꾼으로 들어갔다. 허약한 체질에 제대로 하는 일이 없었지만 다른 누구보다 열심히 일했다.

글을 배우고 싶은 마음에 낮에는 일을 하고, 밤에는 자는 시간까지 아껴가며 공부를 했다. 책을 가까이하는 날이 늘어났을 때 천기자에게 평생 없을 것 같은 행운이라는 녀석이 찾아왔다.

누군가가 주인집의 재산 중 일부를 가지고 도주했다. 아무도 그자의 행방을 모르고 있을 때, 명쾌한 해답을 가져다준 자가 바로 천기자였다.

천기자 자신도 그자가 숨어 있는 장소를 어떻게 알아냈는지 의문이었다. '그냥' 이라는 말로는 모든 것이 설명되지 않았다. 자신이 탁월한 기감을 가졌다는 사실도 그때서야 알았다.

그것은 실로 우연이 아니었고, 이후 몇 번 비슷한 일이 더 일어났다.

결국 부호의 눈에 들어 스물다섯 살이라는 나이에 총관이라는, 평생 꿈도 꿔보지 못할 직책을 맡게 되었다.

그리고 다시 삼 년…….

도화신군이 처음 자신을 찾아왔던 그날의 일은 결코 잊을 수가 없다. 처음엔 하늘에서 선녀가 내려온 줄로만 알았다. 앵두같이 예쁜 입술로 지금 있는 곳보다 더 좋은 곳의 지낭 자리를 준다고 하였다.

천기자로서는 거절할 이유가 없었다. 무림 일에 관여하게 된다는 일이 조금 찜찜하긴 했지만, 자신의 능력을 알아봐준 아름다운 여인의 청을 들어주어야만 한다는 생각뿐이었다.

십 년이 지난 지금, 천기자는 자신이 자꾸만 무기력해져 간다는 사실이 슬펐다. 지난 세월 동안 꼭두각시 역할만 해왔다는 생각밖에 들지 않았다.

그동안 사무량을 경계해 왔다. 혹시 자신을 내치고 그 자리에 들어와 앉을까 봐. 그러나 문제는 그것이 아니었다. 천기자 자신의 목숨부터 챙겨야 할 때였다.

이대로 있을 수는 없었다. 언제 내쳐질지 모르는 일. 더욱이 흑천의 일을 모두 알고 있는 이상, 결국은 죽음밖에 남는 게 없다.

천기자의 움직임이 갑자기 부산스러워졌다.

죽음이 확실시 되었으니 시간이 지나가는 걸 그대로 기다릴 수만은 없다. 사무량을 만나고 온 것이 어쩌면 다행이라는 생각이 들었다.

커다란 행낭에 옷가지들을 집어넣었다. 꼭 필요한 물품과 마른 건포 몇 개도 챙겨 넣었다. 만영문의 추적에서 벗어나리란 하늘의 별따기처럼 힘들겠지만 천기자 자신에겐 뛰어난 기감이 있으니 쉽게 잡히지는 않으리라.

'청해성으로 넘어가서 한동안 숨어 지내는 수밖에.'

천기자는 마음을 굳게 먹었다. 모두가 사무량에게 신경을 쓰고 있으니 지금이 도주하기엔 절호의 기회.

그는 행낭을 여민 후, 어깨에 걸머쥐고 뒤돌았다.

"뭐라고 하던가요?"

"……!"

천기자는 심장이 멎는 줄만 알았다.

도화신군…… 언제부터 들어와 있었던 걸까. 처음부터 모두 지켜보고 있던 건 아니었을지.

천기자는 눈앞이 하얘지고 귀가 멍멍해져 왔다. 당연히 도화신군의 질문에 바로 대답하지 못했다.

도화신군의 고운 아미가 일그러졌다.

"뭐라고 했는지 묻고 있잖아요."

천기자는 정신이 번쩍 들었다.

"아직은… 완강히 거부하고 있습니다."

"훗!"

도화신군은 그럴 줄 알았다는 듯 웃었다.

"쉽게 말할 거라면 이제까지 따라다녔을 필요는 없었겠죠."

"송구합니다."

"그런데 무슨 바쁜 일이 있으신가 봐요?"

"……."

천기자는 식은땀을 흘려댔다. 꾸린 행낭은 아직도 그의 등 뒤에 메어져 있었다. 면사 위로 보이는 도화신군의 눈빛은 천기자의 마음을 꿰뚫어 보는 것만 같았다.

그녀의 얼굴에 웃음이 짙어져 갈수록 천기자의 불안은 더욱 증폭되어만 갔다.

"십 년 전 제가 처음 당신을 찾아간 날을 기억하세요?"

천기자는 가슴이 철렁했다.

그녀가 무슨 의도로 이와 같은 말을 하는지 알 수 없었다. 이곳에 들어온 이후로 한 번도 천기자에게 과거에 대한 일은 묻지 않던 그녀였다. 더군다나 아주 사적인 일에 대해선 일언반구하지 않았다.

천기자의 놀라움은 거기서 끝이 아니었다.

천천히 면사를 풀고 있는 도화신군의 손길에서 눈을 뗄 수가 없었다. 면사가 벗겨지며 아름다운 선을 가진 얼굴이 드러났다.

그래, 그랬지. 흑천의 들어온 이유 중 절반 이상이 저 얼굴에 반해서였지.

도화신군은 작은 미소와 함께 천기자의 곁으로 다가왔다. 긴장이 되는 와중에도 그녀의 싱그러운 향기가 콧속으로 밀려들었다.

"당신은 참 둔한 사람이네요."

천기자는 도화신군의 말이 귀에 들려오지 않았다. 그녀의 섬섬옥수가 천기자의 얼굴을 매만졌다.

"특별한 기감을 가진 분이 왜 제 마음을 아직도 모르고 계셨는지……."

"저, 저는……."

심장이 두방망이질 쳤다.

천기자도 시내였다. 메고 있는 행낭을 집어 던지고 도화신군의 가녀린 허리를 움켜쥐고 싶었다. 그런데,

"그동안 수고 많았어요."

푸욱!

그녀의 말이 끝남과 동시에 등 뒤에서 작은 파육음이 들렸다.

등이 불에 덴 듯 화끈거렸다. 눈앞이 깜깜해지며 뜨거운 무언가가 등을 타고 흘러내렸다.

"미련한 놈."

천기자는 멀어져 가는 도화신군과 자신의 앞가슴을 뚫고 나온 길쭉한 검을 번갈아 보았다.

아! 이런 것이었나. 이것이 그간의 삶에 대한 보답이었던가.

언젠가 죽임을 당하게 될 줄은 알았지만 그게 오늘일 줄이야. 일부러 행낭을 싸지 않았더라도 오늘이 죽는 날이었을 줄이야.

천기자는 아주 천천히 뒤를 돌아보았다. 누가 자신의 등에 검을 찔러 넣었는지 보고 싶었다.

하지만 뒤를 돌아보는 순간, 천기자는 지옥을 맛보는 기분이었다. 등 뒤에서 미소를 짓고 있는 사내는 그가 익히 알고 있는 자였다. 매처럼 날카로운 눈을 가진 사내.

"처, 천주……."

이럴 수는 없었다. 흑천주가 자신을 직접 죽일 것은 정녕 예상치 못한 일이었다.

"호호! 천주?"

"이놈을 이렇게 죽여도 됩니까?"

죽어가는 와중에도 충격의 연속이었다. 천주는 도화신군에게 존댓말을 하고 있었다.

"어차피 그동안 내 자리를 대신했을 뿐이야. 흑천이 언제까지 기감 따위에 의존을 해야 한다고 생각해? 그 정도면 쓸만큼 썼으니 이젠 필요없어."

"크크!"

사내는 즐거운 듯 웃었다. 그에게선 천주라는 지위를 가진 자의 분위기는 전혀 느껴지지 않았다.

'이런 것이었나? 하하! 그래, 도화신군. 당신은 야망이 큰 여자. 당신이 흑천을 준비하고 있을 때까지 나는 허수아비 노릇이었단 말인가……'

"시신은 알아서 수습하고 천기자는 떠난 걸로 해. 이제 남은 일은 사무량을 굴복시키는 것이니, 천기자의 자리는 내가 대신 있어야겠어."

이제야 어찌 된 정황인지 알 것 같았다. 천기자는 지난날 동안 도화신군의 모든 계략에 의해 움직인 것에 불과했다.

'후후후후! 이대로… 이대로 죽을 수는 없지. 당신들… 당신들은 큰 실수를 한 거야. 내가 없으면 흑천의 앞날을 알아낼 사람은… 아무도 없어, 아무도!'

희미해져 가는 정신 속에서 천기자의 몸은 모래성처럼 무너졌다. 영혼이 육체를 떠나가기 직전, 천기자는 사무량이 했던 말을 머릿속에 떠올렸다.

남의 앞날은 알면서 정작 자신의 앞날은 모르고 있냐는 그 말을.

2

혈살문은 조용히 사라졌다. 가완이 죽립을 벗고 나자 소림의 모습도 더 이상 보이지 않았다.

일행은 다들 피곤한 모습이었다.

몇 날 며칠 동안 적들을 유인하느라 고생이 이만저만이 아니었다. 특히나 팽산에 오른 이후에는 항상 경계심을 곤두세우느라 심신이 지친 상태다.

"지금쯤 사무량은 비급을 찾았을까?"

"찾았겠지. 그만큼 시간을 벌어주었는데 못 찾았다면 그게 사람이냐?"

"그럼 이제 우리는 비급을 찾을 수 없는 거야?"

해타의 말은 모두의 가슴에 깊이 틀어박혔다.

다들 부재도에서 나올 때, 고독을 몸에 품고 다니던 이유는 혈광검의 비급을 혹시나 접할 수 있지 않을까 하는 기대감 때문이었다.

그러나 정작 비급을 찾을 때가 되자 일행은 적들을 유인하는 역할을 맡게 되었다. 마희의 의도대로 이들은 철저히 사무량을 돕고 말았다.

"비급은 우리 모두의 것. 사무량이 가졌다고 해도 단박에 천하제일인이 될 수는 없다. 우리가 그를 찾아야 해."

"어디로 갔는지 어떻게 알고 찾아? 설마 비급을 찾은 후에 혼자서 도망쳐 버린 거 아냐?"

왕가는 아직도 불신의 빛을 거두지 않았다.

모두 초조한 마음이었다. 사무량이 함께 있을 때는 몰랐는데, 그와 떨어지고 나선 누구 하나 쉬운 결정을 내릴 수가 없었다.

"일단은 무산으로 가자. 가는 길목에서 무슨 연락이 오겠지."

잠시 동안 휴식을 취한 일행은 다시 길을 떠날 채비를 하였다. 한데 우서문은 아까부터 무슨 생각을 하는지 아무 말이 없었다.

"왜 그러나?"

유담이 걱정스러운 얼굴로 물었다.

"이상하다. 흑천은 혈살문만 있는 것이 아니다. 낙뢰문, 철궁방, 고언문… 모두 나타나지 않았다."

"알 것도 같군. 초유신군이라는 자, 가완을 보고서도 그냥 보내주었다면서?"

"그 후에 혈살문은 종적을 감췄다."

"만영문의 눈을 속이지 못한 것일 수도. 흑천은 원래부터 우리를 따라올 생각이 없었어. 그들은 처음부터 사무량을 따라간 거야."

"으음!"

"뭐야? 그렇다면 정말 위험한 건 사무량 놈이란 말이야?"

왕가가 커다란 눈을 끔벅이며 말했다.

"어쩌면……."

우서문의 얼굴은 서서히 경직되어 갔다.

"만약 그들이 사무량을 따라갔다면, 그래서 사무량이 비급을 찾는 모습을 보았다면……."

"이런! 가망이 없겠군."

유담이 이마를 치며 말했다.

우서문의 추측대로라면 사무량은 이미 죽었는지도 모른다. 그가 비급을 찾아 그것을 흑천이 가로채 갔고, 그러면 더 이상 사무량은 쓸모가 없게 된다.

사무량이 아무리 혈광검의 아들이라고는 해도 흑천의 오신군들을 상대하기에는 무리가 따른다. 고수들을 여러 번 경험해 본 우서문조차 초유신군 앞에서는 아무런 행동도 취할 수 없었지 않은가.

"제기랄! 사무량이 죽었다면, 그럼 우리는 어떻게 해야 하는 거야? 흑천 놈들을 찾아서 비급을 달라고 해야 돼?"

"지금 비급이 문제야?"

소신녀가 벌떡 일어났다. 사무량이 죽었을지도 모른다는 말에 그녀의 얼굴은 금세 하얗게 탈색되었다.

"이년이… 넌 도대체 누구 편이야?"

"적어도 네 편은 아냐!"

왕가와 소신녀 두 사람 사이의 기류가 심상치 않자, 가완과 가야가 그들을 말렸다.

"알아, 이년아? 우리가 언제까지 동료고, 언제까지 함께 붙어 있을 줄 알아! 네년 몸속에도 고독이 들어 있고, 지금도 벌레가 네년의 내장을 조금씩 갉아먹고 있다는 말이다. 그런데도 사무량의 편을 들어? 네년은 살고 싶은 욕망도 없고, 자존심도 없냐?"

"그러는 넌 얼마나 오래 살려고 그래? 사람인 이상 언젠가는 죽어. 막말로 사무량이 없었다면 지금쯤 이곳에 살아 있는 사람은 아무도 없었을걸? 그리고 아직 고독의 해독약을 받으려면 기간이 좀 남았어. 그때까지 기다려 봐야 하는 거 아냐?"

"고독의 해독약은 없어."

"……!"

"……!"

나직한 유담의 말에 모두의 고개가 섬전처럼 돌아갔다.

"방금… 방금 뭐라고 헀이?"

"고독의 해독약은 없다고."

"유담, 너 이 새끼… 지금 네놈만 살아남으려고 거짓말 하는 거지? 우리를 뿔뿔이 흩어지게 한 다음에 혼자서 해독약을 챙기려……."

"너희가 먹은 그 고독. 그건 고독이 아니라 내공증진을 돕는 단환일 뿐이야."

"그게 무슨 말이야?"

가완이 유담 앞으로 저벅저벅 걸어갔다.

"마희는 처음부터 우리에게 고독을 먹일 생각이 전혀 없었어. 그녀는 사무량이 비급을 찾을 때까지 우리가 그를 돕길 바랐던 거야. 부재도민이 어떤 인간들인지 우리 스스로가 더 잘 알 텐데? 고독이 아니라면 모두를 뭉치게 할 수는 없었으니까."

"그럼 넌 처음부터 알고 있었다는 말인가?"

"속여서 미안하다. 나 역시 혈광검의 비급이 탐이 났던 건 사실……."

빠각!

유담의 고개가 반쯤 돌아갔다.

주먹을 날린 사람은 왕가였고, 유담은 충분히 그의 주먹을 피할 수 있었지만 그러지 않았다.

"이 새끼, 너 지금 사람 목숨 가지고 장난친 거 알고 있어?"

"……."

"됐어. 왕가, 그만 해. 고독이 없다는 걸 알면 좋은 거잖아. 참아."

해타가 왕가를 붙잡아 진정시켰다.

"다들 그만들 하자. 정말 이제는 싸우는 데 이골이 났다."

가완은 담담하게 일행들을 도닥이곤 유담에게 물었다.

"전부터 궁금한 것이 있었는데… 마희와 사무량의 관계, 도대체 뭐냐?"

"어미와 아들."

유담이 입가에 흐르는 피를 소매로 문지르며 대답했다.

"…그렇군. 예상은 하고 있었지만 이제야 완전히 이해가 가는군. 그렇다면 사무량도 혹시 고독이 없다는 걸 알고 있었나?"

"아니, 녀석은 모르고 있다."

"……."

다들 유담의 말을 귀 기울여 들었다.

사무량이 알고 있었다면 정말 용서할 수 없다. 목숨을 담보로 사람을 이용했다는 것은 진정 있어선 안 되는 일.

"녀석은 그럼 지금까지……."

가완이 뒷말을 흐렸다.

사무량은 일행의 몸속에 고독이 있다는 것을 모두 자신의 책임으로 돌렸다.

혼자 비급을 찾아갈 정도라면 처음부터 일행을 떼어놓았을 수도 있다. 그러나 지금까지 자신을 도와야만 일 년 후에 해독약이 주어진다는 것 때문에 일행을 데리고 다녔다.

그것뿐이던가. 개개인의 적을 모두의 적으로 돌렸고, 일행을 동료라 부른 것도 사무량이 처음이었다.

고독이 없다고 말했지만 다들 표정이 좋지 않았다. 왕가마저 머릿속에 비급보다 사무량에 대한 걱정이 채워지기 시작했다.

"그럼 혹천이 모두 무산으로 몰려갔다는 소린데……."

왕가가 다시 조심스럽게 입을 열었다.

"그렇다면 녀석은 죽었을까?"

"죽지 않았어."

소신녀는 입술을 지그시 깨물었다. 항상 다른 일에 무관심하던 소신녀였기에 지금의 모습이 낯설게 느껴졌지만 누구 하나 그녀를 타박하지 않았다.

"나도 장담하지. 녀석은 절대 죽지 않았을 거다."

우서문이 거들었다.

다른 이라면 몰라도 사무량과 함께 위기에서 몇 번이고 살아남은 우서문은 본능적으로 그의 생존을 확신했다.

"우리까지 위험에 들지 않게 하기 위해 유인을 핑계로 저 혼자 무산에 간 놈이다. 비급은 그의 부친이 남기고 간 소중한 것. 그것을 빼앗길 정도로 우둔한 녀석이 아니라는 말. 녀석은 살아 있다."

그의 확신은 모두의 확신이 되었다.

"자, 이제 결정할 때가 된 것 같다. 모두들 어떻게 할지 정해라."

일행은 갈림길에 놓이게 되었다. 고독이 몸에 없다는 것을 알았으니 이제 마음 놓고 각자의 길을 갈 수 있다.

"사무량을 찾으러 갈 사람, 그리고 떠날 사람. 여기서 의견을 분명히 밝혀. 간다면 목숨을 걸어야 할지도 모른다. 떠난다면 굳이 말리지 않겠다. 그래도 난 녀석을 구하러 가겠다."

파앗!

우서문은 장검을 바닥에 꽂았다.

우서문이 꽂은 장검 옆으로 대도 하나가 더 틀어박혔다. 적
랑회주의 아들 양소였다.

"우서문, 난 무공을 못해. 어쩌면 당신들에게 짐이 될지 몰
라."

"짐이 될지 안 될지는 나중에 가봐야 알 일."

소신녀도 마음을 굳힌 듯했다.

나머지 다섯 명은 서로의 눈치를 보았다. 일행에게서 벗어
날 수 있는 절호의 기회다. 부재도에 갇혀 지내는 동안 그토
록 나오고 싶었던 중원. 이곳에서 조용히 자신만의 인생을 살
면 그만이다.

"나도 가지. 여기까지 왔는데 혈광검의 비급은 봐야 할 것
아닌가."

유담이 접선을 펼쳐 휙휙 부쳤다.

"나는 갈 곳이 없는데……. 왕가, 넌 어떻게 할 거야?"

왕가는 심각해 보였다.

품속에 고이 간직해 온 물건. 그 물건을 다시 세상에 내놓
기 위해선 절대적인 힘이 필요하다. 소림에게서 간섭받지 않
을 절대적인 힘. 그러려면 혈광검의 비급을 구하던가, 아니면
천하제일인이 될 누군가의 곁에 있어야 한다.

하지만 우서문의 말이 신경 쓰였다. 목숨을 담보로 하는 여

행이니 왕가 자신이 죽게 되면 물건은…….

"에잇! 가, 가! 가면 될 것 아니야! 가자고!"

겉과 달리 왕가에게는 힘든 결정이었다.

이제 쌍둥이만이 남았다.

쌍둥이는 처음부터 혈광검의 비급을 원했다. 고독이 아니고라도 비급을 찾기 위해 움직일 녀석들이다. 강한 자가 되면 엽사들의 추격에서 벗어나지 않고도 편히 살 수 있다.

"좋아, 우리도……."

"우린 빠지겠어."

"……!"

가야가 가완을 바라봤다. 단 한 번도 뜻이 어긋나지 않던 쌍둥이였다. 가야는 당연히 형이 사무량을 만나러 가리라 생각했다.

"왜지?"

유담이 물었다. 일행 역시 가완의 결정이 조금 의아했다.

"떠난다면 잡지 않겠다면서 이유를 꼭 말해야 하나? 우리도 우리의 인생이 있는 법. 언제까지 사무량에게 얽매여 살 수는 없잖아."

"엽사들 때문에 그런가? 동료라는 말은 너에게 아무런 의미가 없었나 보군. 설혹 그들이 다시 나타난다 하더라도 너희 둘만의 싸움이 아니지 않나?"

"미안하지만 엽사들 때문이 아니다. 그들도 찾아낼 수 없게 조용히 살 수 있는 능력이 우리에겐 있다.”

“…….”

처음 우서문이 말한 대로 일행은 쌍둥이를 설득시킬 수가 없었다. 조용한 침묵이 흐르는 가운데 일행은 가완의 결정을 받아들여야만 했다.

“정 뜻이 그렇다면 말릴 수 없지. 우리의 인연이 여기까지인가 보구나. 잘 가라. 무운을 비마.”

“그래, 너희도 몸조심해라.”

쌍둥이만 남겨둔 채 일행은 사무량을 찾으러 가기로 결심했다.

第五章
감각의 발달

한 호흡, 두 호흡.

호흡을 할 때마다 청명한 기운이 정수리를 맴돌았다. 역천을 받아들인 후부턴 일전에 익히고 있던 심법은 모두 잊었다.

역천은 단지 기가 역행하는 것만을 의미하는 게 아니었다. 불사체의 몸에 잠재된 기운은 시작되는 지점에서 뻗어 나가는 방향도 제각각, 기가 흐르는 속도도 제멋대로였다. 그러나 기운의 맑음만큼은 정통무가의 내공에 절대 뒤지지 않았다.

사무량은 자신의 신체에서 일고 있는 현상들을 조용히 관찰했다.

시선은 어둠 속 한편을 계속 응시했다.

인간의 적응 능력은 상상을 초월하기 때문에 어둠 속에서도 시력이 적응되기 마련. 하지만 빛 한 점 들어오지 않는 감옥에서는 그런 적응력도 통용되지 않았다.

한 치 앞도 보이지 않는 어둠 속에서의 공포는 이미 잊은 지 오래다. 사무량은 일종의 자아최면을 이용해 어둠 속에서의 시력을 찾고 있었다.

눈은 금방이라도 튀어나올 듯 아파왔다. 오래도록 감지 않아 뻑뻑한 눈알이 충혈되더니 또르르 눈물 한 방울이 흘러나왔다.

안력을 돋는 만큼 그의 정신력을 지배하는 역천의 기운은 안면에서 거세게 작용했다.

일전엔 미처 몰랐다. 그냥 기운이 흘러가는 대로 놔두면 그것이 지극히 정상적인 것이고, 불사체를 받아들이는 거라 생각했다.

비급을 읽지 않았더라면 지금과 같은 노력은 없었을 게다. 원하는 부분으로 정신을 집중시키니 강맹한 기운이 생각대로 따라와 주고 있다.

불사체에게 있어 역천은 전혀 불가사의한 일이 아니다. 무릇 일반 사람들이 갖는 기운처럼 역천 역시 불사체에게는 아주 자연스러운 기운이었다.

'보인다……'

노력이 하늘에 닿았음인가.

사무량의 눈에 뿌옇게나마 무언가가 보이기 시작했다. 정확한 형상이나 색채는 아니다. 어쩌면 최면에 의해 환각이 보이는 것일 수도 있다.

하지만 노력은 거기서 끝나지 않았다. 잠이 드는 시간을 제외하곤 시력 키우는 연습은 계속되었다.

며칠 동안 천장에서 떨어지는 물만 받아먹어 무척이나 허기가 지고 비쩍 몸이 말라갔지만 그간의 노력으로 성과는 어느 정도 있었다.

환각이 아니었다.

사무량이 갇혀 있는 감옥의 철창들이 반짝이는 모습까지 뚜렷하게 보인다. 사무량은 철창의 개수를 세기 시작했다.

아무리 초인이라도 먹지 않고는 살 수 없다.

사무량은 아사(餓死) 직전의 위기에 놓였다. 설마하니 비급을 알고 있는 유일한 사람을 이렇게 대하리라고는 생각지 못했다. 사무량이 죽은 후 비급의 내용을 알아낼 수 있는 능력이 흑천에 있는 거라면 몰라도.

몸이 차디차게 식어갔다. 몸속에 흐르는 혈액의 속도도 현저하게 떨어졌다. 앉아 있을 기운도 없어 아예 바닥에 누워 입만 벌리곤 천장에서 떨어지는 물을 받아마셨다.

한 방울의 물이지만, 사무량에게는 그 어떤 음료보다 값지고 맛있는 음식이었다.

‘정말 죽일 작정인가 보군.’

사무량은 자신의 신세가 너무도 딱해서 저도 모르게 피식 웃었다. 그리고 그 웃음이 멈췄을 때, 사무량의 동공 크기가 확대되었다.

그의 눈에 어두운 복도 끝에서 누군가가 걸어오고 있는 모습이 선명하게 보였다. 키가 크고 덩치가 있었으며, 발걸음이 예사롭지 않은 삼십대 초반의 사내다.

사내는 곧장 사무량이 있는 감옥으로 뚜벅뚜벅 걸어왔다. 어둠 속인데도 한 치의 흐트러짐이 없는 것을 보니 이곳에 자주 왔었던 모양이다.

하지만 사무량은 곧 생각을 정정해야 했다.

철창에 다다른 사내는 앞이 보이지 않는 모양인지 자물쇠를 찾지 못하고 애꿎은 철창만 매만졌다.

‘그곳이 아니지. 왼쪽에서 다섯 번째. 그래, 좀 더, 더 옆으로 가.’

그러나 사무량의 속마음을 사내가 알 리 없었다. 답답해하던 사내는 결국 복도의 유등을 찾아 불을 붙였다.

화악, 하고 세상이 환해졌다. 오랜만에 보는 빛인데도 사무량은 그저 눈이 부실 뿐이었다.

사내는 뚜벅뚜벅 걸어와 거의 기절한 듯 쓰러져 있는 사무량을 내려다보았다.

“죽기 일보직전이군. 크크!”

누런 이빨을 드러내며 웃는 사내의 얼굴은 야비함, 그 자체였다.

"나진건(羅眞乾)이다. 이곳에서 더러운 뒤처리는 모두 내가 맡아서 하지."

사내는 무공은 고강해 보이는데 능숙한 고문관 같지는 않았다. 아마 밖에서 마주쳤다면 동네 파락호(破落戶)쯤으로 여겼을지도 모른다.

나진건은 쭈그려 앉아 사무량에게 얼굴을 불쑥 들이밀었다. 그에게서 나는 역한 술 냄새가 후각을 자극했다.

"배가 고픈가?"

'이곳에서 이레 동안 아무것도 먹지 말고 한 번 있어볼래? 라는 말이 목구멍까지 올라왔지만 그것조차 힘겨워 내뱉을 수가 없었다.

'이거 체면이 말이 아니군. 고작 이런 놈 앞에서 꼼짝도 할 수가 없다니.'

나진건은 잔인한 방법을 동원했다.

부스럭거리며 소매 속에서 그가 꺼낸 주머니는 냄새가 진하게 배어 나오는 최고급 육포였다. 그의 손에 들린 육포를 보는 순간 사무량의 눈이 반짝 빛났다. 하지만 너무 찰나간에 일어난 일이라 나진건은 알아채지 못했다.

나진건은 사무량이 보는 앞에서 당당하게 육포 조각을 입에 넣고 우물거렸다.

"비급의 내용을 말해라. 그럼 한 조각 줄 수도 있어."

사무량은 가까스로 비소를 지어 보였다. 아무리 배가 고파도 정신만은 말짱했다. 그것은 그동안 비급의 운기법을 터득한 결과였다. 사무량은 젖 먹던 힘까지 다 짜내어 겨우 몇 마디를 내뱉을 수 있었다.

"비급… 후후! 네놈 앞가림이나 해. 네 녀석이 비급의 내용을 알게 되면… 이곳에서 살아남을 수 있을 것 같나?"

나진건의 얼굴이 순식간에 일그러졌다. 그는 씹다만 육포를 뱉어버리고 자리에서 벌떡 일어섰다.

퍼억!

묵직한 무언가가 복부에 틀어박히는 것을 느끼며 사무량은 혼절했다.

사무량이 다시 정신을 차렸을 땐 나진건은 보이지 않고, 대신 그의 앞에 진수성찬이 놓여 있었다.

'채찍과 당근인가? 그래도 죽일 생각은 없나 보군.'

사무량은 허겁지겁 음식들을 먹어치웠다. 오랜만에 먹어보는 음식은 정말 꿀맛이었다. 접시에 가득 담긴 음식들을 국물까지 싹싹 비워 버린 사무량은 포만감을 느끼며 천천히 숨을 내쉬었다.

오랫동안 음식을 먹지 않아 배탈이 날지도 모르지만 참으로 오랜만에 느껴보는 여유였다.

"어떻게 냄새를 잘 맡을 수가 있지?"

"콧구멍을 벌렁거리다 보면 온갖 종류의 냄새를 빨아들일 수가 있어."

예전에 왕가는 참으로 말도 안 되는 이야기를 했다. 그가 타고난 후각의 소유자이기 때문에 할 수 있는 말이었다.

공기 중에 섞여 있는 냄새는 호흡을 통해 후각을 건드린다. 보통 음식이나 식물에서만 냄새가 나는 것은 아니다. 사람에게도 고유의 냄새가 있고, 살아 있지 않은 물건에도 냄새가 있다.

후각의 차이는 사람마다 모두 다르지만, 이것 역시 타고나지 않아도 노력 여하에 따라 얼마든지 발전할 수가 있다.

호흡은 가늘고 천천히, 빨아들이는 공기 중에 어떠한 냄새가 섞여 있는지 알아내는 것은 순전히 시무량의 몫이다.

물론 후각이 발달한다고 해서 하루아침에 모든 냄새를 구분 지을 수 있는 건 아니다. 지식을 얻으려면 견문을 넓혀야 하듯, 후각을 발전시키려면 많은 냄새를 직접 접해야 한다.

며칠간의 노력으로 안력은 말도 못할 정도로 발달했지만 후각을 완전히 발달시키기 위해선 역시 감옥 안은 좀 무리가 있지 않을까 싶다.

사무량은 음식과 함께 놓인 물그릇을 물끄러미 바라봤다.

물에도 냄새가 있다. 바닷물은 짠 내가 나고 개울물엔 싱그러운 풀 냄새가 섞여 있다.

물그릇에 담긴 물에선 또 다른 냄새가 난다.

그것은 역하고, 느낌에도 좋지 않은 냄새였다.

'여태껏 미혼산은 무취(無臭)인 줄로만 알았는데…… . 정신을 몽롱하게 만들어서 캐낼 작정이군. 너무 낡고 고리타분한 작전이야.'

사무량은 그릇에 담긴 물을 바닥에 쏟아 버렸다.

나진건이 다녀간 이후, 매일 음식은 충분히 나왔지만 그들이 가져다준 물은 마시지 않아도 상관없었다.

천장에서 떨어지는 물에는 그 어떤 냄새도 섞여 있지 않았으니까.

청력은 나이를 먹을수록 쇠퇴한다. 이는 뇌에서 전달하는 능력과도 밀접한 관계를 지닌다.

대부분의 사람들은 모르고 있다. 이 역시 노력 여하에 따라 얼마든지 발전시킬 수 있다는 것을.

음악가들 중에 타고난 절대음감을 지닌 사람들이 있지만, 이런 절대음감도 음을 모르면 아무런 소용이 없다.

귀는 항상 열려 있다. 듣고 싶지 않은 소리도 자연스럽게 들리는 게 바로 청력이다.

사무량에게 있어 청력을 높이는 방법 역시 진기를 이용해 가능하다. 그는 모든 신경을 귀로 집중시켰다.

시신경이 마비된 사람들은 남들보다 뛰어난 촉각과 청각을 가진다. 인체라는 것은 참으로 오묘해서 어디 한 부분이 부족하면 다른 곳에서 그 부족한 부분들을 채워준다.

사무량은 죽은 듯 꼼짝 않고 있었다.

팔다리에 힘을 빼는 것은 물론 고개조차 들지 않았다. 호흡은 최대한 가늘게 유지했고, 눈은 감아버렸다. 시각도, 후각도, 몸의 다른 감각들을 죽인 상태에서 사무량은 귀만 활짝 열어두었다.

똑! 똑!

아주 천천히 떨어지는 천장의 물소리만 귓가에 맴돌았다.

다른 소리도 들린다. 무언가 벽을 긁는 소리. 사방이 꽉 막혀 있는 모양인지 공기의 압박감도 느껴진다.

눈을 감으면 눈으로 보지 못하는 것을 본다는 말은 사실이었다. 눈을 떴을 때 느끼시 못했던 미세한 기운들의 파동이 시력을 제외한 다른 감각으로 느껴지는 기분.

퍼엉! 펑!

사무량은 깜짝 놀라 몸을 들썩였다.

순간, 고막이 터지는 듯한 느낌을 받았다. 귀로 집중된 기운들이 서로 충돌을 일으키는 소리였다. 다행히도 고막은 이상이 없었지만 머릿속에서 받은 충격은 실로 놀라웠다.

쒸이익— 하는 소리가 들리는 듯하더니 끈끈한 액체가 귀에서 흘러나왔다. 피 냄새는 아니다. 먼지가 잔뜩 낀, 누렇고

역겨운 냄새가 나는 진액이었다.

진액을 쏟아낸 귀는 한층 가벼워진 느낌이었다. 귀뿐만이 아니다. 사무량은 자신의 몸이 감옥에 들어온 이후, 점점 변화하고 있는 걸 느꼈다.

어둠 속에서 그의 모습이 보이는 순간, 사무량의 눈가엔 잔경련이 일었다.

꿈에라도 나타날까 두려웠던 인물이다. 어찌 잊을 수 있으랴. 태어나 처음으로 죽을지도 모른다는 생각을 안겨주었던 인물인데.

그는 철장을 열고 안으로 들어섰다.

"내가 누구인지 기억하겠느냐?"

"초유신군……."

"잊지 않았군."

초유신군은 마치 오래된 지기를 만난 듯 사무량을 편히 대했다.

"네 소식은 간간이 들어 알고 있다. 팽산에선 헛수고까지 했지. 교활한 성격은 변하지 않았구나."

"당신은 여전히 어리석고."

"당신이라……. 예전엔 네가 무인이 아니었기에 말을 안 했다만, 이제 무인이 되었으니 같은 무인을 대하는 예의는 지켜라."

"그런 건 일반적인 상황에서나 할 일이야. 당신 같으면 감옥에 갇혔는데 좋은 말이 나갈 것 같나?"

"좋은 말은 아니어도, 최소한 목숨을 부지시키기 위해 굴복할 의사는 비치겠지."

"그래서 당신은 일평생 수하로밖에 있지 못해."

"일부러 날 자극시키지 않아도 된다."

"……."

초유신군은 태연했다.

그는 분노하지도 않았고, 소문처럼 차갑지도 않았다. 그는 흑천의 오신군답지 않게 사무량을 만나게 되어 반가워하는 것도 같았다.

"네 녀석이 발악한다 해도 비급을 말하기 전엔 절대 이곳에서 나가지 못한다."

"비급을 말해도 나가지 못하겠지. 비급만 아니었어도 날 이곳으로 데려오는 수고는 없었을 테니까."

"천주는 네 녀석을 원한다."

"그 말에 대한 대답은 이 년 전에 했던 걸로 아는데?"

"지금도 그 마음은 변함이 없나?"

사무량은 대꾸할 가치도 없다는 듯 초유신군의 시선을 외면했다.

"아쉽게 되었군. 널 회유시키러 온 마지막 사람이 바로 나라는 것이."

"다음은 뭐야?"

"용검문의 여식을 데려왔다."

"……."

사무량의 눈빛이 차갑게 가라앉았다. 감정이라고는 한 올도 담겨져 있지 않은 눈빛. 그러나 눈빛 하나만으로도 감옥 안은 으스스한 한기가 도는 듯했다.

"비겁한 짓거리를 할 작정인 모양이군. 하나 말해두지. 난 그 여자와 아무런 상관이 없는 사람. 인질을 쓰려면 좀 제대로 된 인질을 데려와."

"가령, 소신녀 같은 아이 말인가?"

"……뭐?"

"놀라지 마라. 소신녀가 이곳에 있다는 말은 아니다. 난 거짓을 좋아하는 사람은 아니니. 단지 어떤 인간이 너라는 녀석을 움직이게 할 수 있는지 궁금했을 뿐이다."

"후후후!"

사무량은 송곳니를 드러내 보이며 웃었다.

"소신녀라도 좋은 인질이 될 수는 없지."

초유신군은 조용히 사무량을 응시했다.

초유신군으로서는 이해할 수 없는 일이었다. 왜 부재도에서 나온 사람들이 사무량을 따라다니는지 알고 있다. 사무량이 그들의 동행을 거절하지 않은 이유는 알 수 없지만 어렴풋이 짐작은 하고 있었다.

보기보단 잔정이 많은 녀석이라고 생각했다. 하지만 지금 사무량의 태도를 보면… 정말 그의 말처럼 소신녀를 데려온다 하여도 그의 입을 열게 할 수는 없을 것 같았다.

'도무지 속을 알 수 없는 인간.'

반 백 년을 넘게 살아온 초유신군의 솔직한 심정이었다.

"마지막으로 묻고 싶은 게 있다."

"비급의 이야기만 아니라면 얼마든지."

"비급에 대한 이야기다."

"묻지 마."

"그 비급… 내용을 안다 해도 내가 익힐 수 있는 것인가?"

무인으로서 더 나은 비급을 갈구하는 것은 당연지사. 그러나 초유신군의 질문은 좀 색다른 방향이었다.

지금 그는 흑천의 인물이 아닌, 한 사람의 무인으로서 무공에 대해 진지한 질문을 하고 있었다.

'겉으로 드러내지는 않아도 진정 강한 자. 난 아직도 이자의 발끝만큼도 따라갈 수 없어. 숨이 막히는군.'

사무량에게는 그를 관찰하게 되는 계기가 된 것은 물론, 이 순간만큼은 적이 아닌 순수한 무인이 된 기분이었다.

"솔직한 대답을 원하나? 아니면 꾸며진 대답을 원하나?"

"누누이 말하지만 난 거짓을 좋아하지 않는다."

"그럼 나도 솔직히 말하지. 부친의 무공은 선택받은 자만이 익힐 수 있는 것. 선천적인 체질이 아니라면 죽었다 깨어

나도 익힐 수 없어."

이것만큼은 말하고 싶지 않았다. 아니, 절대로 말해서는 안 되는 일이다.

이들이 그토록 찾던 혈광검의 비급이 무용지물이라는 것이 사무량의 입에서 흘러나오고 있었다. 타고나지 않은 이상 아무리 노력해도 얻을 수 없는 무공이라면 사무량은 이곳에서 살아남기를 포기해야 한다.

그러나 초유신군이기에 말했다. 이자라면 사리를 분별할 수 있는 능력을 충분히 지니고 있기에.

"알겠다."

의외로 담담한 음성이 초유신군의 입에서 흘러나왔다.

그는 흥분하지 않았다. 오히려 편안해하는 듯했다. 초유신군의 차분한 숨소리가 귓가에 파고들었다.

그 역시 무인인 이상 무공이 탐났을 것이다. 그러나 그는 무공을 탐하기 이전에 자기 자신의 실력을 잘 아는 사람이었다. 자신이 천하제일인의 무공을 받아들일 수 있는 그릇을 지녔는지 아닌지. 아니라면 깨끗하게 포기를 할 줄 아는 사람이다.

초유신군의 얼굴에 허탈한 웃음이 퍼져 나갔다. 사무량은 그 웃음의 이유를 눈치 챌 수 있었다.

초유신군이 익히지 못하는데 흑천의 그 누가 익힐 수 있다는 말인가. 흑천에 있어 사무량의 비급은 알아내기 이전에 무용지물이었다. 더 이상 사무량에게 비급의 내용을 말해달라고 할 의미가 사라졌다.

사무량은 다소 긴장한 얼굴로 초유신군을 바라보고 있었다. 한참이나 허공을 응시하던 초유신군의 입술이 벌어지며 작은 한숨이 새어 나왔다.

"하지 말아야 할 질문을 했구나. 너도 내게 해선 안 되는 말을 했고……. 네 존재가 쓸모가 없어졌으니 지금 이 자리에서 널 죽일 수 있다."

"……."

"충분히 피할 수 있는 질문인데 대답해 준 이유가 뭐냐?"

"당신에게서 무인이라는 걸 보았으니까."

"무인이라……."

초유신군은 씁쓸하게 웃었다.

사람들의 목숨을 쥐었다 폈다 하는 살수 집단의 수장이라고 할 수 없게 그의 어깨가 유난히 작아 보였다.

"넌 역시 탐나는 녀석이군. 내게 목숨을 걸 정도의 배짱까지 지니고 있다니. 좋다, 보답 하나 하지. 단 한 번, 언제가 될지 모르지만 나 역시 네게 목숨을 걸어보도록 하마. 좋은가?"

"바라는 대로."

"도망쳐라."

"……?"

"도주해서 끝까지 살아남아 혈광검의 무공을 완벽히 익혔을 때 나와 손을 섞자. 네가 보았듯이 난 살수이기 전에 한 사람의 무인. 천하제일의 무공을 익힌 무인과 겨뤄보는 것도 나에겐 큰 영광이겠지.”

초유신군은 사무량이 미처 대답하기도 전에 감옥을 걸어 나갔다.

사무량은 다시 캄캄한 어둠 속에서 깊은 생각에 잠겼다. 무인이라는 것에 대한 생각을.

2

“기억이 나지 않는다고? 그 자리에 있던 사람의 입에서 나올 수 있는 말이야?”

소신녀가 눈을 부릅뜨며 사혼검을 노려보았다.

일행은 적랑회의 도움으로 무산 근처에서 사혼검을 만날 수 있었다. 처음 사혼검을 발견할 당시 그의 몰골은 처참했다. 얼굴은 형체를 알아볼 수 없을 정도로 퉁퉁 부었고, 등과 허벅지엔 큰 검상을 입었다.

가까스로 요혈은 피해 목숨을 건졌지만 아직도 한쪽 다리를 절고, 등의 상처도 심해 행동하는 데 큰 어려움이 있었다.

“이제 됐네. 좀 쉬면 괜찮아질 걸세.”

양소의 도움으로 사혼검의 상처에 붕대를 감은 우서문의 얼굴에도 짙은 그늘이 떠나질 않았다. 위중한 사혼검의 상처를 보곤 예전 자신의 모습이 떠올랐기 때문이다.

차마 그에게 앞으로 무공을 펼치기 어려울 거란 말을 하지 못했다. 무인에게 사형선고나 다름없는 말을 어찌할 수 있으랴. 하지만 우서문이 말하지 않아도 사혼검 스스로가 자신의 몸 상태는 더 잘 알고 있으리라.

그러나 사혼검은 앞으로 무인으로서 살아가지 못한다는 것보다도 은소부의 안위를 더욱 걱정했다.

"나 때문에 아가씨가……."

"걱정하지 말게. 사무량과 같이 갔다면 반드시 무사할 테니까."

우서문은 위로가 되지 않는 걸 알면서도 이 말밖에 할 수 없는 자신이 미웠다.

"사무량이 살아 있어?"

"살았는지 죽었는지 어떻게 알아, 우리가 귀신이냐?"

"그런데 왜 사무량이 안 보여? 여기로 온 거 아니야? 그 예쁜 아가씨는 어디 있어?"

"야, 이 해타! 분위기 파악 좀 해라. 이놈은 제정신인 것 같으면서도 정신병자 같다니까."

"왕가, 너도 정상은 아니잖아."

"이놈의 새끼가!"

"조용히 좀 하라고!"

소신녀의 고함에 왕가와 해타는 입을 꾹 다물었다. 그녀는

시종일관 사혼검에게서 눈길을 떼지 않았고, 사무량이 없어
진 원인을 모두 그의 탓으로 돌렸다.

"어디로 갔는지도 몰라?"

"그만 해라."

유담은 주먹을 쥐고 바르르 떠는 소신녀의 어깨를 꾹 잡아
진정시켰다.

"저곳에 비급이 있었다니."

유담은 고개를 들어 절벽에 다 타버려 검게 그을린 자국을
바라봤다.

"사무량은 저곳에 올라간 후, 밤새 나오지 않았소. 나와 아
가씨는 절벽 아래에서 그를 기다렸고……. 비급을 찾고 있거
나, 찾았다면 읽고 있겠거니 생각하고 부르지도 않았소. 그리
고 동이 터올 즈음… 공격을 당했소."

"그게 언제였는지 정확하게 모른다는 소린가?"

"깨어나 보니 누군가 내 상처를 치료한 흔적이 있었지만
이곳엔 나 혼자밖에 남지 않았소."

"혹시 사무량이 치료하고 간 건 아니야?"

왕가는 조용히 고개를 젓는 양소를 발견하고 입을 씰룩거
렸다.

"아님 말고, 흥!"

사혼검의 상처를 치료한 사람들은 적량회 인물들이다. 양
소와 연락을 해 일행을 이곳으로 안내한 사람들 역시 그들

이다.

유담의 질문은 계속 이어졌다.

"누가 공격을 했는지 알고 있나?"

"소림은 분명 아니었소. 빛처럼 빠른 검에 당했으니까."

"역시 낙뢰문이군."

우서문은 사혼검의 상처를 치료하면서 옛 기억을 떠올렸다. 죽은 태화궁 무인들의 몸에 난 검흔이 사혼검의 상처와 일치했다.

"웃긴다, 정말. 흑천이 나타날 줄 뻔히 알면서도 당했다는 말이야? 당신은 반항이라든지 방어라는 말은 들어보지 못한 모양이지?"

소신녀의 음성에는 냉기가 펄펄 날렸다. 하지만 사혼검은 그녀의 질책을 당연한 듯 받아들였다.

"방어를 할 틈이 없었던 건 사실이오. 흑천이 나다날 거리는 걸 알고 있었기에 밤새 뜬 눈으로 사방을 경계하고 있었소. 그런데 갑자기 땅이 풀썩이더니 무언가가 허벅지를 훑고 가더군."

"고언문이야. 땅속의 두더지들."

"몇 명이나 있었는지 몰라?"

"얼핏 보아도 꽤 많은 인원이 있었던 것 같은데……. 특히 나를 공격한 자는 보통의 실력을 가진 자가 아니었소."

"적랑회 역시 아무것도 보지 못했을 것이고. 결국 그들이 사무량을 데려갔다는 건 기정사실화되었군."

"비급을 노렸다면서? 그런데 사무량은 왜 데려가?"

궁금해하던 왕가는 유담의 손가락을 따라 고개를 돌렸다.

"사무량이 보통 여우인가? 밤새 비급을 외웠고, 흑천이 그걸 가져가지 못하도록 태운 증거가 저기 있잖아."

"아주 나 죽여달라 하면서 약을 올린 모양이네."

"그럼 아직 사무량이 살아 있다는 말이지?"

"놈들에게 비급의 내용을 말하지 않았다는 가정하에."

소신녀의 얼굴엔 화색이 맴돌았다.

"그렇다면 사무량을 데리고 간 놈들의 행적만 알아내면 되겠군."

"어떻게?"

"적랑회는 아마 알고 있을 거야."

일행의 입 모양을 보고 있던 양소는 여전히 무관심한 표정이었다.

"사무량을 구하러 가기로 했으니 끝까지 가봐야지."

일행은 주저앉아 갈 채비를 했지만 사혼검은 그러질 못했다.

그는 흑천의 인물들에게 당한 이후 이곳에서 떠나질 않았다. 은소부를 잃어버렸다는 충격이 육신의 고통보다 더 컸다. 당장 길이라도 알면 떠나고 싶은 마음은 굴뚝같았지만 몸이 성하지 않아 조금 움직이기도 힘들었다.

일행을 만난 건 다행이었으나 사혼검은 이들과 같이 갈 수가 없었다. 여기서 따라나선다면 이들에게 괜한 짐이 되고 말리라.

이런 그의 사정을 알고 있는 일행은 오히려 그를 배려했다.

"사무량과 함께 있다면 은소부는 무사할 걸세. 은소부의 일은 우리에게 맡기고 자네는 몸이 나으면 문으로 돌아가게."

"고맙소, 정말."

사혼검은 진심으로 일행에게 감사했다. 아무런 상관도 없는 이들이지만 지금은 이들 이외에 마음을 의지할 곳이 없었다.

"그래도 눈치 하나는 있는 놈이네. 누구와는 아주 비교되게 말이야."

"그거 지금 나한테 하는 말이야?"

"눈치는 없는 게 꼭 귀는 밝다는 말이지."

"뭐얏!"

다시금 신경을 건드리는 왕가에게 달려들려던 소신녀를 유담이 말렸다.

"소신녀, 넌 나와 잠깐 이야기 좀 하자."

"뭔데?"

"따라와 보면 알아."

소신녀는 의아함을 가득 안고 유담을 따라갔다.

먼발치에 자리를 잡은 두 사람은 심각한 이야기를 하는 듯했다. 가끔씩 소신녀가 언성을 높이기도 했지만, 그럴 때마다 유담은 무서운 얼굴로 그녀를 타일렀다.

반 각 정도가 지날 무렵, 두 사람은 다시 일행 쪽으로 되돌아왔다.

"소신녀는 사혼검을 따라가기로 했다."

"뭐?"

왕가가 믿지 못하겠다는 투로 되물었다.

"저년이 그래? 제 입으로 사혼검을 따라가겠다고? 저년이 사무량한테 마음이 있는 건 딱 보아하니 알겠다만, 순순히 가겠다고 했다고?"

"입 닥쳐, 왕가."

소신녀는 아까보다 더욱 얼굴이 굳어 있었다.

"사혼검 혼자 문으로 돌아가기엔 힘이 들 터이고, 너무 위험한 곳이니 안전을 위해서라도 일행에서 빠지는 게 좋다."

"흥! 잘됐네. 짐짝 하나 줄어서."

"그렇지만 소신녀를 사혼검과 단둘이 보내기에도 너무 위험한 것 아닌가? 언제 다시 하오문 놈들이 나타날지 모를 일이고."

"걱정하지 마. 사무량 못지않은 실력을 가진 두 사람이 항상 따라다니고 있을 테니까."

"……뭐?"

우서문은 의미심장한 웃음을 짓는 유담의 말을 다 이해할
수 없었다.

*   *   *

초유신군이 떠나간 자리엔 적막만이 가득 맴돌았다.

사무량은 초유신군과의 만남으로 다시금 많은 것을 생각
할 수 있는 시간을 갖게 되었다. 그가 남기고 간 마지막 말의
여운이 머릿속에서 잊혀지지 않는다.

그는 돌아섰다. 안 된다는 것을 알고 나서는 순순히 인정하
고 포기했다. 다시 한 번 그가 강한 자라는 걸 깨닫는 순간이
었다. 자신이 지닌 무공을 만족하지 않고서야 나올 수 없는
행동이다.

‘역시, 처음 만났을 때부터 범상치 않은 자임을 알고 있었
지만……’

이상한 일이 하나 있었다.

평정산 협곡에서 그를 처음 보았을 때 사무량은 숨이 턱 막
힐 정도의 압박감을 느꼈다. 무공을 전혀 익히지 않은 상태였
는데도 불구하고 강한 자가 뿜어내는 기운을 감당할 수가 없
었다.

그러나 오늘 가진 두 번째 만남에선 압박감은 전혀 찾을 수
가 없었다. 초유신군의 기세가 변한 탓도 있겠지만, 일단은

두려움이 느껴지지 않았다. 온몸에 푸근하고 따뜻한 기운들이 절로 마음을 편하게 해주었다.

좋은 징조였다. 역천의 기운들이 서서히 자리를 잡아가고 있다는 증거였다.

사무량은 몸을 천천히 움직였다.

이제는 이곳에서 빠져나갈 길을 물색해야만 한다.

눈을 감으면 감옥의 구조가 보인다.

어디에서 얼마만큼의 바람이 불어오는가는 두 귀와 피부의 감각세포가 말해준다. 감옥은 길이 좁고 구불구불 휘어진 형태이고, 최소 지하 오 장 아래에 있다.

이따금씩 들려오는 삐거덕거리는 소리는 이 감옥 안에 기관이 설치되어 있다는 걸 말해준다. 기실, 기관에 대해 해박한 지식이 있는 건 아니지만 소신녀의 어깨너머로 배운 것은 있다. 그걸 토대로 빠져나갈까도 생각했지만 문제는 그 이후다. 지상 위 어디로 나가게 될지는 아직 모르기 때문이다.

감옥에서 탈출을 한다는 것 자체는 불가능에 가깝다. 도화신군이나 흑천주라는 자가 직접 자신을 불러내기 전까지 이곳에선 나갈 수 없다.

그러기 위해선 기다림이 필요하고…….

'음?

사무량은 귀를 쫑긋거렸다. 누군가가 발을 끌며 복도를 따라 걸어오고 있었다. 처음 찾아왔던 천기자의 발걸음 소리도,

초유신군의 것도, 나진건의 것도 아니다. 발걸음 소리는 괜히 짜증이 날 정도로 답답하게 들렸다.

복도를 돌아오는 발걸음 소리의 주인공은 날카롭게 생긴 사내였다.

철문을 가볍게 여는 것으로 보아 이곳에 많이 들어와 본 사람. 몸에서 피 냄새와 쇠 냄새가 나는 것으로 미루어 이 사람은 고문사가 분명하다.

고문사는 지극히 무덤덤한 표정으로 사무량을 내려다본 후, 주머니에서 무언가를 꺼내 바닥에 펼쳐 놓기 시작했다.

쇠망치, 톱, 집게 등이 종류별로 늘어졌다.

"육체적 고문의 시작인가?"

고문사는 사무량의 말을 듣는 둥 마는 둥 기구들을 점검했다. 그는 감옥 한쪽에 처박혀 있는 철삭을 들고 와 사무량의 몸을 묶었다.

사무량은 가만히 있었다.

고문사는 한눈에 보아도 무공을 익히지 않았다. 이자를 제압하라 하면 눈 깜박이는 시간 안에 제압할 수 있다. 하지만 그래선 탈출할 빌미가 사라져 버린다. 지상으로 올라가기 위해선 이러한 고문쯤 참아내는 게 상책이다.

별다른 반응 없이 순순히 묶이는 사무량을 바라보던 고문사가 아주 작은 목소리로 입을 열었다. 자세히 귀를 기울이지 않는다면 들리지도 않을 개미만 한 목소리로……

"위에선 모두들 당신이 일어날 힘도 없다고 하던데, 역시 거짓이군요. 제가 봤으니 망정이지, 다른 사람이 보았다면 지금처럼 자유의 몸이 되진 않았을 것. 앞으로는 눈빛을 숨겨야 할 필요가 있겠습니다."

"……!"

마치 아비가 자식을 타이르는 듯한 말투였다. 말속에 담긴 의미는 어떠한가. 고문을 하러 온 사람이 아닌, 구하러 온 사람의 느낌이 강렬하게 드는 것은 단순한 착각만이 아니었다.

"지상으로 나가게 되면 가장 먼저 보이는 전각의 우측 모퉁이를 돌아 십여 장쯤 걷고, 또다시 우측으로 오 장쯤 가다 보면 좌측에 잿빛 전각이 나옵니다. 그곳 이층이 도화신군의 거처입니다. 정확히 어디에 숨겨져 있는지는 모르나, 혈광검이 그곳에 있습니다."

고문관은 철삭 묶는 일을 멈추지 않으며 계속 말을 이어나갔다.

"잿빛 전각에서 나와 동쪽을 등진 상태로 오른손을 담에 붙이고 계속 걸으면 나가는 길이 있습니다. 이곳은 흑천의 사천성 지부. 무산과 그리 멀지 않은 곳에 있으니 금방 길을 찾을 수 있을 겁니다."

"……."

사무량의 손은 금세 철삭에 묶였다. 도저히 손을 뺄 수 없는 지경이니 묶여도 단단히 묶인 듯했다. 하지만 사무량은 자신의 손을 옥죄어오는 철삭보다 눈앞의 고문관에게서 신경을 돌리지 못했다.

"당신은… 누구요?"

"보시다시피 고문관이죠."

"초유신군이 보낸 자인가?"

"아닙니다."

순간 사무량은 아차, 하는 생각이 들었다. 하지만 사내는 사무량의 말에 별로 신경을 쓰지 않는 듯했다.

"천기자께서 보낸 사람입니다."

'천기자?'

흑천의 지낭이라 했다. 사무량이 직접 보았으며, 그에게 비급의 내용까지 요구했다. 그랬던 사람이 수하를 시켜 자신에게 탈출구를 알려준다?

"천기사에서 돌아가셨습니다."

"……?"

"당신을 만난 그날, 살해당하셨습니다."

사무량은 무언가 머리가 복잡해지는 느낌이었다.

아직 세상에 알려지지도 않은 세력이 벌써부터 내분이 생기는 것은 큰 문제가 아닐 수 없다. 각기 성격이 다른 다섯 개의 문파가 모였으니 가능한 일일 수도 있지만, 아무리 그렇다고 해도 지낭을 그리 쉽게 죽일 수 있다니.

"그가 죽으면서 내게 도주로를 알려주라 하였소?"

“아닙니다. 그전에 미리 말씀하셨습니다. 대신 조건이 있습니다.”

“흑천에 복수를 해달라는 것이겠지.”

이번엔 고문관이 입을 다물었다.

고문관과 천기자의 관계에 대해선 묻지 않았다. 분명 나름의 사정이 있을 터였고, 세력 안에 작은 세력들이 엉켜 있는 건 어딜 가나 흔한 일이니까.

“궁금한 것이 있소만.”

“말씀하시죠.”

“용검문의 소문주는 살아 있소?”

“그건 잘 모르겠습니다. 만약 살아 있다면 이 지하 감옥 어딘가에 갇혀 있겠지요.”

용검문의 소문주가 죽었다는 걸 사무량은 느낌으로 알 수 있었다. 지하 감옥엔 사무량 이외의 사람의 기운은 전혀 느껴지지 않았다.

여태까지 살아 있을 거라는 자체가 우습다. 용검문 소문주는 사무량을 부재도에서 빼내기 위한 미끼에 지나지 않는다. 미끼가 소용이 없다면 남는 것은 죽음뿐.

“나와 함께 잡혀온 용검문의 여식은 어디에 있소?”

“그건 도화신군만이 알고 있습니다. 이미 예상했듯 당신에게서 비급을 구하기 위해 인질로 데리고 있죠.”

“그렇군.”

사무량은 다시 천기자에 대한 일로 생각을 돌렸다.

내분이 있었던 것은 확실한 일. 하지만 초유신군이 그에 대한 이야기를 하지 않은 것으로 보아 천기자의 죽음은 흑천 내에서도 비밀리에 치러졌을 것이다.

"천기자를 누가 죽였는지 물어도 되겠소?"

"뻔한 것 아닙니까?"

'도화신군……'

요상한 여자다. 머리가 비상하다는 건 알고 있지만 도대체 무슨 속셈인지 전혀 가늠을 할 수가 없다.

"천주란 자는 어디에 있소?"

"오신군 외엔 아는 사람이 없습니다. 단 한 번도 모습을 드러내지 않은 자이니까요."

더더욱 미궁 속으로 빠져들었다.

흑천주는 모습을 보이지 않는다. 하지만 다섯 문파는 흑천이라는 이름으로 뭉쳤고, 중원에 나설 기미도 서서히 보이고 있다. 보이지 않는 곳에서 수많은 사람을 지휘한다는 게 가능한 일인가?

문득 흑천주의 정체가 궁금했다.

밑바탕이 되는 정보력이 없었다면 멸문해 가던 다섯 문파를 하나로 모으기도 힘들었을 것이다. 머리도 비상해야 하며, 결단력 또한 칼 같아야 한다.

무공은 두말할 나위 없이 강해야 한다. 하지만……

‘그 어디에서도 흑천주가 될 만한 위인은 들어본 적이 없다. 만약 흑천주가 다섯 문파를 아우를 정도의 무공을 가지고 있다면 능히 천하제일인의 자리에 올랐을 법. 이상한 일이군. 높은 경지의 무공을 가지고 있는 자가 무엇이 아쉬워서 혈광검의 비급을 원하는 것인가.’

“시작하지요.”

고문관은 바닥에 널린 집기들 중에 어떤 것으로 할지 고민하는 중이었다.

사무량은 미혼산에도 넘어가지 않았으며, 천기자와 초유신군의 회유에도 흔들리지 않았다. 그리고 그들이 마지막으로 생각한 것이 육체적인 고문. 이것도 통하지 않는다면 마지막 관문은 은소부가 될 것이다.

고문관은 사무량을 고문하러 왔다. 아니, 고문한 흔적을 남기려 온 것이다. 육체적 고문마저 소용이 없게 되어 사무량을 지하 감옥에서 빠져나가게 하려는 계략이다.

“될 수 있으면 많은 흔적을 남겨야 할 텐데, 괜찮겠습니까?”

“나 역시 바라던 바요.”

“그럼 먼저 검상을 입히겠습니다. 상처에 소금을 뿌리면 고통이 심할 겁니다.”

고문관이 검을 들고 자리에서 일어섰고, 사무량은 조용히 두 눈을 감았다.

쉬이익!

'흡!'

살갗이 불에 데인 듯 화끈한 통증이 일었다. 갈라진 피부 사이로 뜨거운 피가 새어 나왔다.

쉬익!

고문관의 검은 멈추지 않았다. 바람 소리가 들릴 때면 어김없이 불로 지지는 통증이 느껴졌고, 비릿한 피 냄새가 후각을 자극했다.

팔과 다리, 가슴과 등, 검날이 훑고 지나가지 않은 곳이 없었다. 다행히도 숙련된 고문관은 요혈을 아슬아슬하게 피해 갔다.

벌어진 상처로 소금이 뿌려질 때는 차라리 죽었으면 하는 생각이 간절했다. 씻을 수 없는 상처들이 늘어날 때마다 사무랑은 천국과 지옥을 오락가락 하는 기분이었다.

하지만 얼굴은 구겨졌을망정, 입 밖으로 신음 한 올 흘리지 않았다.

검흔을 새기는 작업은 손톱이 빠져나가는 것에 비하면 조족지혈이었다.

단지 손톱을 뽑는 일일 뿐인데, 손가락 하나하나가 잘려 나가는 느낌.

'좋지 않군. 몸의 감각이 둔했다면 고통은 이보다 심하지 않았을 것인데……'

사실이었다. 며칠 동안 키워놓은 몸의 감각들이 그 어느 때
보다 날카롭게 곤두서 있었다. 덕분에 일반적인 사람들이 느
끼는 고통이 배가 되어 느껴졌다.

사무량의 몸은 머리끝부터 발끝까지 땀과 피로 흥건하게
젖어 있었다. 고문관도 힘이 든 모양인지 거친 숨을 토해냈
다. 고문관의 배려일지 모르나, 그는 사무량의 발톱을 건드리
지 않는 대신 여기저기서 피를 묻혀 발 위에 바르고 붕대로
꽁꽁 감쌌다.

손톱까지 빠져나간 사무량은 손가락의 관절이 뽑혔다가
다시 맞춰질 때에서야 정신을 잃고 축 늘어졌다.

"지독하군. 최소한 비명은 지를 줄 알았는데……."

고문관은 쓰러진 사무량을 보고 고개를 절레절레 저었다.

第六章
예기치 못한 은인

'향긋한 냄새.'

사무량은 들꽃 항기에 정신을 차렸다. 정신을 차림과 동시에 말도 못할 고통들이 온몸에 엄습해 왔다.

뼈마디가 부러져 나간 것 같았고, 붕대로 칭칭 동여맨 몸뚱이는 퉁퉁 부어 마치 남의 살처럼 느껴졌다.

'손가락 관절을 맞추다가 정신을 잃었지.'

손가락을 천천히 움직여 보았다. 손톱은 뽑혀 나갔지만 특단의 조치를 취했는지 생각보다 고통이 없었다.

"정신이 들면 일어나요. 죽은 척하지 말고."

어디선가 들어본 것 같은 음성이 고막을 때렸다. 사무량은 그제야 들꽃 향기의 정체를 알게 되었다.

가늘게 뜬 눈 사이로 보이는 여인은 세상에 다시없을 미인이었다. 초승달처럼 구부러진 눈썹 아래에 자리한 맑고 동그란 눈, 면사로 가린 얼굴에서 볼 수 있는 유일한 부분이 사무량의 얼굴을 정면으로 내려다보고 있었다.

"심하게도 당했네."

도화신군은 사무량을 차갑게 노려보곤 침상에서 멀어져 갔다.

'감옥에서 빠져나오는 데는 성공했군.'

지하의 퀴퀴한 냄새도, 모든 걸 집어삼키던 암흑도 더 이상은 없었다.

괜히 웃음이 새어 나왔다. 그곳에서 빠져나오기 위해 멀쩡하던 몸에 검흔을 새기고, 손톱을 뽑히는 고통까지 당해야 했다니.

"일어날 수 있으면 좀 앉아요."

도화신군의 음성엔 짜증이 가득 묻어 나왔다.

사무량은 가까스로 몸을 일으켜 침상 머리에 기대앉았다.

"끝까지 비급을 주지 않을 건가요?"

"당신에게 줘야 할 이유가 있나? 마치 자신의 것인 양 말하고 있군."

"사무량, 당신은 고작 이 년 동안 비급을 위해 살았지만 우리는 십이 년을 비급만을 원하며 살았어요. 이 정도면 충분히 가질 수 있는 자격이 되지 않나요?"

"원래 주인은 나야. 진심으로 원한다면 정중하게 굴어."

"주객이 전도되었군요. 당신은 이곳에 잡혀 왔어요. 알아요? 당신 목숨은 천주가 쥐고 있다고요."

"그럼 천주를 데려와."

"네?"

"천주를 데려오면 그와 이야기를 하지."

도화신군의 눈길이 잠시 동안 사무량의 얼굴에 향했다.

"천주를 데려오면 비급을 말해줄 건가요?"

"천주를 데려오면."

"좋아요."

딱!

도화신군은 손바닥을 부딪쳐 소리를 냈다. 일말의 망설임도 없는 행동이었다.

곧 방문이 열리며 나진건이 모습을 드러냈다.

"천주께 고해. 이자가 천주를 뵙고 싶어 한다고."

"……네?"

"가서 여쭈라고. 이자를 만나주실 건지, 아닌지."

"알겠습니다."

나진건이 물러갔을 때 사무량의 얼굴엔 자그마한 비소 하나가 걸려 있었다.

"보통 천주가 직접 오는 법은 없지. 당신이 날 데리고 간다면 몰라도."

"천주는 웬만해서는 잘 만나주지 않아요. 하지만 모르죠, 당신이 비급을 말해준다는데. 만약 거짓말을 하면 천주께선 당신을 용서하지 않을 거예요."

"다른 신군들도 알고 있나?"

"뭘요?"

"흑천에 천주가 없다는 것."

"……뭐라고요?"

"아아, 이렇게 말해야 하나? 오신군이 여태까지 알던 천주는 단순히 허수아비에 지나지 않았고, 흑천을 쥐고 있는 실질적인 인물은 바로 당신이라는 것."

"말도 안 되는 소리!"

"말이 되고 안 되고는 당신 스스로가 가장 잘 알겠지."

도화신군의 얼굴이 창백해졌다. 그녀는 무서운 눈으로 사무량을 한참이나 노려보았다. 그러다가 이내 눈가에 웃음을 띠었다.

"어디서 그런 이상한 소리를 들었는지는 모르지만……."

"거짓말할 생각이라면 그만둬. 내가 어떤 능력을 지녔는지 안다면 거짓말도 통하지 않는다는 것 또한 알고 있겠지."

도화신군은 웃지 않았다.

결코 웃을 수 없는 상황이었다. 아무도 모르는 흑천의 비밀. 오로지 도화신군 자신만이 안고 있는 비밀을 사무량이 알고 있다는 것.

"내가 여태껏 본 무격 중엔 천기자가 최고였어요. 당신에겐 그만한 능력이 있다고는 생각하지 않아요. 넘겨짚은 거라면 정확하게 맞췄네요."

"그럴 수도 있고."

"맞아요. 흑천엔 천주가 없어요. 적어도 지금은 말이죠."

"앞으로는 생길 거라는 소리로 들리는군."

"정식으로 천주 자리에 오른 것은 아니지만 곧 그렇게 될 인물이 있어요."

"다른 네 문파를 모은 것은 당신이었나?"

"흑천이 모이게 된 배경이 궁금한 건가요?"

"거의 멸문 직전까지 가게 된 문파들. 그들이 혈광검의 비급 때문에 하나로 모였지. 각자가 비급을 차지해도 천하제일인이 될 수 있는네 굳이 하나로 모인 이유가 궁금할 따름이야."

"그건 간단해요. 비급을 가진 자의 행방을 가장 먼저 안 사람이 저니까요."

"그게 나로군."

"당신이 무당에 있을 때부터 쭈욱."

"그렇다면 비급을 찾게 된 이후, 나머지 문파들을 흑천이라는 이름으로 계속 놔둘 것인가? 아니면 하나씩 제거해 나갈 것인가?"

“난해한 질문이군요. 어떻게 그런 질문을 할 생각을 하는 거죠? 지금의 흑천은 최상의 상태를 유지하고 있어요. 괜한 내분이 있을 거라는 생각은 하지 말아요.”

“당신이 천기자를 죽인 것처럼?”

“……당신은 반드시 죽어야겠군요.”

“내 입을 막으려면 은소부를 풀어줘.”

“싫다면요?”

“흑천을 와해시키는 건 내 세 치 혓바닥이면 족하다고 봐.”

“굉장한 도박이네요.”

“도박이 아니야. 승기는 내가 거머쥐고 있어.”

도화신군은 어쩔 수 없다는 듯 어깨를 으쓱했다.

“좋아요. 어차피 쓸모없는 계집이었어요. 그렇게나 고문을 당하고도 비급을 말하지 않는 걸 보곤, 사람의 감정이라는 걸로 어떻게 당신을 움직여 보려고 했었죠. 하지만 소용이 없겠네요. 당신이라는 사람, 피도 눈물도 없어 보이니까.”

“정확하게 보았어.”

“대신 이번엔 제가 승기를 잡고 있는 것 같네요.”

“……?”

“당신은 꽤나 쓸 만한 수하들을 데리고 다니던데요?”

‘설마!’

사무량의 뇌리에 한 생각이 스쳐 지나갔다.

흑천과 소림을 유인하기 위해 떠났던 일행들이 다시 돌아올 것이라는 걸 간과했다. 무산에서 사무량을 만나지 못한다 해도 모두들 제 갈 길을 갔을 거라 믿었다. 몸 안에 잠들어 있는 고독의 해독약이야 일 년 후에 반드시 준다던 마희의 약속이 있지 않았던가.

그런 그들이 돌아왔다.

'왜! 왜, 도대체!'

그들이 아무리 뛰어난 실력을 지녔다고 한들 흑천을 누르지는 못한다. 이들에겐 방대한 정보가 있고, 초절정고수가 다섯이나 있지 않은가. 내공이 회복된 지 일 년밖에 안 된 일행이 감당하기 힘든 자들이다.

"그들이 어디에 있나?"

"용케도 이곳을 찾아왔더라고요."

'적랑회!'

그랬디. 적랑회외 정보라면 일행이 이곳을 찾아온들 저혀 이상한 일이 아니었다.

"천천히 생각할 시간을 드릴게요. 비급의 내용은 생각한 후에 들어도 괜찮으니까. 말했죠? 우리가 다시 만나는 날은 적과 적으로서 만나는 거라고요. 은소부는 풀어주되, 그 이상은 협상이라는 것이 존재하지 않는다는 걸 명심하세요."

도화신군은 사무량만 방 안에 덩그러니 남겨둔 채 문을 나섰다.

달빛은 유난히도 밝았다.

"후우······!"

초유신군의 공허한 한숨이 적막에 물들어갔다.

'흑천주가 존재하지 않았다?'

충격은 이루 다 말할 수 없을 정도로 컸다.

갑자기 사라진 천기자의 행방을 찾기 위해 몰래 도화신군을 지켜보지 않았더라면 새카맣게 몰랐을 것이다.

대들보 위에 바짝 붙어 사무량과 도화신군의 이야기를 모두 들었다. 처음엔 사무량이 도화신군을 자극하려 꺼낸 말인 줄로만 알았다.

그러고 보니 도화신군을 제외한 나머지 신군들은 천주를 직접 본 적이 없다. 십사 년 전, 자신들을 찾아와 흑천의 계획을 말한 사람도 도화신군이다.

왜 조금도 의심하지 못했을까. 그땐 그저 놀라웠을 따름이다. 천주라는 자가 멸문 직전까지 다다라 몰래 숨어 지내던 문파를 한 곳도 아니고 네 곳이나 찾았다는 사실이.

천주는 처음부터 없었다. 천주가 될 만한 인물이 있다는 소리도 처음 듣는 이야기다. 어쩌면 그 말도 거짓일지 모른다.

다만 이번 일을 통해 도화신군이 야망이 큰 여자라는 것을 알았다. 아직도 의문으로 남은 것은 천기자의 일뿐.

끼이익!

초유신군은 잠겨 있는 헛간의 문을 열었다.

어둠 속에서 인영 하나가 꿈틀대며 경계의 눈빛을 보냈다. 지푸라기 더미 위에 손발이 묶인 인영은 제대로 먹지도 못했는지 비쩍 말라 보였다.

"일어날 수 있겠나?"

인영은 대답을 할 수 없었다. 단지 두 다리를 바짝 당기며 몸을 웅크렸다.

초유신군은 인영에 가까이 다가가 입에 물린 재갈을 풀어주었다.

"퉤!"

인영은 재갈이 풀리자마자 기다렸다는 듯 초유신군을 향해 침을 뱉었다.

"더러운 원수! 죽더라도 너희를 절대 용서하지 않……!"

짝!

초유신군이 휘두른 손에 독설을 내뱉던 은소부의 고개가 휙 꺾였다가 되돌아왔다.

"계집이 떠드는 것은 질색이다. 입 다물고 있어라."

초유신군은 이번에는 은소부의 손과 발에 묶인 밧줄을 풀어 그녀를 자유롭게 해주었다.

"돌아가라. 이곳을 빠져나갈 때까지 널 막을 사람은 없을 게다."

은소부는 잠시 동안 기가 막히다는 표정을 짓더니 큰 소리로 말했다.

"처음 이곳에 올 때는 오라버니를 찾기 위해서였어. 하지만 당신들은 이미 오라버니를 죽였겠지? 너희에게 복수를 하지 못할 바엔 차라리 나도 여기서 죽는 게 나아!"

순식간에 품속으로 들어갔다가 나온 은소부의 손엔 작지만 날카로운 단도 한 자루가 들려 있었다.

"지금 이곳에서 너도 죽고, 나도 죽는 거야. 죽엇!"

타앗!

초유신군은 단도의 날을 세우곤 자신을 향해 달려드는 은소부를 가볍게 밀쳤다. 그의 가벼운 한 수에 단도는 날아가 벽에 틀어박혔고, 은소부는 바닥에 넘어졌다.

"어린 네년의 송장을 치우고 싶은 마음은 추호도 없다. 복수를 하려거든 돌아가서 힘을 키운 다음에 해도 늦지 않아."

"천하제일무공에 눈이 뒤집힌 당신들에게 대적할 힘이 어디 있겠어? 그게 그렇게 대단해? 왜! 왜 아무런 죄 없는 사람을 끌어들였느냐고! 왜!"

은소부는 가늘게 오열했다. 그동안 참고 참았던 오라버니에 대한 생각이 한꺼번에 터져 나왔다.

"으흐흑! 흑흑!"

초유신군은 무심한 얼굴로 그녀를 내려다보았다.

평생을 살수로 살아온 그는 이러한 감정엔 익숙하지 않았다. 은소부의 말대로 아무런 죄 없는 사람을 끌어들인 건 분명 흑천의 잘못이지만, 그렇다고 위로하고 싶은 마음도 없었

다. 은서효가 미끼가 된 것도 어디까지나 그의 운이 나빠서니
까.

"일어나. 사무량의 희생을 헛되게 하지 마라."

"……?"

은소부가 붉게 물든 눈을 들어 초유신군을 노려보았다.

"네가 풀려날 수 있는 것은 모두 사무량 덕분이다."

"사무량… 사무량은 어디에 있지? 그를 만나게 해줘!"

"그냥 얌전히 가라. 이곳은 너 같은 계집이 있기엔 위험한
곳이다."

"아니, 나 혼자 갈 수 없어. 그가 이곳에 잡혀 있다면 그와
함께 나갈 거야!"

"……."

초유신군은 은소부를 가만히 응시했다.

'그래, 어쩌면…….'

두 눈동자는 은소부에게 고정되어 있었지만 그의 머릿속
엔 많은 생각들이 떠오르고 있었다.

*   *   *

사무량은 자정까지 침상에서 꼼짝도 하지 않았다.

'지붕에 둘, 동서남북 각각 두 명씩, 땅속은 말할 것도 없
고…….'

낮부터 이곳에서 자신을 지키고 있는 인원의 수는 모두 열 명.

만약 밖을 지키는 자들과 붙게 된다 해도 지금 상태로는 승산이 없다. 상처도 치유되지 않았고, 무엇보다 그에겐 무기가 없었다.

그러나 사무량은 결정을 내려야 했다. 오늘 밤에 빠져나가지 않는다면 도주할 기회는 사라지고 만다.

하지만 하늘은 기회라는 것을 아주 없애지는 않았다. 자정까지 머무르며 사무량이 깨달은 건 두 시진 간격으로 경비가 바뀐다는 것.

신시(申時)에 한 번, 술시(戌時)에 한 번. 그리고 생각한 것이 맞다면 또 한 번 교대를 하는 시간은 자정인 지금.

교대를 하는 그 틈을 노려야만 한다. 정해진 시간은 촌각에 불과하다. 그 시간만큼은 경비를 서는 사람들의 긴장이 풀어지기 마련이다.

'역시 천장보다는 정면이 낫겠지.'

사무량은 자리에서 일어나 문가에 바짝 다가섰다.

그는 싸울 수 없는 대신 온몸의 감각을 최대한으로 끌어냈다.

미세하나마 문밖에서 사람들의 숨소리가 들려왔다. 그들의 냄새와 소곤소곤 나누는 대화의 내용까지 모두.

'낙뢰문이군. 전면전은 더더욱 힘들겠어.'

사무량은 조심스럽게 문을 열었다.

문을 열면 바로 양옆에 무인들이 있다는 걸 알지만 어둠에 모든 운을 맡기는 수밖에 없었다.

문은 아주 조금씩, 거의 반 각에 걸쳐서 몸 하나 빠져나갈 정도까지 열렸다. 다행히도 눈치를 챈 이는 아직 아무도 없었다.

사무량은 최대한 몸을 벽에 밀착시킨 채 문 사이로 빠져나갔다.

'제발……'

혹시나 눈빛이라도 새어 나갈까 눈도 크게 뜨지 못했다. 고개를 돌리는 미련한 짓도 하지 않았다.

지근거리에 있는 두 명의 무인은 어느 정도 긴장이 풀린 모양인지 숨소리조차 편안하게 들렸다.

사무량은 몸을 낮게 수그린 채 기둥 쪽으로 아주 조심스럽게 움직였다.

"교대할 시간이지?"

"어젯밤에 잠을 못 자서 그런지 피곤하구먼."

기둥 앞에서 두 무인이 나누는 이야기 소리에 사무량은 석상처럼 굳어졌다. 두 사람 중 한 명이라도 고개를 돌리면 끝장이다. 도화신군의 명 때문에 자신을 죽일 리는 없겠지만, 만약 도주를 하려다가 걸리는 날에는 이들의 긴장감을 더욱 부추기는 일밖에 되지 않는다.

"왜 이렇게 안 와? 올 때가 되었는데."

"아! 저기 오고 있네."

두 무인이 멀리서 걸어오는 다른 무인들을 보는 순간이었다.

쉬익!

사무량은 섬전과 같은 빠르기로 몸을 날려 기둥을 돈 뒤,
바닥에 완전히 몸을 붙였다.

정말 눈 깜짝할 새에 일어난 일이었다. 다행히도 이들은 사
무량이 밖에 나왔다는 사실을 전혀 알아채지 못했다.

교대를 하는 무인들이 서로 뭐라 이야기를 나누는 걸 들으
며 사무량은 계단 난간 쪽으로 붙어 천천히 기기 시작했다.

때가 타 거무튀튀해져 버린 의복이 이럴 때 도움이 될 거라
곤 전혀 생각지도 못했다. 어두운 그림자를 따라 이동하는 사
무량의 모습은 지붕 위에서 경계를 서고 있는 무인들조차 알
아채지 못할 정도로 은밀했다.

이마에선 땀방울이 쉴 새 없이 흘러내렸다. 온몸에 상처 없
는 곳이 없지만 아픔을 따질 겨를은 없었다. 목구멍을 타고
넘어가는 침도 입 밖으로 흘려낼 뿐, 절대 삼키지 않았다.

'잿빛 건물이라……'

고작 일 장을 움직이는 데 반 각이라는 시간이 걸리고, 그
렇게 사무량은 어둠 속에 점점 동화되어 갔다.

"이 밤중에 왜 절 보자고 하신 거죠?"

도화신군은 요즘 부적 짜증을 내는 일이 많았다. 비급 때문

에 신경이 잔뜩 곤두서 있는 상태였다.

"요 며칠 천기자가 보이지 않는군."

"말했잖아요, 야밤에 도주를 했다고. 설마 절 믿지 못하시는 건가요?"

도화신군의 눈썹이 쫑긋 세워졌다.

"그자를 추격하라 사람을 보냈나?"

"당연하죠. 발견하는 즉시 죽이라 명했으니 지금쯤은 벌써 송장이 되어 있을 거예요."

초유신군은 그녀의 거짓에 미간을 가볍게 찡그렸다.

"이상한 일이군. 실수는 많았지만 여태껏 천주의 신임을 받고 있던 천기자가 갑자기 떠나가다니."

"자기 자신이 실수를 했기 때문에, 그것이 두려워서 도망을 간 거죠."

"천기자의 자리를 자네가 대신하고 있나 들었네."

"지낭을 맡을 적당한 사람이 없으니까요. 당분간은 제가 맡을 거예요."

초유신군의 얼굴에 흐릿한 미소가 그려졌다.

"이렇게 이야기를 나눈 김에 앞으로의 계획에 대해서 묻지."

"구체적으로 어떤 걸 말씀하시는 건가요?"

"혈광검의 비급, 중원에 나서는 계획 등."

도화신군은 입술을 작게 오므렸다. 초유신군이 개인적으로 만나 이런 질문을 하는 건 처음 있는 일이었다. 비급에 관한 일이나 중원에 진출하는 계획 등은 오신군이 모인 자리에서만 이야기를 했다.

"비급은 아시다시피 사무량의 입에서 토해내게 할 거예요. 비급이 손에 들어오면 중원에 진출하는 계획은 바로 실현되는 거구요."

도화신군은 의구심을 안으로 숨긴 채 친절히 대답해 주었다.

"하나 궁금한 게 있네. 혈광검의 무공은 혈광검이기에 익힐 수 있었던 것. 만약 그 무공을 다른 이들이 익힐 수 없는 것이라면 어찌할 생각인가?"

"사무량이 그러던가요?"

"……."

"그렇군요. 비급은 다른 이들이 익힐 수 없는 것……."

도화신군은 미리 예상했다는 듯 담담했다. 다른 신군들이 알면 길길이 뛸 일이었지만 그녀는 남의 일처럼 무심했다.

초유신군은 그 말이 사무량의 입에서 나왔다는 사실을 부정하지 않았다.

"그래, 우리에겐 혈광검의 비급은 필요치 않지. 비급 없이 중원에 진출해도 무방하리라 생각하네만."

"십사 년 전처럼 무림의 공적이 되어 또다시 멸문의 위기를 맞으시려고요?"

"입 조심하게."

"천주께서 이러셨죠."

'존재가 없는 천주……'

초유신군은 두 눈을 가늘게 좁히며 도화신군의 입술에 시선을 가져갔다. 그녀의 입에서 쏟아질 말들은 천주의 의견이 아닌, 그녀 자신의 의견임에 틀림이 없다.

"혈살문, 만영문, 낙뢰문, 철궁방, 고언문. 우리는 흑천이라는 세력으로 하나가 되었어요. 궁극적인 목표는 우리를 멸문시키려 했던 구파일방에 복수를 하는 거예요. 하지만 복수가 가당키나 할까요? 흑천에 아무리 뛰어난 고수가 있다 해도 구파일방에는 상대가 되지 않아요."

사실이다. 그래서 천하제일인이라 불렸던 혈광검의 비급이 필요한 게다.

"복수는 못해요. 혈광검의 비급을 얻었다 해도 그들과 부딪친다면 분명 한쪽은 괴멸할 테고, 다른 한쪽도 재기할 수 없을 정도로 큰 타격을 입을 기예요. 그래서……"

도화신군은 마른 입술을 혀로 적신 후 계속 말을 이어나갔다.

"중원 진출은 그들이 우리를 함부로 건드릴 수 없도록 입지를 다진 후에 나서야 하죠. 그래서 혈광검의 비급이 필요한 거고요."

"소용이 없어도 말인가?"

"비록 우리는 그의 무공을 익힐 수 없다고 하지만, 천주께서는 익히실 수 있어요."

"……."

초유신군은 고개를 갸웃할 수밖에 없었다. 그녀의 말속에 들어 있는 천주가 정말로 존재하는지 아닌지 헷갈리기 시작했다.

그녀가 끝까지 사실을 말하지 않은 채 완강하게 대답하자 초유신군은 더 이상 물어볼 말이 떠오르지 않았다.

'어떻게 해서든 시간을 끌어야 하는데…….'

"더 물어보실 말씀이 있으신가요?"

"다른 신군들에게도 그 사실을 말할 건가? 파장이 클 거라 생각하네만."

"휴! 물론 역정을 내시겠죠. 다들 혈광검의 무공에 기대를 하고 있으니까요. 천하제일인의 무공을 익힐 수 있는데 기대하지 않을 사람이 어디 있겠어요? 하지만 저 역시 지금 이 자리에서 사실을 알게 되었으니 모두에게 솔직하게 말하는 게 좋을 것 같네요."

'존재 없는 천주에 대한 사실이나 이야기하게.'

초유신군은 목구멍까지 솟아오른 말을 차마 입 밖으로 꺼내지 못했다. 이 여우 같은 여자 앞에서 말이라도 잘못하는 날에는 무슨 꿍꿍이를 만들어 혈살문에 위해를 가할지 아무도 모르는 일.

'일단은 천주라는 인물에 대해 자세히 알아봐야 할 필요가 있겠어.'

"이제 궁금하신 건 다 해결되셨죠? 밤이 늦었네요. 초유신 군께서도 어서 들어가 쉬세요."

"아, 잠깐……!"

초유신군이 급히 부르려 했지만 도화신군의 신형은 벌써 그에게서 멀어지고 있었다.

은소부는 들고 있던 쟁반을 바닥에 내려놓았다.

시비로 위장한 그녀는 방 안에 아무도 없는 것을 확인하고 물건들을 뒤지기 시작했다.

들꽃 향기가 진하게 풍겨 나오는 방은 그 주인의 외모만큼 이나 화려하고 고급스러웠다.

은소부는 빠르게 손을 놀렸다.

침상 위와 아래, 서랍장, 경대는 물론이고 탁자 밑과 방 구석구석까지.

주어진 시간은 그리 많지 않았다. 초유신군이 자신들을 도 와주려는 이유는 알 수 없지만, 지금은 물건을 찾아내는 게 급선무였다.

'아무 데도 없어. 분명 이곳에 있는 게 맞는데……'

찾아봤던 곳을 다시 뒤질 수 있는 여유가 없었다. 시간은 자꾸 흘러 촉박해지는데, 빨리 빠져나가지 않으면 정말 죽을 지도 모르는데 물건을 찾을 길이 없었다. 미친 듯이 두방망이 질을 치는 심장이 터질 것 같아 정신이 없었다. 가까스로 몸을 지탱하고 있지만 다리 역시 후들거리기는 마찬가지였다.

정신없이 방을 서성이던 은소부는 문득 자신의 발을 내려다보았다.

'그래, 어쩌면 바닥에 감추어두었는지도……'

마음이 급해 방 안에 물건을 감추는 가장 기본적인 지식이 떠오르지 않았다. 그녀 역시 용검문의 자식. 부친이나 언니가 중요한 물건을 종종 바닥에 감춰두는 것을 보곤 했다.

은소부는 몸을 낮게 수그린 채 빠르게 바닥을 두들겨 나갔다.

쿵쿵! 쿵쿵!

혹시라도 소리가 새어 나갈까 조심스러웠다. 작은 주먹엔 벌써 땀이 가득 고여 금방이라도 뚝뚝 흘러내릴 것만 같았다.

쿵쿵! 퉁퉁!

'엇!'

은소부는 순간 짜릿한 전율을 느꼈다. 그녀의 예상대로 바닥에 물건을 숨겨두는 장소가 자리하고 있었다.

그녀는 마른침을 꿀꺽 삼키고 빈 소리가 들렸던 나무판자를 중심으로 사방을 차례로 두들겼다. 마지막 모서리를 두들겼을 때, 판자의 한쪽 면이 살짝 위로 튀어나왔다.

'됐다!'

은소부는 튀어나온 판자 부분을 손가락으로 꾹 잡고 위로 들어 올렸다.

끼이이이……!

아주 작은 소리였지만 은소부에겐 천둥소리만큼이나 크게 느껴졌다. 무공을 전혀 익히지 않은 그녀이기에 이곳에 왔다는 건 호랑이 굴에 들어온 것이나 마찬가지였다.

나무판자가 반 이상 들렸을 무렵, 은소부는 캄캄한 공간 안으로 팔을 쑥 밀어 넣었다.

팔이 닿지 않아 고생을 하던 그녀의 손끝에 무언가 차갑고 딱딱한 느낌이 전해졌다.

'있다!'

혈광검이다.

간절히 원했던 것이기에 느낌으로 알 수 있었다.

"이유는 묻지 마라. 도화신군의 방에 사무량의 검이 있다. 그걸 찾아서 가지고 나가라. 나중에 너석이 이곳에서 나간디 히여도 그 검 없이는 천하제일인이 될 수 없다는 걸 명심해라."

초유신군의 음성은 너무도 진지했다. 차가운 말이었지만 그가 도움을 준다는 걸 단번에 알 수 있었고, 위험을 무릅쓰면서까지 도화신군의 방에 잠입했다.

'좋아. 이것만 가지고 나가면 돼!'

은소부는 있는 힘껏 팔을 뻗어 간신히 혈광검을 손에 쥘 수 있었다.

‘됐어! 이제 팔만 빼면……!’

한쪽 팔을 바닥에 집어넣은 채 바닥에 달라붙어 있던 은소부의 동공이 크게 팽창되었다. 달빛을 받으며 누군가가 문가에 서서 그녀를 노려보고 있었기 때문이다.

2

“아……!”

“쉿!”

“……?”

너무 놀라 손에서 검을 떨어뜨리려던 은소부는 문가에 서 있는 자의 목소리를 듣고는 검을 다시 세게 움켜쥐었다.

“사무… 량?”

“조용!”

사무량은 재빨리 다가가 한 손으로 그녀의 입을 틀어막고 다른 손으론 허리를 감싸 몸을 일으켜 세웠다.

“무사해서 다행이군.”

자신의 머리를 손으로 만지는 사무량의 음성에 은소부는 왈칵 눈물을 쏟을 뻔했다. 동시에 긴장이 누그러지며 다리에 힘이 풀렸다.

“저런! 아직 다 끝난 게 아니야. 긴장을 늦추지 마.”

사무량의 듬직한 팔이 그녀의 허물어지는 몸을 지탱했다.

"내가 이곳에 있는 걸 어떻게……?"

"검을 찾으러 왔지. 고마워."

사무량의 음성은 너무도 다정했다. 은소부는 그의 얼굴에서 시선을 뗄 수가 없었다. 전보다 수척해진 사무량의 얼굴을 보니 안타까운 마음을 가눌 길이 없었다.

"많이 말랐네. 나가서 몸보신 좀 해야겠어."

사무량은 웃으며 손을 내밀었다. 은소부는 무언가에 홀린 듯 자신 스스로가 의식도 못하는 사이 손에 들고 있던 혈광검을 그에게 넘겨주었다.

사무량은 검을 처음 만지는 사람처럼 두 눈을 감고 검병을 천천히 움켜쥐었다.

"그래, 바로 이 감촉이야."

사무량은 사랑하는 이를 대하듯 혈광검을 끝에서 끝까지 쓰다듬었다.

"역시 느낌이 예전과 달라. 이제는 검의 감촉이 전혀 불편하지가 않아. 마치 몸의 한 부분인 것처럼……."

은소부는 그가 무슨 말을 하는지 이해할 수 없었다.

그때였다.

"……!"

검을 매만지던 사무량의 손길이 우뚝 멈췄다. 그의 날카로운 시선이 머무는 곳은 문 쪽이었다. 누그러져 가던 은소부의 긴장감이 그의 모습을 보곤 다시 바짝 곤두섰다.

사무량은 입가에 손가락을 가져가 조용히 하라 이른 후, 자신의 등 쪽을 가리켰다. 은소부는 사무량의 등 뒤에 찰싹 붙어 그가 움직이는 방향을 따라 함께 움직였다.

방문 옆의 벽에 기대고 있던 두 사람은 잠시 동안 아무런 말도 하지 않았다. 시간이 지날수록 은소부의 불안감은 더욱 커져만 갔다.

그때, 누군가의 조용한 발걸음 소리가 들려왔다. 사박사박 내딛는 발걸음은 방문 앞에서 뚝 멈췄다.

묘한 긴장감이 지속되는 중에 사무량은 은소부의 팔을 들어 자신의 목에 감쌌다. 은소부는 그의 의중을 알아듣고 목에 감긴 팔에 더욱 힘을 주었다.

투웅!

문지방이 튕기는 소리와 함께 문밖에 서 있던 자가 방 안으로 급작스레 뛰어들었다.

'들꽃 향기!'

은소부는 뛰어 들어온 그녀가 이 방의 주인임을 한눈에 알아볼 수 있었다. 하지만 미처 그녀의 얼굴을 자세히 보기도 전에 은소부의 신형이 사무량에 이끌려 움직였다.

쒜에엑!

혈광검의 검붉은 빛이 방 안에 흩뿌려지며 도화신군의 면전을 향해 쏘아졌다.

"어딜!"

도화신군은 바닥을 박차며 천장으로 뛰어올랐다. 은소부를 등에 업은 사무량의 신형도 위로 떠올랐다.

가슴을 베어오는 검 앞에 아무런 무기도 소지하고 있지 않았던 도화신군은 두 손을 들어 장력을 쏘아냈다.

파방! 팡!

허공에서 두 차례의 격돌이 일었다.

"헉!"

바닥에 착지한 도화신군이 짧은 경악과 함께 뒤로 물러섰다. 달빛에 비친 사무량을 확인한 도화신군의 눈썹이 파르르 떨렸다.

"비급을 완성했나?"

아래로 축 늘어뜨린 도화신군의 두 손에선 쉴 새 없이 피가 흘러내렸다.

대답 따윈 필요없었다. 사무량의 검은 쉴 줄을 몰랐다.

츠츠츠츠!

도화신군의 발이 어지럽게 움직였다. 중자산에 찾아왔을 때 왕가의 앞에서 보였던 그 신법이다.

무수한 잔영을 흩뿌리는 그녀만의 독특한 신법은 상대의 눈을 현혹시켰다. 허 속에 실이라는 게 무엇인지 보여주는 무공.

사무량은 허공을 향해 휘두르던 검을 가지런히 모았다.

허를 따라 필요 없는 움직임을 계속 할 바엔 깔끔한 동작으로 실을 잡는 편이 나았다.

도화신군의 발이 바닥에서 보이지 않을 정도로 어지럽게 움직인다 싶은 순간,

휘익! 파앗!

그녀의 왼발이 사무량의 턱 끝을 향해 날아들었다.

사무량은 허리를 뒤로 꺾어 그녀의 공격을 피했다. 하지만 한 번 시작된 움직임은 끊이질 않았다.

'중자산에서 당신이 펼친 신법은 고작 일 회. 하지만 난 상상 속의 당신과 많이도 싸웠지. 현란한 방어 속엔 결국 두려움이 담겨 있기 마련. 시간이 없군. 빨리 끝내지 않으면 놈들이 오겠어.'

가느다란 눈으로 도화신군을 바라보던 사무량은 혈광검에 더욱 힘을 주었다. 그리고 그녀를 향해 몸을 쏘아냈다.

"음!"

섣불리 달려들 것을 예상치 못한 도화신군이 움찔 하는 사이, 사무량은 무릎으로 그녀의 옆구리를 가격했다.

퍼억!

둔탁한 소리와 함께 도화신군이 허리를 숙였다. 신법 이외에는 현재 방어를 할 수 있는 것이 없었기에 누가 보아도 그녀가 불리한 싸움이었다.

"사무량! 어서!"

실눈으로 두 사람의 싸움을 지켜보던 은소부가 소리쳤다.

사무량은 한 손으로 은소부의 팔을 다시 잡아매고 어두운

방 안을 부리나케 빠져나갔다.

과연 도화신군의 시간 끌기 작전은 성공한 듯 보였다. 여기 저기에서 켜진 횃불들이 금세 그녀의 거처 쪽으로 모여들고 있었다.

"괜찮으십니까?"

낙뢰문 무인 하나가 방 안으로 뛰어 들어왔다.

"난 괜찮으니 놈을 잡아, 어서!"

무인이 나간 뒤 도화신군은 자신의 손바닥을 눈앞에 가까이 들어 올렸다.

'무공을 완성했어. 혈광검의… 천하제일인의 무공을!'

초유신군의 말이 맞았다.

혈광검의 무공은 아무나 익힐 성질의 것이 아니다. 짧은 시간 동안 섞어본 손속에서 그것을 확실히 느꼈다.

사무량의 움직임은 일반적인 무공과는 궤를 달리한다. 정해진 초식 없이 마구잡이로 휘두르는 검법이다. 하지만 그 검무에서 펼쳐 나오는 기운은 몹시 생소하며, 어느 누구보다도 강맹했다.

중자산에서 그를 처음 보았을 당시만 하더라도 한참 눈 아래로 두었다. 하지만 지금은 장담할 수 없다.

장력에서 터져 나간 강기는 소림의 대력금강장. 극성까지는 아니더라도 웬만큼 흉내는 낼 수 있었다. 그런 대력금강장이 단순한 검 놀림에 뚫렸다. 손바닥이 갈라졌으며 허연 뼈까지 보이고 있다.

도화신군은 자리에서 일어선 뒤, 경대 서랍에서 마른 천을 꺼내 손에 둘둘 감았다.

'그분의 말씀이 맞았어. 혈광검의 비급도 중요하지만 이젠 사무량, 저자를 정말로 죽여야 할 때가 온 거야.'

그녀는 아랫입술을 질끈 깨물었다.

"어떻게 하죠? 도주할 곳이 전혀 없어요."

지붕 위로 올라선 사무량과 은소부는 처마 밑으로 두 눈만 빼꼼히 내밀었다.

흑천 사천성 지부는 발칵 뒤집혔다. 자던 사람들도, 직무를 보던 사람들도, 한밤중에 수련에 임하던 사람들 모두가 횃불을 들고 나와 지부를 샅샅이 뒤지기 시작했다.

"무인이란 무인들은 죄다 나온 것 같은데요?"

"어차피 땅으로 도망가는 것도 무리야. 두더지들에게 좋은 먹잇감이 되고 마니까."

"경공을 사용하면 가능하지 않아요?"

"늑대들을 몰고 다닐 생각이라면."

"저… 혹시 나가는 길을 알고 있나요?"

사무량은 고문관에게 들었던 길목을 머릿속으로 떠올렸다.

복잡한 구조를 지닌 지부이기 때문에 나가는 길을 찾는 건 여간 어려운 일이 아니다. 오른쪽 벽면을 집고 나가는 방법은 사무량이 도주했다는 사실을 흑천이 모르고 있을 때나 가능한 일.

조심스럽게 움직인다 하더라도 땅 밑에 고언문이 있기 때문에 그것도 힘들다. 방법은 딱 하나, 지붕과 지붕을 타고 나가는 것뿐.

"이곳은 구조가 복잡하네요. 하지만… 알 수 있을 것 같아요."

"어떤 방법으로?"

"우선은……."

은소부는 달을 가리킨 후 왼쪽 팔을 쭈욱 뻗었다.

"현재 우리가 있는 곳의 남쪽이 지도상으로는 동쪽이죠. 저기 가장 큰 전각이 보이죠? 저곳이 이곳의 가장 중요한 곳일 거예요. 보통은 저런 전각이 가장 북쪽에 위치할 확률이 높은데, 이곳엔 정 가운데에 자리히고 있죠. 그 말인즉 정문을 빼고서라도 도주할 수 있는 곳은 동, 서, 북 세 군데. 일행이 이곳으로 오고 있다고 했나요? 일행을 만나려면 서쪽으로 가야 해요."

"북쪽과 동쪽은 사천성 외곽일 확률이 높겠군."

"아마도요."

사무량은 눈을 반짝이고 있는 은소부를 흘끔 바라봤다.

온실 속의 화초처럼 곱게 자란 줄로만 알았다. 이런 상황과는 전혀 어울리지 않을 것 같았는데 오히려 흥미로운 듯한 표정이었다.

사무량의 시선을 의식한 은소부가 고개를 돌렸다가 다시 원위치로 가져갔다.

"아, 저기……."

"그런데……."

두 사람이 동시에 입을 열었다.

"먼저 말해."

"아니, 먼저 말씀하세요."

"사혼검과 같이 있지 않았나?"

사혼검의 이야기가 나오자 은소부의 안색이 굳어졌다.

"그때 무산에서 본 게 마지막이었어요. 당신이 절벽으로 올라간 후에 아침까지 기다렸는데, 갑자기 많은 사람들이 나타났어요. 당주는 그들에게 적수가 되지 않았어요."

"죽었나?"

"확실히는 모르지만 어쩌면……."

은소부는 더 이상 말을 잇지 못했다.

"소문주를 찾지 못하게 된 것은 유감이군."

사무량은 일부러 화제를 돌렸다. 그러나 그 어느 쪽도 암울하긴 마찬가지였다.

"각오했었어요. 오라버니가 살았다면 진즉에 돌아왔겠죠. 그런데도 이곳에 오고 싶었어요. 저 혼자 흑천의 무인 하나도 감당할 수는 없지만, 당신이… 휴! 아니에요."

"솔직해지는 게 좋겠어. 내가 그대의 복수를 하기를 원하나?"

"……네. 당신이 해주었으면 좋겠어요."

그녀는 자신의 속마음을 숨김없이 털어놓았다. 애틋한 눈빛으로 사무량을 바라보는 게 그녀가 할 수 있는 유일한 연모의 표정이었다.

"하려던 말이 뭐야?"

"네?"

"아까 나에게 하려고 했던 말."

"아, 그건 그러니까……."

"숙여!"

사무량은 말을 하려는 은소부의 고개를 푹 눌렀다.

피융— 콰앙!

어디선가 날아온 화살 하나가 두 사람의 근처에 있는 기와를 박살 냈다.

"저런, 철궁방의 존재를 깜박했군. 위치가 탄로 난 것 같은데, 내게 업힐 수 있겠어?"

은소부는 군말 없이 사무량의 등에 업혔다.

"서쪽이라고 했지? 떨어질지 모르니까 꽉 잡아! 지금부터 경공을 펼칠 거니까."

사무량은 말을 끝냄과 동시에 처마에서 뚝 떨어져 내렸다.

"저기다! 놈을 잡아!"

사무량은 힘차게 땅을 박찼다.

지붕 위로 이동하겠다는 계획이 틀어졌다. 벌써부터 철궁방 무인들이 지붕 위를 점령하고 언제든 화살을 쏘아낼 준비를 하고 있었다.

피유웅― 퍽!

강궁의 위력은 대단했다. 옆으로 화살이 날아간다 싶으면 근처에 있던 건물 한쪽이 부서지고 땅이 푹 파이기까지 했다. 형문산에서 만났던 엽사들에 비할 바가 아니었다.

자연스레 이 년 전의 기억을 떠올리게 할 정도로 철궁방의 화살은 사무량과 은소부를 계속 몰아쳤다.

"혈광검이 도화신군의 방에 있던 건 어떻게 알았지?"

"초유신군이라는 자를 만났어요!"

푸욱!

사무량은 발을 땅에 오래 디딜 수 없었다. 화살을 피한다 싶으면 어느 순간 땅바닥에서 뾰족한 무기들이 튀어나왔다.

"그가 네게 혈광검을 빼 가라고 이르던가?"

"혈광검의 비급만으로는 천하제일인이 될 수 없다면서!"

채챙! 챙! 따다당!

화살에 맞서 검을 휘두를 때마다 손이 자르르 울렸다. 금방이라도 검이 손에서 떨어질 것만 같았다.

"그쪽이 아니에요! 서쪽! 네, 맞아요, 그쪽이요!"

은소부는 사무량이 길을 잘못 들 때마다 정확한 방향을 가리켰다.

사무량은 젖 먹은 힘을 다해 달리고 또 달렸다. 그의 등에 업혀 있는 은소부의 눈에는 모든 주위의 사물이 초점을 맞출 새도 없이 휙휙 지나갔다.

"조금 있으면 더 많은 놈들이 몰려올 거야!"

하늘에서 쏟아지는 소나기는 철궁방 무인들이 쏘아내는 화살이다. 땅 밑에서 솟구치는 현음조는 고언문의 것이고, 눈 앞에서 번쩍이는 푸른 검날은 낙뢰문의 것이다.

혈살문은 보이지 않았다. 초유신군은 아예 작정을 하고 사무량이 이곳에서 빠져나가길 바라는 사람 같았다.

'적과 적이 아닌, 무인 대 무인으로서 싸우길 원하는 자. 그에게 빚을 졌군.'

비록 지금은 적이지만 마음 한편으로는 초유신군이 걱정 되는 건 어쩔 수 없었다. 사무량이 이곳에서 무사히 빠져나가 든, 그렇지 않든 초유신군은 다른 네 신군들의 질책을 면하지 못할 것이다. 심하게 틀어질 경우 혈살문은 세상에 빛도 보지 못한 채 무너져 내릴지도…….

"아! 사무량!"

은소부의 외침에 사무량은 정면을 바라보다가 흠칫 놀랐다.

십여 장 거리에서 팔짱을 낀 채 땅에 굳건하게 서 있는 중 년인은 사무량의 발걸음을 멈추게 만들었다.

다부진 인상에 큰 키, 호리호리한 체격의 사내에게서 뿜어
져 나오는 기세는 다른 무인들과는 차원이 달랐다. 사무량은
그의 옆구리의 걸려 있는 검 한 자루에 눈길을 돌렸다.

'낙뢰문……. 저자가 낙뢰문주인가 보군.'

"어떻게 해요!"

무인이 뿜어내는 기운을 읽지 못하는 은소부이지만 그녀
역시 뇌성신군의 기세와 표정에서 강한 자라는 걸 눈치 챈 모
양이다. 다급한 그녀의 음성엔 어느새 호기심은 사라지고 두
려움이 남았다.

사무량은 근처에 있는 건물 벽에 몸을 가까이 붙였다.

뇌성신군은 실소를 한 번 지어 보이곤 사무량을 향해 뚜벅
뚜벅 걸어왔다. 철궁방과 고언문의 공격이 없는 걸로 보아서
그를 대하는 다른 무인들의 예의를 엿볼 수 있었다.

"쥐새끼 같은 놈! 네놈이 이곳을 빠져나갈 수 있다고 보느
냐!"

사무량은 검을 높이 쳐들어 정면을 겨누었다.

허리춤에 메어져 있던 뇌성신군의 검은 어느새 그의 손에
들려 있었다. 빛보다 빠른 뇌성무류검법이라더니 과연 발검
만 보더라도 명불허전이었다.

'숨소리……. 호흡도 안정되어 있어. 뇌성무류검법은 이미
통달한 지 오래. 하지만 이자는 강하다. 승부를 예상할 수 없
을 정도로…….'

더 이상 빠져나갈 길은 없었다. 뇌성신군은 점점 가까이 다가왔고, 이곳에서 손을 섞는다면 죽음 혹은 큰 부상을 면치 못하리라.

"사무량, 왠지 예감이 좋지 않아요. 이젠 가망이 없는 건가요?"

귓가에 속삭이는 은소부의 떨리는 음성에 사무량은 대꾸할 말이 없었다.

"아까 하려던 말……."

"……?"

"나… 나, 당신을 좋아하는 것 같아요!"

사무량의 목을 움켜쥐고 있는 은소부의 팔에 아까보다 조금 더 힘이 들어갔다.

"오라버니의 죽음도, 당주의 불상사도… 그래요. 난 지금 너무 힘들어요. 나 역시 아무런 미련을 남기지 않고 죽을 수도 있지만, 당신을 볼 때마다 자꾸만 살고 싶은 욕구가 생긴다고요!"

"이봐, 지금 그런 말을 할 상황이 아닌 것 같은데?"

"마지막이 될지도 모르잖아요!"

"귀 따가우니 소리 지르지 마."

사무량은 은소부의 때 아닌 고백을 생각할 겨를이 없었다.

오 장, 사 장, 삼 장…….

뇌성신군은 검을 휘두를 수 있을 거리까지 가까이 다가왔다.

‘빈틈을 전혀 찾아볼 수 없어. 이런 자가 낙뢰문주라니…
이 정도 수준이면 무당 도인 시절의 우서문보다 한 수 위.’
“잘 가요, 사무량.”
눈을 꼭 감아버린 은소부의 말이 끝남과 동시에,
구르릉!
“헉!”
분명히 땅을 딛고 있던 사무량의 발밑에 순식간에 커다란
구멍이 생겨났다. 사무량과 은소부는 미처 피할 틈도 없이 중
력에 의해 구멍 밑으로 추락했다.
구멍으로 떨어지는 사무량의 눈에 당황하고 있는 뇌성신
군의 얼굴과 그의 검에서 터져 나오는 빛무리가 보였다.
그러나 거기까지였다. 빛무리가 사무량에게 채 닿기도 전
에 벌어진 구멍의 문이 다시 닫히며 사무량과 은소부를 집어
삼켰다.

정말 놀라운 일이었다.
땅속은 고언문만의 영역인 줄 알았는데 이런 장소가 있을
줄이야.
기다란 통로 벽은 모두 단단한 돌로 되어 있었다. 군데군데
유등이 밝혀져 있고, 외부의 소리도 완전히 차단했다.
“길을 알려 드리지 않았습니까?”
통로 끝에서 누군가의 질책 어린 목소리가 웅웅 울려왔다.

굽이진 곳에서 모습을 보인 사람은 다름 아닌 사무량을 고문하던 고문관이었다.

"땅 밑에 고언문이 드나들 수 없는 곳이 있을 줄은 꿈에도 생각 못했소."

사무량은 바닥에 넘어진 은소부를 일으켜 세우며 말했다.

"이곳 역시 고언문의 영역이 맞습니다."

하기야, 이 정도의 통로를 만들려면 고언문의 손길이 필요할 것이다. 사무량이 지금 서 있는 곳은 고언문이 만든 비밀 통로이고, 고문관으로 하여금 운이 좋게 구출되었다.

"위험했는데 도와줘서 고맙소."

고문관의 구겨진 인상은 펴지지 않았다. 사무량은 그의 얼굴을 보면서 누군가와 참 많이 닮았다는 생각을 했다.

"이게 무슨 냄새죠?"

은소부기 손으로 코를 막으며 물었지만 통로 어딘가에서 뿜어져 나오고 있는 냄새는 사무량이 먼저 맡았다.

사무량은 고문관을 직시했다.

"이곳을 터뜨려 버릴 작정이시군."

"어차피 잘되었습니다. 실력이 되지 않아 놈들에게 복수는 할 수 없지만 저승 가는 길, 적어도 땅 두더지 몇 놈은 같이 데리고 갈 터이니."

"전부터 궁금한 것이 있었지. 천기자와 어떤 사이인가?"

"제 형입니다."

“그렇군.”

“놈들이 곧 이곳으로 올 것이니 빨리 나가십시오. 이 통로
로 가다 보면 갈래길이 나오는데, 오른쪽으로 계속 가시면 지
부 외부로 나가는 출구가 나옵니다. 서쪽으로 가면 당신 일행
을 만날 수 있을 겁니다.”

“말하시오.”

“……?”

“도움을 준 대가는 반드시 치르겠소.”

“형이 죽기 며칠 전 제게 그러더군요. 세상 사람들은 모두
속고 있다고, 가장 선한 사람이 가장 악한 사람이라고. 흑천
의 뿌리를 찾아서 반드시 복수를…….”

“염려 마시고 편히 가시오.”

사무량은 은소부를 데리고 복도를 향해 달리기 시작했다.

“저 사람은 같이 안 가나요?”

“적어도 이곳보다는 저세상이 편한 사람일 테니까.”

모퉁이를 돌기 전, 아까 그 자리를 보았을 때 고문관은 여
전히 그 자리에 선 채 꼼짝도 하지 않았다.

그게 고문관의 마지막 모습이었다.

第七章
대접전

"야, 이 우가 놈아! 이런 놈들이 있다면 진즉에 말을 해줬어야 할 것 아냐? 이럴 줄 알았으면 따라오지도 않는 긴데!"

왕가, 우서문, 해타, 양소와 유담 다섯 사람은 오도 가도 못하는 처지가 되었다.

낮부터 서서히 일행을 옥죄어오던 기운들이 저녁이 되자 두각을 드러냈다. 땅속에서 튀어나오는 현음조는 왕가를 기절초풍하게 했다. 하늘에서 쏟아지는 어마어마한 위력의 화살 세례엔 두 손 두 발을 다 들었다.

그뿐이랴? 나무면 나무, 바위면 바위에서 불쑥 불쑥 나타나는 귀신같은 놈들까지.

"배고파 죽겠는데 언제까지 이러고 있어야 해? 야, 해타! 너라도 땅에 있는 놈들 좀 어떻게 해봐!"

"시, 싫어. 무섭단 말이야!"

"으이구! 진짜 저런 놈이 무슨 환우독조의 직전제자라고……. 아! 배고파! 야, 이것들아, 어떻게 좀 해봐!"

왕가의 짜증은 극에 달했다.

벌써 네 시진째 바위 위에만 있으려니 여간 곤욕스러운 게 아니었다. 끼니도 거르고, 볼일도 보지 못하고, 밤이슬을 맞아가며 놈들을 경계해야 했다.

'분명하다. 놈들은 우리를 생포하려 한다. 이유는 하나, 인질로 데려가 사무량에게서 비급을 얻어내려는 수작.'

흑천의 의도를 가장 먼저 알아차린 사람은 우서문이었다. 이 년 전과 같은 상황에 놓인 그는 그때의 일을 회상하며 더욱 긴장에 사로잡혔다.

놈들의 무위는 대단하다. 특히나 뇌성무류검법의 빠르기는 인정하지 않을 수 없다. 사무량이 도와주지 않았다면 찔려도 수십 번은 더 찔렸을 것이다.

유담의 허벅지엔 화살이 스치고 지나갔다. 왕가는 왼쪽 등에 검상을 입었고, 양소는 복부가 길게 베였다. 그나마 다행인 건 그리 심각한 상처들은 아니라는 것. 하지만 더 이상 싸우게 된다면 분명 목숨을 잃는 경우도 있을 것이다.

비단 일행만 다친 것은 아니었다.

뇌성무류검법의 빠르기와 비견되는 신법을 가진 왕가는 그들 중 일곱 명의 목숨을 끊어놓았다. 유담이 떨쳐 낸 비침에 바닥에선 피가 솟구쳤고, 나무 위에선 사갑전을 맨 무인들이 떨어졌다.

일행은 숫자로는 불리한 상황이지만 결코 저들에게 만만한 상대가 아니었다.

그래서 양쪽 모두 섣불리 공격을 하지 않았다.

저들은 기다리고 있다.

한곳에 가둬두고 누군가가 먼저 움직이길 기다리든가, 아니면 일행이 지쳐 쓰러질 때까지 기다리고 있는 게다.

"이거 사무량을 구하러 왔다가 오히려 혹이 되는 게 아닌가 몰라."

유담은 너스레를 떨며 웃었다.

"도대체 이 조그마한 산꼴에 흑천 놈들은 인제 자리를 잡고 있던 게야? 이런데도 중원에서 아무도 몰랐다는 게 말이나 돼?"

그 점이 의아하긴 모두 마찬가지였다.

사천성과 섬서성의 경계에 위치한 산이라 민간인들의 왕래도 빈번하다. 소문이라도 퍼져야 옳건만, 이런 곳에 흑천의 지부가 있다는 말은 금시초문이었다.

'흑천뿐만이 아니야. 커다란 세력이 있어. 그들이 지부의 위치를 감싸고 있다는 건… 무언가 알 수 없는 문제가 있군.'

우서문은 주위의 동태를 살폈다.

고작 다섯 명으로 흑천 지부로 쳐들어간다는 것부터가 잘못이었다. 사무량을 구하려는 의도는 좋았지만 이래선 승산이 없다.

이런 경우, 선택의 범위는 극히 좁아진다.

전면전을 불사해 방어벽을 뚫고 지부로 쳐들어가든가, 아니면 왔던 길로 되돌아가 후일을 기약하든가. 하지만 그 어느 쪽도 쉬운 일이 아니었다.

'사무량, 네놈은 무사한 것이냐.'

"나는 이런 싸움을 별로 좋아하지 않네만."

근심에 싸인 우서문의 표정을 보며 유담이 입을 열었다.

"왔던 길로 되돌아간다 한들 더 나아지는 게 있나? 얻는 것도 없을뿐더러 자존심이 허락하질 않아서."

"하지만 지금으로서는 방법이 없다."

"형문산에서 엽사들한테 공격당했던 일 기억나나?"

"……."

"실력은 몰라도 수적으로는 너무도 불리한 상황이었지. 그때 어땠어? 사무량 녀석이 각개격파를 했지 않나?"

그것도 생각해 보았다.

각개격파라면 최소한의 인원으로 많은 적들을 상대할 수 있다. 그러나 문제가 있다. 엽사들은 모두 같은 무기로 원거리에서 공격을 가해왔지만 흑천엔 네 부류가 있다.

땅 밑에는 고언문이, 하늘에는 철궁방이, 잠복하고 있는 혈살문이 있는가 하면 철저히 길을 막고 있는 낙뢰문도 있다.

현실적으로 각개격파 역시 불가능한 상태다.

"내가 한 놈들을 따돌려 볼 테니까 나머지 좀 어떻게 해보라고. 여기 있는 놈들 대략 오십은 될 것 같은데, 이놈들만 없애도 지부에 잠입하기가 수월해지지 않겠어?"

"그러려면 땅으로 움직여야 하는데 두더지 놈들 때문에 지금은……."

"거 인간, 참 사람이 그리 꽁해서야. 난생처음으로 마음이 통하는 자인 줄 알았는데 다시 생각해 봐야겠어."

유담은 우서문을 보며 한동안 얼굴에서 미소를 지우지 않았다. 그 웃음이 불안한 우서문의 예감은 정확하게 들어맞았다.

타앗!

"어엇!"

유담의 급작스러운 행동에 일행들은 바위 위에서 벌떡 일어섰다. 바위에서 뛰어내린 유담은 낙뢰문을 향해 전광석화처럼 달려갔다.

"저 새끼가! 에잇, 심하면 죽기밖에 더하겠어? 나도 질 수 없지!"

왕가 역시 낙뢰문을 향해 몸을 날렸다.

'또다시 이런 상황이…….'

이 년 전과 똑같았다. 궁지에 몰린 쥐가 고양이를 공격한다는 걸 저들도 모르지 않았을 게다. 아니, 오히려 이러길 바랐는지도 모른다. 그럴 줄 알았다며 마주 달려오는 낙뢰문도들의 비소 어린 표정만 보아도 알 수 있다.

슈아악!

양소가 일어섰다. 그는 대도를 한 번 크게 휘두른 뒤 유담과 왕가를 따라 몸을 날렸다.

'사문을 잃고 낭인과 다를 게 없는 자들, 저들이 저럴진대 정종문파의 무인이었던 나는 몸을 사리고만 있다니. 이건 내가 원하던 게 아니다!'

"우가, 가지 마!"

우서문마저 몸을 일으키자 해타가 그를 뜯어말렸다.

"해타, 나는 당신이 환우독조의 진전을 이어받은 이라는 걸 모르고 있었소. 당신의 스승은 억울하게 죽었지만 당신처럼 나약한 사람은 아니었소. 당신 머릿속에 아직도 환우독조에 대한 기억이 남아 있다면, 그에게 부끄럽지 않은 행동을 하려 노력하시오. 그럼!"

우서문은 검병을 굳게 말아 쥐고 바위 위에서 뛰어내렸다.

쌀쌀한 가을바람이 오늘따라 유난히도 시원하게 느껴졌다.

부우웅… 부웅! 탁!

허공을 자유롭게 날아다니는 매 한 마리가 먹이를 낚아채
는 듯했다. 왕가의 유성추는 한 번 목표로 한 먹이를 절대 놓
아주는 법이 없었다.

어린 시절부터 손에서 돌멩이를 놓지 않던 왕가는 투척술
에 특별한 재능을 보였다. 아무리 먼 곳에 있는 물체라도 백
발백중. 동자들과 어울려 놀 때면 자신의 재능을 자랑하려 날
랜 다람쥐를 돌로 맞히다가 스승님께 혼난 적이 한두 번이 아
니었다.

스승은 그의 행동을 야단쳤지만 재능을 썩게 하진 않았다.

본격적으로 무공을 배울 때가 되자 스승은 왕가에게 유성
추 하나를 내밀었다.

가늘고 긴 쇠줄 끝에 매달린 작은 돌멩이 같은 추 하나. 왕
가는 유성추를 손에 쥐는 순간 짜릿한 전율을 느꼈다.

돌멩이처럼 한 번 던지면 사라져 버리고 마는 물건이 아니
다. 줄 끝에 달린 유성추는 왕가가 마음먹은 방향으로 쏘아져
나갔다가 항상 다시 돌아왔다.

배신을 모르는 무기라 해서 잘 때도, 밥을 먹을 때도, 뒷간
에 갈 때도 유성추를 손에서 놓지 않았다. 나이가 들어 주지
승이 된 후에도 쇠줄을 차곡차곡 말아 허리춤에 채우고 승복
으로 가리기도 했다.

스승에게 받은 유성추는 소림에게 빼앗겼다. 목숨처럼 귀
한 무기였지만 가슴속에 숨겨놓은 '그 물건' 을 빼앗기는 것

보다는 나았다.

유성추와 인연이 없을 거라고 생각했을 때, 사무량이 건네준 새로운 유성추는 왕가에게 다시없을 희망이자 삶의 이유가 되었다.

오랜 기간이 지났지만 유성추를 자유자재로 다룰 수 있는 실력은 전혀 녹슬지 않았다.

느슨해진 줄을 던졌을 때의 그 팽팽한 느낌. 목표물을 정확히 격타하였을 때의 짜릿함도 그대로였다.

퍼억!

날아오는 유성추에 미간이 뚫려 버린 무인은 비명도 지르지 못하고 쓰러졌다.

왕가의 손속은 잔인했다. 하지만 이보다 더 확실히 죽음을 가져다주는 무기는 없었다.

쉬이익!

등 뒤에서 매서운 바람이 불었다.

"이 새끼가!"

왕가는 욕설을 내뱉으며 뒤로 훌쩍 물러났다.

낙뢰문과 부딪쳤을 때, 그나마 일행 중 가장 피해를 보지 않는 사람 역시 왕가였다. 번개와 같은 빠름을 지닌 뇌성무류 검법에 맞먹는 속도의 신법은 그를 공격하던 낙뢰문 무인들을 경악케 했다.

인간의 한계를 초월한 신법이 짧은 두 다리에서 터져 나올 줄은 정녕 아무도 몰랐을 게다.

차르르륵! 빠각!

잘 익은 꽈리가 터지듯 무인의 머리통이 터져 나가며 피 분수를 뿜어냈다.

"새끼야! 죽으려면 곱게 죽어! 하마터면 나까지 피 뒤집어쓸 뻔했네!"

왕가는 자신이 저지른 일은 생각도 하지 않는 듯했다.

유담은 힘겨운 싸움을 했다.

평소 빛보다 빠른 비침을 쏘아낸다 자신했지만 뇌성무류 검법 앞에서는 제대로 실력을 발휘할 수가 없었다.

소문으로만 듣던 낙뢰문을 직접 보게 되어 무인으로서 영광이었으나, 과연 자신이 이들의 공격을 극복할 수 있을지가 의문이있다.

그라고 해서 사무량을 구하지 않고 다시 되돌아가고 싶은 마음이 없는 것은 아니었다. 왜 이런 고생을 하러 여기까지 왔는지 후회도 많이 했다.

하지만 사무량을 떠올릴 때마다 그런 생각들은 꼬리를 감췄다.

사무량은 유담에게 많은 것을 깨닫게 해주었다. 무의식적인 공격 속에 자만하지 않는 법을 알게 했으며, 난생처음 동료라는 의식을 새겨주기도 했다.

그러나 그것 때문에 목숨을 걸며 사무량을 도우려는 것은
아니다.

스승 강랑선괴의 죽음이 흑천과 연관되어 있다는 사실을
알았을 때 큰 충격을 받았다.

진전문을 만나던 당일 새벽에 받은 한 장의 서신.

그 안에는 스승의 죽음을 파헤칠 수 있는 결정적인 증거가
담겼다. 누굴까. 누가 자신에게 위험을 알리는 서신을 보내왔
을까.

서신을 받고나선 이 세상에 그 누구도 믿을 사람이 없다는
걸 깨달았다.

유담 전(前).

**강랑선괴의 죽음엔 중원무림의 최고 권력을 지닌 자 중 한 사
람이 연관되어 있음. 그는 흑천이라는 세력을 빌미로 중원 제패
를 꿈꾸며 전 천하제일인이었던 혈광검의 비급을 원함. 강랑선
괴는 그의 비밀을 알고 있던 한 사람. 강랑선괴의 죽음의 비밀을
파헤친다면 당신 역시 죽음을 피할 수 없을 것. 목숨을 부지하고
싶다면 사무량과 떨어져 행동하길 바람.**

현(賢).

가장 마지막에 쓰여 있는 현이라는 글자는 유담의 머릿속
에 한 사람을 떠올리게 했다.

"중원의 일은 보현 대사를 통해 듣곤 해. 지금 내가 가장 믿고 있는 사람이기도 해."

예전에 마희에게 물었다. 부재도에 갇혀 있으면서 어떻게 중원의 일을 소상히 알 수 있느냐고. 마희와 중원을 연결시켜 주는 끈은 다름 아닌 소림의 보현 대사.

서신의 말미에 적힌 글자를 보고 그를 떠올린 건 과연 우연의 일치일까.

정확히는 알 수 없었다.

서신을 보낸 자는 자신이 사무량과 떨어져 행동하기를 원했다. 그래야만 목숨을 부지할 수 있다고.

만약 서신을 보낸 사람이 보현 대사가 맞다면, 보현 대사마저도 두려워하는 인물이 흑천이리는 세력을 안고 있다는 말이 된다.

'설마 소림이……'

설마 하는 생각은 사천성에 들어서면서 사라졌다.

소림이 혈광검의 비급을 원하는 건 알고 있었지만 단순히 미친 자의 무공이기에 없애려 하는 줄로만 알았다. 그런데 아니다. 중원의 모든 정보망을 동원해서라도 사무량이 무산에 있는 것을 알아야 했다.

미심쩍은 기분이 든다. 사무량이 흑천에 잡혀가는 걸 소림이 일부러 놔둔 것일지도 모른다는, 그런 생각이 든다.

'죽음을 피하기 위해 사무량과 떨어지라고? 흥! 어림없는 소리. 스승님이 죽은 연유를 반드시 파헤쳐서 꼭 복수하고 말리라!'

유담은 이를 악물었다.

접선에 남아 있는 비침이 얼마 되지 않는다. 낙뢰문이 펼치는 검의 움직임은 육안으로 구별하기 어려울 정도로 빨랐다. 하지만 최선을 다해야 했다.

비침 하나를 쏘아내더라도 정확하게, 검날이 목에 닿는 순간까지도 정신을 똑바로 차려야 한다.

지금의 싸움은 단지 스승의 죽음을 알아내는 단계 중 가장 기본적인 것일지도 모르니까.

우서문은 여러 번 목숨의 위협을 받았다.

확실히 조양자였을 때의 우서문과 지금의 우서문은 기본적인 것에서부터 달랐다.

적들의 검이 움직이는 것을 피해내지 못할뿐더러 눈으로도 잡아내지 못했다.

까앙!

날아들던 검이 대도에 가로막혔다.

우서문의 뒤에는 양소가 바짝 따라붙었다. 양소는 이 년 전에 사무량이 했던 역할을 대신 해주고 있었다.

우서문으로서는 더없이 든든한 방패막이었다. 하지만 이런 방패막 앞에서조차 초라해지는 자신을 용서할 수가 없었다.

'중자산에서 그렇게 열심히 수련을 했는데……'

무당의 후기지수다 뭐다 칭송을 받았을 때는 많은 사람들을 눈 아래에 두고 보았다. 자신 역시 처음이라는 시절이 있었는데 그것을 기억 속에서 삭제했었다.

'초심이 이리도 중요했을 줄이야.'

처음 무공을 배우고자 했을 때의 그 순수한 마음이 다 어디로 사라져 버린 것일까.

무공을 알고, 세상을 알게 되었을 즈음 우서문의 눈에는 모두가 적으로 보였다. 사람들을 만나도 속으로 실력을 평가하게 되었고, 자신보다 낮은 실력을 지닌 사람은 가볍게 무시했었다.

사무량이 처음 자신을 보곤 피비린내가 난다는 말이 그런 뜻 아니었을까. 너무 의욕만 앞서 사리구분도 하지 못하고 싸움을 즐기는……. 혈기가 왕성할 나이이니 다른 사람들 눈에 그렇게 비쳐졌는지도 모른다.

쒜에엑!

"헉!"

누군가의 손에 의해 뒷덜미가 들린다 싶은 순간 우서문의 고개가 바닥으로 푹 숙여졌다. 동시에 머리 위에서 날카로운 바람 한 점이 스쳐 지나갔다.

스걱!

우서문이 다시 고개를 들었을 때 눈앞에 있던 낙뢰문 무인의 머리가 몸통과 분리되어 허공에 솟구쳤다.

기이한 각도로 손목을 꺾어 대도를 회수한 양소가 우서문에게 괜찮으냐는 눈빛을 보내왔다.

"고맙소."

우서문은 가볍게 고개를 숙였다.

양소는 말을 하지 못한다. 청력 역시 상실한 지 오래다. 그럼에도 불구하고 몸이 멀쩡한 무인들을 상대로 잘 싸우고 있다. 귀가 들리지 않는데 어떻게 검이 날아오는 소리를 들을 수 있을까.

소리가 아니다. 그건 동물적인 감각이다. 단점을 극복하고 오래도록 수련을 했기에 위험이 다가오면 몸이 먼저 반응을 하는 것이다.

우서문은 자신의 너덜거리는 왼팔을 내려다보았다.

비록 팔 한쪽은 쓰지 못하지만 양소처럼 선천적인 장애가 있는 것은 아니었다.

내공을 모두 잃어 단전이 비어 있는 상태. 무공을 갓 배우는 무인 본연의 마음으로 돌아가야 한다. 시간은 오래 걸리겠지만 내공이란 본인이 얼마나 노력을 하는가에 달렸다.

'이곳에서 살아나간다면 다시 초심으로 돌아가야겠어.'

반드시 살아야 하는 이유가 또 하나 생겼다.

2

낙뢰문과 일행이 접전을 시작하자 철궁방은 뒤로 물러섰다.

움직임이 많은 근접전에서 잘못하여 화살에 같은 편이 맞는다면 그런 바보 같은 경우가 또 어디에 있을까.

철궁방은 뒤로 물러섰지만 그렇지 않은 자들이 있었다.

땅속에서 튀어나오는 현음조는 살에 닿기만 해도 타오를 것 같은 극독이 묻어 있었다. 네 사람은 낙뢰문을 상대로 고전을 하면서 땅속 두더지들의 공격 또한 막아야 했다.

'혈살문이라고 했던가? 그자들의 기운이 느껴지지 않아.'

해타는 눈에서 기광을 발산하며 천천히 주위를 살폈다.

뒷덜미에 착 달라붙은 끈적끈적한 기운이 어느 순간부터 느껴지지 않았다.

'내가 할 수 있을까.'

해타는 바위 아래의 땅바닥을 물끄러미 바라봤다.

'그래, 우가의 말이 맞아. 내 스승님은 무인으로서 뭇사람들에게 존경을 받는 훌륭한 분이셨지. 나는 그런 분의 하나밖에 없는 제자⋯⋯.'

해타는 여인의 것처럼 가느다란 손을 땅바닥에 댔다. 땅의 딱딱한 감촉이 손끝을 통해 느껴졌다.

‘아니야, 난 안 돼.’

해타는 고개를 젓고 허리를 들어 올렸다.

그는 상의의 소매를 살짝 걷어 올렸다. 피딱지가 앉은 피부
는 보기에도 흉측했다. 해타는 자신의 피부병이 어디에서 비
롯되는지 알고 있다.

“스승님, 이것이 무엇인지요?”

“먹어둬라. 서장의 주술사에게서 힘들게 얻어온 것이다.”

환우독조는 해타에게 단환 하나를 내밀었다.

손가락 마디 크기의 푸르스름한 빛을 띠는 단환은 예사롭
지 않은 물건임이 분명했다.

“살기를 느끼게 해주는 약이다.”

“제자, 잘 이해가 안 됩니다.”

“몸의 신경세포를 최대한으로 열어주는 것으로, 누군가가
너에게 살기를 띠고 있다면 바로 알게 해주는 것이다.”

이런 건 필요가 없다고 말하려 했다.

약에 의존하는 것도 싫지만 사람을 믿지 못하게 될까 두려
웠기 때문이다.

사실 환우독조는 외로운 사람이었다.

중원에서 그의 명성을 모르는 자가 없지만 방랑벽이 심하
고, 지기라고는 단 한 명도 만들지 못했다. 사람을 잘 의심했
고, 자신은 언제나 목숨을 위협받고 있다 생각하는 일종의 피

해망상중 환자였다.

그런 그의 곁에 유일하게 있을 수 있는 사람이 해타였다.

해타의 순수한 마음을 환우독조가 알아본 탓도 있지만, 점점 나이가 들어가는 그는 자신의 무공을 이을 제자가 필요했다.

환우독조는 해타에게 무공을 가르치는 것은 물론, 자신의 친아들처럼 지극정성으로 돌봐주었다.

그런 그의 마음을 헤아릴 수 있는 해타였기에 그 단환을 망설임없이 꿀꺽 삼켰다.

청명한 기운이 몸에 퍼져 나가는 듯싶더니 갑자기 몸이 미친 듯이 가려웠다. 벌꿀과 약초를 며칠 동안 바르고 다시 잠잠해진 이후로 피부엔 아무런 변화가 생기지 않았다.

산골에 틀어박혀 있어 약 효능을 알아볼 수도 없었다. 그래도 스승님이 주셨으니까, 집에서 버림받아 떠돌아다니는 자신을 아들로, 제지로 삼아준 고마운 스승님께서 주셨으니까 해타는 불평 한마디 없었다.

비무의 사고로 환우독조가 죽고, 그 후 몇 년이 지나 단환을 복용한 일을 까맣게 잊고 있었을 때였다. 그날 새벽 해타는 극심한 고통에 시달려야 했다. 벌레가 온몸에 달라붙어 살을 갉아먹는 기분은 이루 말로 형용할 수 없을 정도로 괴로웠다.

약효가 처음으로 효능을 발휘하기 시작한 것이다. 새벽녘이 가실 무렵 해타를 찾아온 사람은 자신을 내몰았던 어머니, 진전문주였다.

'살기를 느끼게 해주는 약!'

수년 만에 본 진전문주에 대한 해타의 경계심은 극에 달했다.

'날 죽이러 왔어!'

환우독조의 영향이 너무 강했던 탓일까.

정신을 잠깐 놓은 것 같은데 그 후의 일은 아무것도 생각나지 않았다. 눈을 떴을 때 해타는 부재도라는 이름의 섬에 덩그러니 남겨져 있었다.

나중에서야 알게 된 것이지만 약효의 효능은 살기를 띠운 사람만 느끼게 해주는 것이 아니었다. 정말 놀랍게도 단환은 낯선 자가 어떠한 목적을 가지고 자신에게 다가올 때 효력을 발휘했다.

'왕가, 미안. 그동안 너를 속여왔어. 또 살을 긁으면 네놈이 욕할 게 분명하니까.'

왕가와 있을 땐 될 수 있으면 내색하지 않으려 노력했다. 그의 구박이 듣기 싫어서도 있지만 그 구박 속에 담긴 진심 어린 걱정이 더 싫었기 때문이다.

해타는 소매를 다시 내리고 싸우고 있는 일행을 바라봤다.

네 명밖에 안 되는 사람들이 많은 수의 적을 상대로 어쩜 저리도 잘 싸울 수 있을까.

그는 유성추 하나로 낙뢰문을 제압하고 있는 왕가에게서

시선을 떼지 않았다. 항상 다툼이 끊이지 않지만 부재도에서
생활할 때부터 가장 절친한 지기인 왕가였다.

해타의 과거 사정을 알고 있는 유일한 사람이 왕가고, 왕가
의 과거를 알고 있는 사람 또한 해타였다.

스승 이외의 가장 믿음을 주고 있는 사람이 눈앞에서 목숨
을 걸고 싸우는 모습을 보니 너무 낯설게 느껴졌다. 고작 십
여 장도 채 되지 않는 거리지만 자신이 있는 곳과는 전혀 다
른 세계 같았다.

'왕가……'

왕가는 지쳐 있었다.

적들은 죽여도 죽여도 끝이 없었고, 거세게 몰아붙이던 일
행도 점점 힘들어하는 기색이 보였다.

왕가는 자신이 힘들어 죽을 것 같으면서도 해타 쪽에 고개
를 돌려 안위를 확인하는 걸 잊지 않았다. 왕가의 눈과 마주칠
때마다 해타는 어찌해야 할지 갈피를 잡지 못했다. 그런데,

"아, 안 돼! 왕가!"

왕가가 고개를 돌린 찰나, 해타가 자리에서 벌떡 일어섰다.

왕가의 몸은 무사하지 못했다. 잠시 해타에게 한눈을 파는
사이에 낙뢰문도의 검이 그의 한쪽 귀를 절반가량 베어냈다.

"크윽! 이 새끼들!"

왕가는 바닥에 떨어진 자신의 귀 조각을 보며 이를 갈았다.

촤르르륵! 빠각!

"이 새끼들, 자꾸 어디서 기어나오는 거야?"

피를 철철 흘리는 왕가는 한 손으로 귀를 막고 다른 손으로 유성추를 휘둘렀다.

"어엇? 해타 놈!"

파바바밧!

두더지가 땅을 파듯 해타의 손이 어지럽게 움직였다. 도저히 인간의 능력이라고는 상상도 할 수 없을 정도로 눈 깜짝할 새에 땅바닥에 커다란 구멍이 생겼다.

해타의 몸은 이미 그 구멍 속으로 들어간 후였다.

그가 땅으로 들어가는 것을 본 왕가가 바위 쪽으로 몸을 날리려 했다. 하지만 또다시 뒤통수에서 불어오는 날카로운 예기는 그를 쉬이 놓아주지 않았다.

만약 환우독조와 고언문주인 적서신군이 겨룬다면 누가 이길 것인가.

순수한 실력으로만 따진다면 환우독조가 적서신군보다 우위다. 환우독조는 조공과 지공을 섞은 구환조를 창시해 낸 인물이다. 일반적인 조법엔 고언문의 현음조처럼 무기를 사용하지만, 자신의 손톱을 직접 독에 제련시켜 지법의 투로에 접목시킨 사람은 환우독조가 처음이다.

하나 단순한 지법이라고 무시하다가는 큰일이 난다. 환우독조의 손톱에 닿는 사람은 누구를 막론하고 목숨을 잃는다.

물론 고언문의 현음조도 무시할 순 없다. 땅속은 그들의 생활 터전이다. 그들은 누구보다도 흙 속에서 무기를 잘 다루는 사람들이며, 현음조 역시 그런 용도를 고려하여 만들어진 무기다.

지상 위에서의 승부라면 환우독조가 이기지만 땅속에서라면 적서신군이 이길 가능성이 컸다.

해타는 구환조의 제련법을 환우독조에게 전수받았다. 지법의 투로는 누구보다 통달하고 있었다. 그러나 땅속에서의 싸움은 그에게 익숙한 것이 아니었다.

땅속을 파헤치는 속력도 고언문의 비하면 어린아이의 수준이었다. 어쩌면 가장 힘든 싸움을 해야 하는 사람은 해타일지도 모른다.

사사사삭!

해타는 귀를 쫑긋거렸다. 사방에서 들려오는 흙을 갉아대는 소리가 명확하게 들려왔다.

'선령초 향기?'

소리가 점점 커질수록 상처에 바르는 약재인 선령초의 향기도 더욱 짙어졌다.

해타는 몸을 뒤로 빼냈다. 두더지들은 본능적으로 그가 있는 방향으로 몰려들었다. 해타는 두 손과 발로 땅을 짚고 몸을 살짝 위로 들었다.

그때, 배 밑에서 무언가가 반짝였다. 어둠 속이었기에 그

반짝임은 정확하게 볼 수 있었다.

'현음조…….'

반짝임이 잠깐 사라졌다가 모습을 감췄다. 그리고 잠잠하다가 갑자기 위로 확 솟구쳤다. 해타는 살짝 몸을 뒤로 잡아당겼다. 현음조는 아슬아슬하게 해타의 면전 부근을 훑고 지나갔다.

'지금이다! 바로 이 부분!'

해타는 손가락을 곧게 세웠다. 그리고 현음조가 튀어나왔던 부분의 일 척 아래의 땅에 손을 찔러 넣었다.

부서지는 흙무더기의 단단한 감촉 아래 물컹한 사람의 몸뚱이가 손끝에 닿았다. 해타의 손가락이 닿은 무인은 무의식적으로 몸을 움찔했다. 그는 곧바로 현음조를 쏘아내려 했지만 해타의 손가락이 더욱 빨랐다.

푸욱!

해타는 두 눈을 꼭 감았다. 사람의 뼈까지 뚫어버리는 구환조는 무인의 심장을 짓이겼다.

무인은 비명 소리조차 지르지 모르고 즉사했다. 심장이 으깨지는 시간은 정말 찰나였다.

뜨거운 액체가 손가락을 타고 흘러내렸다. 비린 냄새는 구역질을 유발시켰다. 해타는 다른 손으로 입을 틀어막고 피가 묻은 손으로 우측 땅을 파헤쳤다.

파파팟! 파팟!

방금까지 해타가 있던 자리에서 현음조 세 개가 튀어나왔다.

현음조는 무서운 기세로 땅속을 훑은 뒤, 아무것도 잡지 못한 채 다시 사라졌다.

땅속에 들어와서 그가 죽인 고언문도의 수만 여섯. 하지만 해타는 더 이상 움직일 기력이 없었다. 땅속을 가득 메운 피비린내는 몇 차례의 구토를 일으켰고, 부족한 산소로 인해 현기증이 일었다.

해타는 다시 위로 올라가기 위해 땅을 파헤쳤다.

사방에서 해타를 옥죄어오는 소리가 들려왔다. 고언문 두더지들이 해타가 나가려는 것을 눈치 채고 한 번에 달려들려는 모양이다.

이제 죽었다고 생각했을 무렵, 가까이 다가오던 소리들이 동시에 멈췄다.

"……?"

해타는 잠시 근처의 소리들을 듣다가 다시 땅을 파헤치기 위해 고개를 돌렸다. 그 순간,

"낄낄! 네놈이 내 새끼들을 여섯이나 죽였냐?"

해타는 심장이 멎는 것 같았다.

흙 속에서 얼굴만 드러낸 한 노인의 음성. 좁은 공간에 퍼지는 그의 입 냄새는 지독했다. 그러나 입 냄새보다도 무섭게 반짝이고 있는 두 눈이 더욱 두려웠다.

"네놈이 환우독조의 직전제자라고? 낄낄! 그나마 이름값을

하려고 발광을 한 모양이구나. 결국 아무도 모르게 땅바닥 속에서 죽을 운명인 주제에."

해타는 아무런 대답도 할 수 없었다.

그에게도 고수를 알아볼 수 있는 능력이 있다. 노인이 손가락을 꺼내 콧속을 후볐다.

해타는 그의 여유로운 모습을 보면서 자신의 죽음을 피할 수 없을 거라는 걸 예감했다.

노인은 해타가 여태껏 보아왔던 자들 중에 가장 강했다.

"어쩔래? 내가 애들 물릴 테니까 나와 한판 놀아볼래?"

노인은 오랜만에 흥미로운 장난감을 만났다는 듯 싱글벙글 웃었다.

파앗!

순간 해타는 좌수를 뻗어냈다. 독수리처럼 날카로운 손톱이 노인의 안면을 향해 쏘아져 갔다.

노인은 얼굴을 뒤로 빼내곤 다시 앞으로 튕겨냈다.

"어쭈? 새끼가 제법인데? 급습도 할 줄 알고 말이야. 낄낄!"

해타는 노인의 말을 듣지 않았다. 한마디라도 대답을 하거나 정신을 다른 데로 팔 수 있는 여유가 없었다.

좌수는 노인을 공격하는 대신 우수는 땅을 파헤쳤다.

한 번의 급습, 그리고 파진 구덩이로 몸을 빼냈을 때 노인의 현음조가 해타의 머리를 노렸다.

"헙!"

해타는 헛바람을 집어삼키고 고개를 재빨리 숙였다.

노인은 쉽게 해타를 죽일 생각이 없는 듯했다. 그는 해타가 땅 위로 빠져나가지 못하게 그의 앞길을 막았다.

"같이 놀자니까 어딜 빠져나가려고?"

해타는 진땀을 흘렸다.

숨통이 막혀왔다. 그에게는 더 이상 반격을 할 의지가 사라졌다.

"뭐야? 벌써 포기한 거야?"

노인이 현음조의 등 부분으로 해타의 얼굴을 툭툭 두들겼다. 그리곤 갑자기 손을 세게 휘둘렀다.

쒜에엑!

해타는 반사적으로 얼굴을 젖혔다.

"낄낄! 보아하니 삶을 포기할 생각은 없는 것 같네? 꼬맹아, 마지막 기회가 될 수도 있으니 한번 까불어봐라."

해타 일생일대의 위기였다.

"해타, 이놈아!"

왕가는 낙뢰문도들의 제치고 해타가 뚫고 들어간 땅 위에 올라섰다.

"이 새끼가! 그냥 가만히 쳐 앉아 구경이나 할 것이지!"

해타가 환우독조의 제자이지만 고언문의 상대가 되지 않

다는 걸 알고 있다. 자신이 한눈을 팔지만 않았더라면, 그래서 귀가 잘려 나가지만 않았더라면…….

"이 미친 새끼! 설마 땅속에서 뒈진 거 아냐?"

왕가의 표정은 어두웠다.

낙뢰문도들은 거의 다 베어 넘겼지만 아직도 절벽 위에는 철궁방이라는 놈들이 남아 있다. 왕가를 비롯한 일행은 이제 더 이상 싸울 힘이 남아 있지 않았다.

"사무량, 이 새끼!"

왕가는 발로 땅을 계속 차며 애꿎은 사무량을 향해 욕설을 퍼부었다.

"그래, 다 뒈져! 다 죽자고! 내가 인복이 어디 있어? 나와 봐, 이 새끼들아! 다 나왓!"

왕가의 포효는 울부짖음에 가까웠다. 그때였다.

우르르릉!

갑자기 지진이라도 난 듯 지축이 흔들렸다.

"어, 어? 뭐, 뭐야?"

왕가는 재빨리 일행들을 바라봤다. 정신없이 싸우던 세 사내들도 중심을 잡지 못하고 휘청거렸다.

갑작스런 소란에 양방의 싸움이 멈춰진 상태. 왕가는 일행 쪽으로 몸을 날렸다.

"이게 도대체 뭐야?"

땅의 울림은 점점 심해졌고, 급기야 땅바닥이 갈라지기까지 했다.

그리고 곧 일행은 지진의 원인이 무엇인지 알게 되었다.

콰아앙! 콰앙!

산 너머에서 휘몰아치는 불길은 무서운 속도로 일행들을 향해 다가왔다.

"폭발이다!"

상황을 가장 먼저 알아챈 우서문이 소리를 질렀다.

폭발은 땅속에서 일어나는 게 분명했다. 곳곳에 설치된 화약은 정해진 길을 따라 차례로 터지며 작은 산을 불바다로 만들어놓았다.

누구를 위해 터지는 화약인지는 모른다. 하지만 분명한 건, 일행들을 공격하던 흑천 역시 폭발에 대해 사전에 전혀 몰랐다는 것.

얼마 남지 않았던 나뢰문도들이 당황하여 썰물처럼 쑤욱 빠져나갔다. 절벽 위에 대기하고 있던 철궁방도 폭발이 이는 것을 보고 어딘가로 사라졌다.

일행들은 어찌해야 할지 갈피를 잡지 못하고 당황한 채 폭발하고 있는 산을 멀거니 바라보고 있었다. 새벽녘에 일어난 폭발은 눈이 부실 정도의 빛을 발산했다.

"어, 어서 이곳에서 피해야……."

언제나 여유를 잃지 않던 유담은 자신이 말을 더듬고 있다는 사실조차 자각하지 못했다.

그때 검은 연기 속에서 엄청난 속도로 달려오고 있는 누군가의 모습이 보이기 시작했다. 아주 작은 점에 불과하던 그 사람이 가까워질 때, 일행에겐 안도와 놀람이라는 두 가지 감정들이 교차했다.

"모두 피해!"

은소부를 등에 업고 있는 사무량은 산이 떠나가라 소리쳤다.

"자, 어서!"

"안 돼! 아직 해타가 이곳에 있단 말이야!"

"어쩔 수 없어! 빨리!"

불길이 다가와도 움직이지 않으려는 왕가의 허리를 낚아챈 유담은 이미 화살처럼 쏘아져 나간 사무량의 뒤를 쫓았다.

"해타아—!"

처절한 왕가의 외침이 폭발 소리에 묻혀 갔다.

절곡 틈새로 몸을 피한 사무량 일행은 불길이 사라질 아침 무렵에야 그곳을 빠져나왔다.

화마가 휩쓸고 간 자리는 처참했다.

나무란 나무는 새카맣게 타서 재가 되었고, 살아 있는 생물은 아무것도 없었다. 아직도 절곡 몇 군데는 불길이 사라지지 않고 계속 타고 있었다.

갑작스레 일어난 사고라 다시 만난 일행은 서로의 안부를 물을 생각도 하지 못했다.

"해타! 해타!"

왕가는 정신이 나간 사람처럼 땅바닥에 대고 소리를 지르며 기어 다녔다. 이 드넓은 땅을 다 파내기 전에 해타를 찾는 것도 무리지만, 찾는다 해도 폭발의 여파로 이미 저세상 사람이 되었을 가능성이 컸다.

"사무량."

우서문이 사무량의 곁으로 다가섰다.

"천기자… 마지막 꼼수를 숨겨두고 있었군. 이런 폭발이라면 지금쯤 지부도 무사하지는 못할 거야."

일행은 사무량의 말을 이해하지 못했다. 일행과 마찬가지로 사무량도 무척이나 피곤해 보였고, 한바탕 일을 저지르고 온 사람 같았다.

우서문은 그의 안부를 물으며 어떻게 빠져나오게 되었는지 궁금했지만 사무량은 계속 눈을 감고 있었다.

"제길! 화약 냄새 때문에 해타의 냄새를 맡을 수가 없어!"

왕가는 절망적이었다.

일행들 모두 할 말을 잃었다. 해타의 죽음은 기정사실화되었다. 가장 겁이 많아 몸을 사리던 해타가 제일 먼저 죽을 줄 누가 예상이나 했겠는가.

"왕가, 그만 해라."

해타의 일은 정말 안됐지만 일행은 어서 자리를 떠나야 했다.

“해타 놈의 시신을 찾을 때까지 난 절대 못 가!”

“이러다가 다시 놈들이 공격해 오면 그땐 우리도 살아남으리란 보장을 할 수가 없다.”

“흥! 겨우 우리 살자고 동료의 시신을 버리고 가자고?”

“왕가!”

왕가는 유담의 말을 들은 척도 하지 않았다. 계속 바닥에 코를 박고 킁킁거리는 모습이 기필코 해타를 찾아내겠다는 고집이었다.

유담은 강제로라도 왕가를 데려가기 위해 그에게 다가갔다. 그런데 유담의 옆을 쓱 지나가는 사람이 있었다.

‘사무량?’

여태껏 눈을 감고 생각에 잠겨 있던 사무량이 유담의 곁을 지나 왕가에게 다가가는 듯싶었다. 하지만 그는 왕가마저 지나더니 커다란 바위가 있는 곳으로 가 걸음을 멈췄다.

“왕가, 이쪽.”

사무량은 바위 밑을 발로 툭툭 건드렸다.

“……?”

왕가가 천천히 몸을 일으켰다. 의아한 얼굴로 사무량에게 다가간 왕가는 그의 발밑을 내려다보았다. 발밑엔 시커먼 땅 외엔 아무것도 보이지 않았다.

“뭐, 뭘 말이냐?”

“네가 찾는 사람.”

왕가의 두 눈이 휘둥그레졌다. 그는 사무량과 땅바닥을 번갈아 보더니 갑자가 허리를 숙여 땅바닥을 파헤치기 시작했다.

이 척 정도의 깊이까지 파헤쳤을 때 왕가의 손가락은 부들부들 떨렸다. 구덩이에서 갑작스럽게 나타난 사람의 손.

너무나도 익숙한 손이었다. 구환조를 익힌 사람답지 않게 여인의 그것처럼 가늘고 흰 손이라 놀려대곤 했었다.

"해타!"

해타의 손을 본 왕가의 손길은 더욱 빨라졌다. 놀란 일행들이 다가와 왕가를 도왔다.

손이 나오고, 손목이 나오고, 팔꿈치, 어깨, 그리고 해타의 죽은 듯한 얼굴이 나왔다. 왕가와 유담이 땅속에 파묻힌 해타를 꺼내 올렸다.

"해타, 이놈아!"

왕가의 눈에 닭똥 같은 눈물이 그렁그렁 매달렸다. 해다의 죽음을 직접 눈으로 확인하니 목이 메어왔다.

"호흡은?"

우서문은 고개를 저었다.

"아무래도 폭발의 여파에 당한 것 같아. 숨을 쉬지 않으니……."

"저런!"

일행 모두 안타까운 마음을 가눌 길이 없었다. 그래도 시신만이라도 찾았으니 다행이었다. 양지바른 곳에 묻어주는 게 해타를 위하는 마지막 일이었다.

"무슨 소리야? 멀쩡히 살아 있는데."

사무량은 일행을 밀치고 해타의 시신을 안았다. 해타의 코에 귀를 가져간 사무량은 잠시 가만히 있다가 그를 반듯하게 눕혀놓고 가슴에 손을 가져갔다.

모두의 시선이 고정된 가운데 사무량은 해타의 가슴에 올려놓은 손을 힘있게 눌렀다 떼기를 반복했다. 그렇게 한 대여섯 번 정도를 했을까.

"쿨럭!"

미동도 않고 축 늘어져 있던 해타가 검은 먼지를 토하며 크게 기침했다.

"해, 해타!"

해타는 살아 있었다. 땅속에 오랫동안 있어 체온이 낮아지고 폭발의 여파로 인한 먼지가 기도를 막아 숨이 약했으나, 그는 분명히 살아 있었다.

해타가 깨어나는 모습을 보며 사무량은 뒤로 한 발짝 물러섰다. 그는 끝끝내 일행의 의문을 해소시켜 주지 않았다. 어떻게 해타가 있는 곳을 정확히 알았으며, 어떻게 그가 살아 있다는 것까지 알게 되었는지……

第八章
거절하는 이유

"당주가 살아 있다고요?"

은소부는 가슴을 쓸어내렸나.

산을 빠져나온 후 마차를 타고 나서야 일행은 조금 숨이 트이는지 하나둘 말문을 열기 시작했다.

마차는 양소가 몰고 있었고, 사무량과 유담, 왕가와 해타는 상처도 치료하지 않은 채 곯아떨어졌다.

우서문은 은소부로부터 흑천이 이야기를, 은소부는 우서문으로부터 그간의 이야기를 들을 수 있었다.

"다행이에요. 당주가 살아 있다니……."

"소저의 오라버니는 찾았소?"

“…아니요. 시신을 발견하지 못했지만 죽었다고 들었어
요.”

은소부는 시선을 창가로 가져갔다.

“여자의 직감이랄까요? 오라버니가 죽었다는 건 처음부터
알고 있었어요. 그래도 직접 찾아가고 싶었죠. 복수를 하기
위해… 하지만 결국은 복수를 하지 못했네요.”

은소부의 말속에는 한이 서렸지만 말투만은 지극히 편안
했다.

“절 대신해 복수를 해줄 사람이 있으니까…….”

그녀는 우서문이 잘 알아듣지 못할 정도로 조그맣게 속삭
였다.

“폭발은 어떻게 된 일이오?”

“내분이 있었나 봐요. 저도 자세히는 알지 못하지만 저희
를 빼낸 사람이 천기자의 동생이었다는데, 그자가 화약에 불
을 붙였어요.”

우서문은 천기자의 이름을 들어본 것도 같고 아닌 것도 같
아 고개를 갸웃거렸다.

“비급은 어찌 되었소?”

두 사람의 눈길이 곤히 잠들어 있는 사무량에게로 향했다.
은소부는 자신이 알고 있는 그대로를 우서문에게 말했다.

“비급은 무산 절벽 위에 있던 산사가 불타면서 같이 사라졌
어요. 아마도 사무량이 밤새 비급을 외우고 태운 것 같은데,

저…… 무공에 대해 궁금한 게 하나 있는데 물어도 될까요?"

"물으시오."

"보통 무공 비급이라는 걸 단기간 내에 완성한다는 게 가능한 일인가요? 제가 알기론 무공의 단계가 높으면 높을수록 익히기 어렵다 알고 있거든요."

우서문이 눈살을 좁혔다.

"그게… 무슨 말이오? 혹시 사무량이 혈광검의 비급을 모두 완성했다는 말이오?"

"그건 잘 모르겠는데, 도화신군이라는 여자가 사무량과 부딪치고 나서 그랬어요. 무공을 완성했느냐고. 맞아요, 분명 그렇게 말했어요. 믿기지 않는다는 얼굴로……."

"……."

우서문은 망치로 머리를 맞은 듯한 충격을 받았다.

전설처럼 전해 듣던 혈광검의 비급이 은소부가 말한 것저럼 간단한지, 아니면 복잡한지는 전혀 알 수가 없다. 하지만 간단하다 하더라도 그것을 단기간 내에 완성시키는 것은 불가능하다.

'아니, 이 녀석이라면…….'

불현듯 이 년 전 평정산에서 사무량에게 내공심법을 가르쳐 주던 일이 머리에 떠올랐다.

구두로만 전한 심법을 단 하루 만에 익힌 사람은 아마 평생가도 만나기 힘들 게다. 도저히 사람처럼 보이지 않아 경악했

고, 솔직히 무인의 입장으로서 참을 수 없을 만큼 부럽기도
했다.

하지만 사무량은 상단전이 열려 있는 자. 예전에 태을 진인
이 그랬다. 사무량 같은 체질을 가진 사람은 무공을 자신의
것으로 만드는 건 시간문제라고.

'또다시 그때의 기적이 재현되는 것인가.'

사무량은 고작 이 년밖에 되지 않은 시간 동안 너무나 달라
졌다. 무공을 모르는 일반인에서 풋내기 무인으로, 그리고 이
제는 초절정고수의 느낌이 물씬 풍긴다.

어린 나이에 세파에 찌든다는 사실이 불쌍하기도 했지만
무인으로서 최고의 신체를 가졌으니 당연한 운명이었다.

내년이면 사무량도 약관에서 벗어난다. 무림의 기준으로
볼 때면 아직 엄마 젖을 떼지 못한 갓난아이의 수준이다.

무림에서의 명성과 권위는 단지 실력만으로 이루어지는
게 아니다. 연륜이라는 말이 왜 중요한가. 살아온 기간이 길
수록 그만큼 경험도 많고, 인생에 대한 지식이 많아지기 때문
이다.

이곳에 있는 무인들. 사무량보다 나이가 적은 사람은 없
다. 그중 세 명은 아버지뻘이다. 그런데도 불구하고 모두 사
무량을 따른다.

강제적으로 시킨다고 이런 관계가 만들어지는 것은 아니
다. 다들 의식하지 못하는 사이에 사무량을 인정하고 있었다.

이제는 전 천하제일인의 아들이라는 칭호가 없어도 그가 지금의 일행들을 이끄는 사람임은 변하지 않는다.

'정말 무섭게 성장했구나. 나도 이 정도까지일 줄은 몰랐다. 소림과 흑천이 널 경계하는 이유, 이제는 알 수 있을 것 같다.'

우서문은 처음부터 비급에 대한 욕심이 없었다. 단지 사무량이 커나가는 모습을 직접 눈으로 보고 싶었다. 다시 무림에 나설 수 있게 된 것도 모두 그의 덕분이고, 초심으로 돌아가 무공을 수련하고 있으니 앞으로는 원 없이 싸울 기회도 주어졌다.

비록 막내 동생 같은 녀석이지만 사무량은 우서문의 인생의 표본이 되어주었다.

우서문 외에도 충격을 받은 사람은 또 있었다.

'천하제일인의 비급……'

자는 척하며 우서문과 은소부의 대화를 듣고 있던 유담은 너무 놀라 하마터면 자리에서 벌떡 일어날 뻔했다.

사무량이 비급을 찾은 게 엊그제 같은데 벌써 완성을 했다는 말인가. 비급은 불타 없어졌다고 하지만, 기회가 되면 물을 생각이었다.

사실 사무량과 동등한 입장에서 혈광검의 무공을 익히고 싶었다. 그런데 사무량은 벌써 무공을 완성했단다. 어찌 놀라지 않을 수 있을까.

'믿을 수 없어. 무공을 완성했다니, 천하제일인의 무공

을…….'

사무량의 무공 성취가 남들에 비해 빠르다는 사실을 알고 있었지만 이 정도일 줄은 몰랐다. 그저 사무량이 남들보다 더 수련을 열심히 했다고밖에 생각하지 않았다.

은소부가 물었을 때 우서문의 입에서 '그런 일은 불가능하오'라는 말이 나오길 바랐다. 그러나 우서문은 끝까지 입을 열지 않고 있었다.

'후우……!'

작은 한숨이 새어 나왔다.

스승의 은원을 갚기 위해선 절대적으로 혈광검의 비급이 필요하던 유담에겐 큰 근심이 아닐 수 없었다.

"별다른 보고는 없었습니까?"

양소는 고개를 저었다.

사천성 지부에서 빠져나오는 내내 흑천이 다시 뒤를 쫓지는 않을까 걱정을 했다.

하지만 사무량을 따라오는 자들의 흔적은 찾을 수 없다는 게 양소의 말, 적랑회의 보고였다.

현재로서는 다행인 일이지만 폭풍전야라는 말을 생각한다면 그리 안심을 하고 있을 수만도 없는 노릇이었다.

"어디로 갈 작정이냐?"

"중자산."

"그곳엔 왜?"

"비급을 찾았으니 원래의 위치로 돌아가야지. 한곳에 자리를 잡고 있는 게 좋아. 흑천을 방어하려면 준비가 필요하니까."

"그들이 아직도 비급을 원하고 있나?"

"당연한 일. 그 때문에 도주한 거고, 후! 당신들에게 해줄 말이 너무도 많아."

모닥불 가에 모여 앉은 일행에게 사무량은 그간의 일들을 모두 말해주었다. 천기자에 관한 내분이며, 초유신군의 일. 오신군들조차 모르고 있는 흑천주에 관한 이야기까지.

"흑천주가…… 없다고?"

"지금으로선 없는 게 확실해. 다른 신군들은 천주의 존재를 모르고 있지. 도화신군 그 여자가 지금 흑천을 이끌고 있는데, 아무래도 배후에 누군가가 있는 것 같아."

"배후에 인물이 있다면 왜 자신이 흑천주라 떳떳이 밝히지 못하는 거지?"

"걸리는 게 많은 인물이겠지. 가령, 양의 탈을 뒤집어쓴 늑대라던가……."

유담의 귀가 쫑긋 세워졌다.

높은 지위와 명성을 안고 사는 자들 중에 간혹 위선자들이 있기 마련이다. 사람들 앞에선 성인군자처럼 행동하다가 끝내 시커먼 본색을 드러내는 자들.

사무량은 흑천주가 그런 자들 중 하나가 아닐까 하고 말했다.. 유담은 그의 말과 자신의 앞으로 온 전서의 내용이 일치하는 것을 깨달았다.

'결국 하나로 좁혀지는군.'

이제는 더 이상 고민할 문제도 없다. 전서를 보내온 사람이 보현 대사가 맞을 게다. 그렇다면 암암리에 흑천을 이끄는 자들의 신분도 쉽게 알 수 있다.

우서문이 손으로 턱을 짚으며 말했다.

"누군지 알 것도 같군. 높은 지위에, 명성을 안고 있는 자들 중에 흑천을 지위할 만한 인물이라면……. 결정적으로 사무량, 네가 무당에 있을 때부터 혈광검의 비급이 있을 거라 알고 있던 자들."

"맞아."

'소림……'

"소림이야."

'역시!'

유담의 생각은 사무량의 생각과 똑같았다.

'가만! 그렇다는 말은 스승의 죽음이 소림과 연관되어 있다? 왜? 어째서?'

"이상한 점이 있어. 흑천주가 소림승 중 한 명이라면, 왜 부친이 다섯 문파를 멸문시키려 할 때 막지 않았을까?"

"막을 수가 없었던 게지. 위선자들이 흔히 하는 행동이야.

위에서 내린 결정을 막을 힘이 없기에 그냥 지켜보고 있던 것. 멸문하기 직전에 몇 명을 빼돌려 다시 힘을 키워온 것이지.”

“…유담?”

유담은 품 안에 들어 있던 전서를 일행들 앞에 던졌다.

“누군가 내게 보낸 경고의 서신이다.”

사무량은 유담의 전서를 읽어 내려갔다. 그리고 마지막 글귀를 보았을 때는 피식 웃고 말았다.

“보현 대사께서 고생하시는군. 아주 중요한 정보를 얻었네. 일단은 다섯 문파를 멸문시키라 명한 소림 방장은 아닐 테고, 보현 대사마저도 두려워할 정도라면…….”

“보명 대사.”

우서문이 대답했다.

“대력금강장을 최고의 경지까지 완성한 고수. 무공 실력만 놓고 보면 소림에서 최고라 할 수 있지.”

“아!”

이번 탄성은 가만히 듣고 있던 은소부의 입에서 튀어나왔다.

“대력금강장이라면… 그 무공이 어떤 건지 알고 있어요. 그걸 보면서 설마, 설마 했는데……. 사무량, 기억나요? 도화신군이라는 여자가 펼쳤던 장법을……!”

모두가 눈을 동그랗게 떴다.

"그렇군."

이제는 모든 것이 명확해졌다.

혈광검의 비급이 존재함을 십이 년 전부터 알고 있던 자. 장문인으로 하여금 흑천, 다섯 문파의 공격 명령을 막지 못한 자. 만영문이라는 세력을 자유자재로 이용해 멸문 직전에 이른 다섯 문파의 위치를 파악하고 모은 자. 게다가 결정적으로 은소부의 증언에 따르면 도화신군이 사용한 무공은 대력금강장이었다.

"보현 대사가 알고 있다면 소림 방장도 알고 있으리라 보는데, 왜 처리하지 않은 거지?"

"무림의 일이라는 게 그리 쉽게 해결되는 일이 아니다."

우서문이 깊은 한숨을 내쉬었다.

"그래, 네 말대로 보원 선사께서는 보명 대사가 흑천주라는 걸 알고 있을 게다. 하지만 아직은 명확한 증거가 없고, 만약 그 사실이 중원에 퍼진다면 소림의 신망은 하루아침에 무너져 내린다."

"신망 때문에 안에서 적을 감추고 있다는 말인가?"

"아니, 소림이 무림의 태산북두라 불리는 이유는 고강한 무공 때문이기도 하지만 중원 무인들이나 일반인들 모두의 정신적 지주이기 때문이다. 이번 일이 만천하에 드러난다면, 십사 년 전 네 부친으로 하여금 벌어진 지옥과도 같은 악몽보다 더 심각한 일이 생길 건 자명한 일."

우서문의 말은 일리가 있었다.

소림은 말 그대로 중원의 태산북두. 그들이 존재함으로써 중원에 평화가 유지된다는 것은 부정할 수 없었다. 만약 그들에게 문제가 생겨 신망이 사라진다면 소림의 자리를 대신하기 위해 세력들 간의 다툼이 끊이지 않을 것이다.

"유담, 스승의 죽음이 내 부친 때문이라고 하지 않았나?"

사무량이 서신을 돌려주며 물었다.

"그들이 분명 혈광검이 내 스승을 죽였다고 말했다."

"그들?"

"짙은 녹색의 복면인들."

"그럼 거짓말이야. 이건 어때? 네 스승은 어쩌면 보명 대사의 비밀을 알고 있었는지도 몰라."

"그래, 그럴 수도 있겠구나."

가능한 일이다. 아니, 어쩌면 사무량의 말이 시 실일지도 몰랐다. 짙은 녹색의 복면인들은 유담을 부재도로 보낸 장본인들이니.

"사무량, 하나만 묻자."

"얼마든지."

"혈광검의 무공을 가르쳐 줄 수 있겠나?"

사무량은 유담을 물끄러미 바라봤다.

"네가 말한 녹색복면인들… 강한 자들인가 보지?"

"……."

"미안하지만 그런 놈들 때문에 난 내 친구를 주화입마에
들게 하고 싶진 않아."

"주화입마?"

사무량은 우서문, 왕가, 양소, 해타, 그리고 유담을 차례로
바라보곤 말을 이어나갔다.

"이제 확실히 말할 때가 된 것 같군. 내 몸속의 기운이 역
으로 흐른다는 건 모두가 알고 있을 거라 믿어. 부친의 비급
은 무공 비급이 아니다."

"뭐, 뭣?"

"무공 비급이 아니야. 나와 같은 불사체. 역으로 운행하는
기운을 이용해 인간의 범주에서 벗어나 초인의 능력을 갖게
해주는 설명서에 불과해. 인간의 오감을 최고의 경지까지 끌
어올리는 방법이지."

"그래서 해타가 어디에 있었는지도 알고 있었구나."

"그래. 그의 냄새를 맡고, 그의 숨소리를 들었어."

모두는 꿀 먹은 벙어리가 되었다. 사무량은 진정 인간의 한
계를 벗어난 괴물로 거듭났다.

"하! 하하! 하하하하!"

허리까지 젖히며 박장대소를 하는 유담의 웃음엔 공허함
이 가득 묻어 나왔다.

"내 욕심이 과했군. 인정하마, 혈광검의 무공은 내가 익힐
수 없다는 것을."

"유담, 이것은 너 혼자만의 싸움이 아니야. 넌 네 스승을 위한 복수를, 난 부친이 이루지 못한 것과 중원을 위한 복수를. 잘해보자고."

일행은 마음을 다잡았다.

이곳에 있는 자들 중에 과거와 은원이 없는 자는 없었다. 선과 악이 공존하는 세상. 천하제일인이 해야 할 일은 선을 권하고 악을 응징하는 것이다.

활활 타오르는 모닥불을 보며 모두가 각자만의 생각에 빠져 있을 때, 눈동자의 초점을 잃고 불안에 떠는 사람이 있었다.

'보명 대사……'

왕가에게 지옥이 무엇인지 보여주었던 자. 왕가는 죽어도 그자를 잊지 못한다.

"할 말이 있어요."

모두 잘 곳을 찾아 자리를 잡아갈 때, 은소부가 사무량을 불러 세웠다.

꺼져 가는 모닥불 빛에 보이는 그녀의 얼굴은 붉게 달아올라 있었다.

사무량은 가던 걸음을 멈추고 그녀를 돌아봤다.

"얼마든지."

"일전에 제가 했던 말… 못 들은 걸로 해주세요."

“무슨 말?”

“제가 당신을…….”

은소부는 차마 입술이 떨어지질 않았다.

마음을 속이려는 생각은 없었다. 그때는 정말이지 마지막 순간이 될 줄 알았다. 그래서 고백했다. 죽기 전에 고백이라도 해야 죽어서도 후회하지 않을 것 같아서.

그러나 지금 생각해 보니 너무도 창피했다.

사무량이 자신의 마음을 알았으니 그걸로 만족하련다. 그렇지만 그 일 때문에 서로가 서먹서먹해지는 것은 원치 않았다.

“나를 좋아한다는…….”

“됐어요! 그만! 그 말은 없었던 걸로 해달라고요.”

“이미 입에서 내뱉은 말을 없었던 걸로 해달라?”

사무량은 능청스럽게 그녀가 한 말을 반복하며 놀리듯 웃고 있었다. 얼굴이 홍시처럼 붉어진 은소부는 재빨리 그의 말을 가로막았다.

“당신과 불편한 사이가 되는 건 싫어요. 제 말이 무슨 뜻인지 이해가 가신다면…… 읍!”

은소부는 너무 놀라 말을 잇지 못했다.

급작스럽게 입술을 덮쳐 오는 사무량의 얼굴. 허리를 감싸 쥐는 그의 커다란 손길.

너무도 순식간에 벌어진 일이라 미처 마음의 준비를 하지 못했다. 반사적으로 사무량의 몸을 밀쳐 낸 은소부는 손으로 앞섶을 꼭 움켜쥐었다.

쿵! 쿵!

가슴이 두방망이질을 거듭했다.

'심장이 터질 것 같아!'

짧은 입맞춤이었지만 땀에 젖은 사무량의 향기는 강렬하게 뇌리에 틀어박혔다.

은소부는 온몸이 나른해지고 불덩이처럼 뜨거워져 금방이라도 녹아내릴 것 같은 경험을 난생처음 해보았다.

"무, 무슨 짓이에요?"

그녀는 감히 고개를 들 용기가 나질 않았다.

"당신의 고백에 대한 내 보답이야."

은소부의 귀가 솔깃해졌다. 그녀는 고개를 번쩍 들어 사무량을 직시했다.

"보답… 이요? 당신도 날 마음에 두고 있었나요?"

하지만 사무량은 바로 대답하지 못하고 한동안 은소부를 바라보기만 했다.

"그래."

'이상해……'

은소부는 그의 자신 없는 말에서 왠지 모를 불안함을 느꼈다.

"거짓말하지 말고 확실하게 말해봐요. 정말 날 좋아하는 건가요?"

사무량은 작게 한숨을 쉬었다.

"방금 전의 일은 내 감정에 솔직하게 행동한 거야."

"사무량, 난 무슨 뜻인지 모르겠어요. 알아듣게 설명 좀 해 주실래요?"

"당신은 똑똑한 여자야. 가문을 이끌어야 할 책임도 지녔고."

"그것과는 상관이 없잖아요!"

"사랑 따위에 연연해서 이지를 상실하지 말라는 거야. 당신은 당신답게 굴 때가 가장 매력적이니까."

"나다운 게 뭔데요? 그저 먼발치에서 당신을 바라보고만 있으라는 말인가요? 빙빙 돌려서 사람 헷갈리게 하지 말고 똑바로 좀 말해보라고요!"

"흥분했군."

"……."

은소부는 원망이 가득 담긴 눈으로 사무량을 바라봤다. 방금 전 설레던 마음이 우르르 무너지는 것만 같았다.

처음부터 종잡을 수 없는 인간이라는 건 알았다. 하지만 이런 감정마저도 사실인지 거짓인지 알 수 없게 되리라곤 꿈에도 생각하지 못했다.

"우리의 관계는 여기까지로 하지."

"왜, 왜죠?"

"난……. 휴! 지금은 사랑 같은 걸 할 여유가 없어."

"그 말은… 이 모든 일이 정리되고 난 후에는 괜찮다는 말인가요?"

"아니, 나에게서 관심을 접으라는 말이야."

"사무량!"

은소부의 아랫입술이 부들부들 떨렸다.

이렇게 말을 할 거였으면 애초에 입맞춤은 왜 했었나. 정말 자신의 고백에 대한 보답이라 생각한 것인가.

은소부는 울분이 치숫는 것을 간신히 눌러 참았다.

"싫어요."

"……."

"당신을 향한 내 감정은 변하지 않을 거예요. 당신이 싫어도 상관없어요. 나중엔 당신도 내게로 올 것이니까."

"난 가지 않아. 그 누구에게노."

은소부는 기어이 눈물을 쏟고 말았다. 사무량에게 차가운 말을 들어서가 아니었다.

그의 말 속에선 왠지 모를 슬픔이 느껴졌다. 정말로 오랜 시간이 지날지라도 영원히 혼자일 것만 같은, 말 그대로 그 누구에게도 가지 않을 것만 같은 느낌이 들었다.

은소부는 볼을 타고 흘러내리는 눈물을 재빨리 훔쳤다. 순식간에 그녀는 다시 예전의 강하고 똑똑한 여자로 되돌아왔다.

"알았어요. 당신의 말은 잘 이해했어요. 하지만 그건 어디까지나 당신의 생각이에요. 나 역시 내 감정에 솔직한 사람. 당신이 뭐라 하든 난 내 감정대로 움직일 거예요."

은소부는 사무량의 대답도 듣지 않고 마차가 있는 곳으로 뛰어갔다.

'세상에 태어나서 하고자 하는 건 한 번도 포기한 적이 없어. 그것이 일이든 사랑이든, 난 절대 물러서지 않을 거야.'

은소부는 마음을 굳게 먹었다.

2

"잘 잤어요? 어서 출발해야죠."

사무량의 아침을 깨운 건 은소부였다. 그녀는 간밤에 무슨 일이 있었냐는 듯 태연했다. 퉁퉁 부운 눈이 지금의 행동과는 전혀 어울리지 않지만.

"저 여자 갑자기 왜 저래? 미친 거 아냐?"

사무량을 대하는 그녀의 행동은 너무도 적극적이었다. 곁에서 조금이라도 주위를 기울이면 그녀가 사무량을 연모하고 있다는 것을 단박에 알아챌 정도로.

"은소부……"

"가는 길에 뭐 좀 먹고 가요. 며칠 동안 쌓였던 긴장이 풀리니까 너무 허기가 지네요."

사무량은 이렇게 나오는 그녀를 나무랄까 하다가 관두기
로 했다. 반응이 없으면 상대가 지치기 마련. 은소부에게 미
안한 일이지만 그녀가 힘이 들어 떨어져 나가는 것이 가장 현
명한 선택인 듯했다.

일행은 며칠 동안 계속 마차로만 이동했다.

흑천의 지부도 폭발로 하여금 적지 않은 타격을 받았을 터.
서두를 필요가 없었다.

덜컹덜컹!

마차가 잘 다듬어지지 않은 길을 가는 것조차도 고향 길에
가는 듯 편안했다. 정말 오랜만에 느끼는 편안함이었다.

"그래서 내가 그놈의 머리통을 단번에 부숴 버렸지. 놈들
이 어지간히 약했어아지. 상대가 되지 않는 놈들이야, 암!"

왕가는 자신의 영웅담을 해타에게 떠벌리는 중이었다.

멍한 표정의 해타는 별로 말이 없었다. 폭발의 충격을 받았
는지도 모른다. 머리카락은 절반 가까이 타버렸고, 그나마 얼
굴이나 몸에 화상을 입지 않은 것이 천만다행이었다.

모두가 해타의 일을 궁금해 했다. 땅속에서 무슨 일이 있었
는지 알고 싶었다. 하지만 그가 스스로 입을 열기만을 기다렸
다. 밤이고, 낮이고 넋 나간 표정을 하고 있는 해타는 한편으
로 일행을 안타깝게 만들었다.

왕가가 평소보다 더 흥분하여 떠들어대는 이유도 해타가
빨리 원래대로 돌아오길 바라는 마음에서였다.

"귀는 좀 어때?"

한쪽 귀에 천을 둘둘 말고 있는 왕가가 걱정되어 우서문이
물었다.

"까짓, 귀 한쪽 없어진다고 죽기야 하겠어?"

왕가는 한쪽 귀의 청력을 잃었고, 곧 나머지 청력마저도 급
격히 쇠퇴할 것이다. 스스로 그렇게 될 것을 누구보다 잘 알
고 있는 왕가는 될 수 있으면 귀에 대한 이야기를 하지 않으
려 했다.

"쌍둥이들이 떠났다고?"

"저들도 제 인생을 살아야 한다면서."

"의외군. 비급을 원하고 있는 줄 알았는데."

"그보다 엽사들에게 공격받지 않을까 걱정이다."

"그건 걱정할 필요 없어. 더 이상 쌍둥이들을 공격하는 엽
사는 없을 거야."

"뭐?"

사무량은 우서문의 물음에 대답하지 않았다.

쌍둥이들에게 그들의 부친이 적랑회에 있다는 말을 해주
지 못한 게 못내 아쉽지만, 그들이 자신의 인생을 살겠다면
그렇게 하는 게 옳다. 괜히 상관도 없는 위험에 끼어들게 하
고 싶은 마음은 없었다. 여기 있는 사람들도 마음 같아선 모

두 각자의 인생을 살라고 내몰고 싶었다.

창밖의 풍경을 바라보고 있던 사무량이 무언가 생각이 났다는 듯 이마를 툭 두들겼다.

"궁금한 게 있는데…… 고독의 해독약은?"

"너, 아직 모르고 있었나?"

"응?"

"고독 같은 건 처음부터 존재하지 않았다고 하더군."

사무량은 조금 당황했지만 한편으로는 이해할 수 있었다.

마희라면 충분히 그러고도 남을 여자다. 그녀는 악의적으로 사람을 괴롭히는 성격은 되지 못한다. 그 자신이 그녀의 피를 이어받았기에 누구보다 잘 알 수 있었다.

"이거 괜히 미안해지네. 꼭 발목에 보이지 않는 족쇄를 묶어두고 일 년 동안 고생시킨 것 같잖아."

"글쎄다. 다들 그렇게 생각할까?"

이번엔 우서문이 의미심장한 말을 남긴 채 창밖으로 시선을 돌렸다.

히이잉!

갑자기 마차가 멈춘 것은 그들의 대화가 끊어진 지 얼마 지나지 않아서였다.

무슨 일인지 궁금해 하고 있을 때, 마부석으로 뚫린 창문이 열리며 유담이 고개를 들이밀었다.

"사무량, 문제가 좀 생겼는데?"

건장한 체격은 그대로였다.

불과 몇 달 전에 처음 보았던 그 얼굴이 이토록 익숙하게 느껴지긴 처음이었다.

마차에서 내린 사무량은 공손히 읍을 취했다.

"여전하시군요."

"뭐? 하하하! 고놈 참, 인사 한번 독특하게 하는구나."

진전문주는 뭇 사내들처럼 호탕하게 웃었다.

이번엔 수하 다섯 명만을 이끌고 나타난 진전문주는 처음 보았을 때와 달리 살기를 뿜어내지 않았다.

난데없이 그녀가 이동 중인 자신을 찾아올 줄은 전혀 예상을 못했지만 이유는 알 수 있었다.

"약속한 기간이 지났다."

"그렇군요."

사무량은 그녀의 말을 담담하게 받았다.

"그동안 사람을 시켜 널 미행했다. 여차하면 널 죽이고 준아를 데려올 생각이었지. 그런데 용케 머리를 썼더구나. 어디서 그런 예쁜 계집들을 데려왔는지. 덕분에 내가 보낸 사람들은 너희의 종적을 잃고 내게 호되게 꾸지람을 당했지."

"무슨 말씀이신지 모르겠습니다."

사무량은 진전문주가 무슨 말을 하는지 정말 몰랐다. 그녀가 말하는 사람들은 누구이며, 예쁜 계집들이 누구인지 알 턱이 없었다.

"허허, 고얀 놈. 이제는 오리발까지 내밀다니. 좋다. 네 계략에 넘어간 걸 인정하마."

사무량은 어찌 된 연유인지도 모르는 데다가 대꾸할 말이 없어 잠자코 있었다.

"준아는 어디 있느냐?"

"마차 안에 있습니다."

"그래?"

진전문주는 금방이라도 마차로 달려갈 기세였다. 하지만 사무량은 검집째로 그녀의 앞길을 막았다.

"약속한 기간이 지나지 않았더냐? 그렇다면 이제 네 사람이 아닌 것을!"

"다시 묻겠습니다. 조준을 죽이실 생각이십니까?"

진지한 물음이었다.

이번만큼은 진전문주도 농담을 하지는 못했다.

"세상엔 자신의 뱃속에서 나온 녀석을 죽이는 사람도 있다더냐?"

"간혹 그런 경우도 있지요. 확실히 대답해 주십시오."

"건방진!"

문도들이 검을 치켜들자 진전문주가 손을 들어 제지했다.

"됐다. 확실한 대답을 듣길 원하니 나도 확실히 대답해 주겠다. 준아를 죽일 생각이 없다. 됐느냐?"

사무량은 잠시 진전문주의 얼굴을 바라봤다.

거짓은 아니었다. 그녀는 결코 흥분하지 않았으며, 얼굴엔 따뜻한 미소까지 짓고 있었다.

"만나게 해드리겠습니다."

사무량이 검을 치우고 진전문주가 걸음을 옮기려는 순간이었다.

"누구 마음대로!"

마차의 문이 열리며 왕가가 튀어나왔다.

마차 안에서 모든 상황을 듣고 있던 왕가는 서슴없이 진전문주를 향해 유성추를 겨누었다.

진전문주를 향한 왕가의 얼굴엔 불신과 경멸이 어려 있었다.

"네놈은 누구냐?"

"대선사 주지승 왕가림이다."

"왕가림? 아, 사람을 산 채로 잡아먹는다는 그 왕가림이라는 놈이렸다?"

"흥! 사람을 산 채로 잡아먹는 인간이나, 자식을 길바닥에 내모는 인간이나 매한가지 아니냐!"

"천하의 인륜을 저버린 놈! 당장 길을 비켜라!"

쉬싱!

방금 전까지만 해도 왕가의 손에 들려 있던 유성추가 허공을 갈랐다. 유성추는 곧장 진전문주를 향해 쇄도해 들어갔다.

따앙! 땅!

하지만 기세 좋게 쏘아진 유성추는 여인들이 내지른 검에 가로막혀 진전문주의 근처에도 가지 못했다.

"어디서 몹쓸 놈이 기어나와 가지고는 예의도 없이 대선배에게 다짜고짜 유성추를 휘둘러?!"

진전문주의 미간에 깊은 골이 새겨졌다.

"그래, 오늘 한번 이 몹쓸 놈에게 당해봐. 날 쓰러뜨리지 않고선 해타를 보지 못할걸?"

유성추가 다시 한 번 진전문주에게로 날아가려는 순간이었다.

"왕가, 그만둬."

"……!"

허공에 유성추를 던진 왕가도, 왕가를 향해 날아오던 진전문도들도 모두가 정지된 시간을 만난 사람들처럼 행동을 멈췄다.

마차의 문이 열리며 해타가 모습을 드러냈다.

해타는 아주 느린 걸음으로 걸어 왕가의 곁을 지나 진전문주의 앞으로 다가갔다.

"어머니."

"……!"

진전문주는 평생 손에서 떨어뜨리지 않던 검을 처음으로 떨어뜨리고 말았다.

"여태까지 내가 살면서 무섭다고 느낀 인간이 딱 두 명 있는데, 그중에 한 명이 해타야."

마차 앞에 모인 일행은 조용히 왕가의 말을 들었다.

왕가는 불안한 듯 먼발치에서 이야기를 나누고 있는 해타와 진전문주를 계속 흘끔거렸다.

"해타가 이중인격 장애를 가지고 있다는 이야기는 익히 들었어."

"이중인격?"

왕가는 어이없다는 듯 웃었다.

"환우독조처럼 결벽증에 피해망상증 환자가 이중인격자를 제자로 삼았을 것 같아?"

"하지만 분명 마희가……."

"마희 년도 잘못 알고 있는 거지. 세상에 퍼진 소문 중엔 두 가지 종류가 있어. 믿어야 할 것과 믿지 말아야 할 것."

"해타의 경우엔 후자에 속하나?"

"생각할 때마다 느끼는 거지만 환우독조는 정말 대단한 인물이었지. 그는 구환조가 마공으로 낙인찍히는 순간부터 해타를 이중인격자로 만들었어. 마공이 아님을 밝히기 전에 언제나 목숨에 대한 위협을 느끼며 살아야 하지만, 해타만은 그러질 않길 바랐지."

멀쩡한 해타를 정신병자로 모는 것도 부족해 중원에 파다

하게 소문을 퍼뜨린 사람 역시 환우독조였다.

환우독조는 자신의 죽음을 직감했다. 살 만큼 살았으니 죽는 것이야 미련은 없지만 구환조를 알고 있는 유일한 사람인 해타만은 죽게 내버려 둘 수가 없었다.

그가 아니더라도 진전문주가 해타의 죽음을 막게 하겠지만 진전문에서는 사내를 받아들이지 않는 점을 고려했을 때, 밖에 나돌게 될 해타가 목숨을 위협받지 않으리란 보장은 없었다.

평소의 순수하고 착한 해타가 가끔씩 진지해지는 모습을 직접 본 사람들은 그가 이중인격자라는 소문이 사실이라고 생각했다.

일행도 마찬가지였다. 그 누구도 해타에게 진지한 이면이 있을 거라고는 상상도 하지 못했다.

그 사실을 알고 있는 유일한 사람이 비로 왕가였다.

"환우독조가 죽고 얼마 후에 진전문주가 해타를 찾아갔거든. 그때 진전문주는 정말 해타를 죽일 생각이었어. 물론 중원에 퍼진 소문이 창피하기도 했겠지. 하지만 막상 가보니 어떻게 자식을 죽이겠냐? 그래도 해타는 아직도 제 어미의 이야기를 꺼내면 발악하다 못해 사람이 변해. 사실을 다 알고 있는 나조차도 놀랄 정도로."

"해타의 진지한 모습이… 무섭다고 한 건가?"

"이런 말이 있어. 순진한 사람이 화를 내면 더 무섭다고.

해타가 바로 그런 인간이야. 자존심이 상해서 이것까지는 말을 안 하려고 했는데… 사실은 해타 저놈이 나보다 두 배는 더 세. 유담, 너는 상대도 안 될걸?”

“가능해요. 환우독조는 무림에서도 독보적이었어요. 그의 진전을 모조리 이어받았다면 해타는 분명 강한 사람이죠.”

은소부는 어디서 그런 지식들을 얻었는지 왕가의 말에 맞장구를 쳤다.

“저놈, 제 어미가 자신을 죽이려 했다는 걸 알기 때문에 내가 두 사람을 못 만나게 한 거야. 난 물론 절대적으로 해타의 편이지만, 해타가 자신의 어미와 큰 싸움을 일으켜 반인륜적인 짓을 저지르는 걸 원치 않았거든.”

“걱정은 그만둬. 진전문주는 해타를 죽일 마음이 없어. 세상의 그 어떤 부모도 마찬가지고.”

사무량은 이야기를 나누고 있는 진전문주와 해타를 바라봤다.

“그래도 다행이야. 난 저 자식이 완전 벙어리가 된 줄 알았다니까.”

그건 일행도 마찬가지였다. 이제나저제나 언제쯤이면 해타가 제정신으로 돌아올까 걱정하던 차였다.

“왕가, 너 혹시 해타와 떨어지게 될까 두려운 거냐?”

“뭣?”

"혹시 알아? 해타가 제 어미를 따라 진전문으로 돌아가면 너는 개밥의 도토리가 되고 말겠네?"

"유담, 이 자식! 죽인다!"

"왜 그렇게 흥분해? 사실인가 보지? 하하하!"

사무량은 생각했다.

정말 유담의 말처럼 그런 일이 일어난다면 해타에게는 축하를 해주어야 할 일이다. 쌍둥이들이 떠나가고, 해타도 떠나가고, 여기 있는 일행도 모두가 각자의 인생이 있으니 언젠가는 하나둘씩 떠나갈 게다.

사무량 자신도 언젠가는…….

덜컹덜컹!

마차는 다시 움직였다.

그러나 마차 안에 있는 사람들 모두가 한곳민 바라보고 있었다.

해타는 자신을 바라보는 사람들의 얼굴을 번갈아가며 쳐다봤다.

"왜, 왜? 내 얼굴에 뭐 묻었어?"

"정말이지, 언제 들어도 적응이 안 되는 목소리라니까. 저 얼굴에 어떻게 저런 목소리가 나올 수 있지?"

"사무량, 내 목소리가 왜?"

"해타, 이 새끼! 너 왜 또 따라왔어? 어머니가 찾아왔으면 곱게 집에나 갈 것이지, 무슨 떡고물을 얻겠다고 계속 따라와?"

"그러는 왕가 너도 지금 얘네 따라가고 있는 거잖아?"

"시끄럿!"

왕가는 마음과 다르게 욕설을 내뱉으며 기쁨을 표현했다.

"정말… 왜 다시 돌아온 거야? 진전문주가 가라고 하디?"

"가라고 하던데."

"왜?"

"글쎄…… 나도 잘 모르겠어. 내가 너무 바보 같아?"

"바보지, 바보 맞지. 아니, 바보에 겁쟁이에 눈치도 없는 밥버러지지."

"그, 그래?"

해타는 금세 의기소침해져 고개를 숙였다.

"아니긴, 이중인격 맞구먼."

창밖을 바라보는 사무량의 중얼거림이 마차 안에 울렸다.

"가자."

"문주님."

"됐다. 아무 말도 하지 말고 돌아가자."

진전문주는 시원섭섭한 마음을 가눌 길이 없었다.

항상 철없는 어린 아들이라고 생각했는데 십 년이 훌쩍 넘는 세월은 조준 역시 피할 수 없던 모양이다. 그동안 부쩍 늙은 아들의 모습을 보니 가슴이 무너지는 것 같았다. 부모 자

식 간도 세월이 지나면 같이 늙어간다는 말은 정말 사실이었
다.

한 번도 품 안에 안고 예뻐해 준 적이 없는 자식이었건만
조준은 자신을 향해 예의를 바르게 갖췄다.

그런 아들에게 왜 부재도에서 나왔냐고 호되게 꾸짖기보
다 미안한 마음이 앞섰다.

그와 이야기를 나누면서 괜히 찾아왔다는 생각이 자꾸만
들었다.

이제는 제 몫을 할 수 있는 성인이 되었으니 과거의 일은
훌훌 털어버리고 같이 진전문으로 돌아가자고 했다. 조준은
단번에 거절했다.

거절의 이유가 너무 의외였다.

사무량의 곁에서 그가 천하제일인이 되는 모습을 지켜보
고 싶다고. 그리고 환우독소의 구환조가 마공이 아니라는 것
을 증명하고 싶다고.

단호하게 대답하는 아들 앞에서 진전문주는 달리 대꾸할
말을 찾지 못했다.

이제와 부모 노릇을 한다는 것도 웃기지만 남은 인생 그 누
구에게도 쫓기지 않고 편안하게 살게 해주고 싶었다. 또 그럴
수 있는 능력이 되었다.

그러나 아들은 이미 무림인이었다. 강제로 무림과 연을 끊
게 할 수 없었다.

‘피는 속이지 못한다더니…….’

한 사람의 무인으로 성장해 온 아들이 자랑스러웠지만 조금은 섭섭한 마음도 있었다.

이따금씩 집에 들르라는 말에 무인의 삶을 그만두게 되면 그러겠다고 했다.

무인이 무인으로서의 삶을 그만둔다는 말이 어디 있는가. 이승과 하직하는 순간이야말로 비로소 무인의 삶을 그만두게 되는 것. 한마디로 살아 있는 한 집에는 들르지 않겠다는 말이었다.

지금의 만남이 마지막일 수도 있었다.

항상 검끝에 서 있는 무인의 삶이니 다음에 다시라는 말은 존재하지 않았다.

“내가 아들 복이 있는 건지 없는 건지 모르겠다.”

지금 이 순간만큼은 진전문주는 일파의 수장이라기보다 여느 평범한 여인네들이 자식을 걱정하는 모습과 다를 바가 없었다.

第九章
포풍전야

중자산을 향해 가던 마차는 도중에 또 한 번 멈추는 일이
발생했다.

이번엔 마부석에 있던 유담도 창문으로 얼굴을 들이밀지
않았다. 무슨 일이냐고 물었지만 그는 굳어버린 듯 꼼짝도 안
했다.

끼이익!

마차의 문이 열렸다.

"헉!"

왕가가 헛바람을 집어삼켰다.

비록 몸집이 작은 초로의 노인이지만 그가 뿜어내는 기운

은 거대한 산맥과도 같았다. 그가 마차에 올라설 때까지 그 누구도 노인에게 뭐라고 하는 사람이 없었다.

노인은 당연한 듯 마차 위에 오르더니 사무량과 우서문 사이에 엉덩이를 비집고 들어와 앉았다.

"여기서 뵙게 될 줄은 몰랐습니다."

사무량이 노인을 향해 정중히 인사했다.

"망할! 요즘 삭신이 쑤셔서 나도 나오기 싫었어."

"어쩐 일이십니까?"

"저놈이 왕가라는 놈이냐?"

노인은 사무량의 물음에 대답도 하지 않고 지팡이를 들어 구석에 앉아 있는 왕가를 가리켰다.

웬만해선 무어라 욕설을 쏘아붙이는 왕가지만 노인의 지팡이 앞에선 순한 송아지처럼 얌전했다.

"야, 이놈아, 어른을 봤으면 인사를 해야지. 어디서 눈알을 부라려?"

딱!

지팡이가 머리에 작렬하는 순간, 왕가가 자리에서 벌떡 일어섰다.

"이, 이, 이 영감탱이가 보자 보자 하니까……!"

딱! 딱!

"앉아, 앉아! 보자 보자 하면 네까짓 놈이 어쩔 거야? 이 늙은이를 죽일 거야, 살릴 거야?"

왕가는 억울한 듯 사무량을 바라보며 누구냐고 눈빛으로
물었다.

"인사드려. 적량회주시다."

우서문이 엉덩이를 들썩였다.

자신도 사무량과 연락을 하기 위해 적량회 사람들과 얼마
간 정보를 주고받은 적이 있지만 회주를 만나는 것은 처음이
었다.

"처음 뵙겠습니다. 우서문이라고 합니다."

우서문은 좁은 마차 안에서 정중히 포권까지 취해 보였다.

"됐어. 덩치는 산만 한 게 서 있으니까 마차 안이 답답하잖
아. 어서 앉아. 야! 사람이 탔으면 빨리 빨리 움직이지 않고
뭐 해? 굼벵이를 삶아 먹었냐?"

적량회주는 지팡이로 마부석 창을 두들겼다.

마차가 다시 움직이기 시작했고, 우시문은 엉거주춤 자리
에 앉았다.

"뭘 아직도 노려보고 있어? 네놈은 인사 안 해?"

"처, 처음 뵙겠수다."

딱!

적량회주의 지팡이가 다시 한 번 왕가의 정수리에 작렬했
다.

"징그러운 놈이 말본새 하고는…… 쯧!"

해타와 은소부의 인사까지 다 받아낸 적량회주는 지팡이

에 손을 기댄 채 잠이 들어버렸다.

"적랑회주가 원래 이렇게 괴짜였나?"

"후후! 전에 만났을 때까지만 해도 안 그러셨는데. 왜, 나이가 들면 들수록 점점 어려진다는 말도 있잖아."

귀를 쫑긋거리던 사무량이 마차의 창문을 열었다.

"각산?"

"오랜만이다."

말을 타고 마차 바로 곁에 붙어서 오고 있는 자는 사무량에게 정보를 알려주었던 적랑회의 각산이었다.

"네가 흑천에서 도주했다는 소식을 듣고 한시도 쉬지 않고 달려오셨다. 피곤하실 테니 편히 주무시게 해드려라."

"이곳엔 웬일이지?"

"그건 나중에 회주님께 들어라. 이럇!"

각산은 말을 힘차게 몰아 앞으로 나아갔다.

"적랑회가 모이고 있는 것 같은데……."

우서문의 말은 사실이었다.

잠에서 깨어난 적랑회주는 괜히 왕가의 머리를 한 번 더 때리곤 헛기침을 토해냈다.

"십사 년 만에 적랑회가 날개를 펴게 되는구나. 죽기 전에 이런 일이 있을 거라 기대하지 않았건만."

"모두들 엽곡에서 나왔습니까?"

"중자산으로 간다 하지 않았더냐?"

"예, 그렇습니다."

"알아보니 꽤 쓸 만한 곳이더구나. 이백 명 정도의 인원이 살기에 적절한 곳이야."

이백여 명…….

적랑회의 모든 인원이 중자산으로 옮겨가고 있다는 말이었다.

흑천 지부에서 빠져나와 잠시 긴장을 풀고 있던 사무량은 앞으로 큰 싸움이 있을 거라는 걸 실감하게 되었다.

"자네가 용검문 여식인가?"

적랑회주는 앞에 다소곳이 앉아 있는 은소부에게 말을 건넸다.

"용검문 차녀, 은소부라고 합니다."

"용검문이 애 많이 썼지. 자늠이라년 우리도 절내 밀리지 않으리라 생각했는데, 용검문에 비하면 새발의 피였어. 고맙네."

"네?"

은소부는 어리둥절한 얼굴로 사무량을 바라봤다. 하지만 사무량도 적랑회주가 무슨 이야기를 하는지 알 길이 없었다.

"어르신, 죄송하지만 무슨 말씀이신지 다시 여쭤도 되겠습니까?"

공손한 은소부의 태도에 적랑회주는 흡족한 듯 웃었다.

"적랑회의 자금은 새로운 무기를 구입하는 데 모두 썼지. 용검문에서 지원을 하지 않았더라면 무기를 구입하지도 못했어."

'용검문에서 지원?'

은소부는 자신의 귀가 잘못된 줄 알았다.

"거 왜 있잖아, 귀곡자의 손녀딸."

"소신녀 말씀이신지요?"

"아, 그래. 그 아이가 중자산을 요새로 만들 계획에 들어갔어. 나 원, 죽기 전에 귀곡자의 진법을 견식하게 되는 영광까지 누릴 줄은 몰랐구먼. 아무튼 기관에 필요한 자금을 모두 용검문에서 지원해 주었지."

은소부는 아직도 믿기지 않았다.

무림 일에 관여하지 않은 지 오래된 용검문이었다. 득보다 실이 많을 거라 생각되면 아예 쳐다보지도 않았고, 위험한 일이라면 발을 들이밀 생각도 않는 곳이었다.

적랑회주가 말한 용검문의 지원……. 도대체 그동안 무슨 일이 있었던 것일까.

"쌍둥이 놈들도 궁금하지?"

"가완과 가야 말씀이십니까?"

"가휼의 아이들이라 신경을 쓰지 않을래야 쓰지 않을 수가 없어."

"그들은 무사히 잘 있습니까?"

"녀석들도 지금 중자산에 있다."

"그들이 아버지를 만났는지요?"

"아직은. 가휼을 너무 나무라지 마라. 그놈도 다 사정이 있어서 그런 거지, 쌍둥이 녀석들이 미워서 버린 건 아니다."

부자 간의 상봉이 아직 이루어지지 않아 안타깝긴 하지만 사무량이 관여할 일이 아니었다.

"그놈들을 따라다닌 녀석의 보고가 있었는데 아주 기가 막힌 게 있어. 녀석들이 너희와 떨어지고 나서 진전문을 따돌렸다는 건 알고 있냐?"

전혀 모르고 있었다.

"놈들이 글쎄, 여장을 하고선 진전문주 끄나풀들한테 가서 자기네들이 문주의 직속이니 이만 돌아가라 했다나? 하하하! 속아 넘어간 진전문도 웃기지만, 녀석들의 발상이 귀여워. 덕분에 너희의 종적을 놓친 진전문주가 고생 좀 했지."

이제야 조금 알 것 같았다.

마차를 가로막은 진전문주가 처음 사무량에게 한 이해할 수 없던 이야기들을.

곁에서 듣고 있던 우서문 역시 놀람을 감추지 못했다. 쌍둥이들이 진전문을 따돌리기 위해 일행에서 따로 떨어져 나가리라곤 전혀 예상도 하지 못한 일이었다.

"요즘 중원 일에 대해선 아무것도 들은 바가 없지?"

"경황이 없었습니다."

“그래. 무당파가 일 년 봉문한 것은 알고 있고?”

“전혀… 몰랐습니다.”

“봉문 이외에는 그들이 선택할 수 있는 게 없었으니까. 그게 언제더라… 너희들이 형문산에 도착했을 즈음이었을 거야.”

이제야 알 수 있었다. 사무량 일행이 형문산에 있는데도 무당파의 손길이 닿지 않았던 것이. 그들은 사무량을 눈감아주었던 것이 아니라 활동을 일절 금하고 있었던 것이다.

적랑회주의 말처럼 사실상 무당파는 봉문 이외의 선택이 없었다. 하루가 멀다 하고 쏟아지는 중원의 비난과 의문들을 무당 혼자서 짊어져야만 했다.

무당파도 알고 보면 피해자나 마찬가지다.

그들이 한 일은 사무량을 키운 것밖에 없다. 흑천이라는 세력에 대해서 아는 바도 없었고, 혈광검의 비급 이야기는 더더욱 몰랐다.

소림에서 이렇다 하고 나서질 않으니 일 년 동안이라도 봉문을 선택한 것은 옳은 처사였다.

“소림은 어떻습니까?”

“여전하지 뭐. 팽산에서 소림은 가완이 네가 아닌 걸 알고서 물러섰어. 그뿐이야. 그들은 네가 무산에 있다는 걸 전혀 모르고 있었지.”

그랬을 게다.

소림에선 오로지 한 사람만이 사무량의 위치를 알고 있었다.

"흑천주의 존재를 알고 있습니다."

이번에는 적랑회주가 눈을 반짝였다. 아무리 정보에 민감한 적랑회라 할지라도 사무량과 유담이 직접 겪은 일에 대해선 아는 바가 없을 것이다.

"누구더냐?"

"흑천주는 처음부터 존재하지 않았습니다. 아니, 있긴 했지만 자신이 흑천주라는 사실을 흑천의 무인들에게조차 알리지 않았던 자입니다."

"명성이나 지위가 높은 인물이렸다?"

과연 적랑회주였다. 연륜이 중요하다는 사실을 다시 한 번 깨닫게 해주는 그였다.

"소림의 보명 대사, 그가 상막에 사려진 흑천주입니다. 여러 추리와 논리 끝에 나온 결론이니 확신할 수 있습니다."

"으음!"

마음의 준비를 했지만 적랑회주도 놀라긴 마찬가지였다.

"소림 방장이 속깨나 썩겠구나."

적랑회주는 한 가지를 말하면 열 가지를 단번에 이해해 버렸다. 사무량은 그에 대한 부가적인 설명을 할 필요가 없었다.

"제 생각이지만 조만간 보원 선사께서 보명 대사를 내치게 될 듯합니다."

"아암, 그래야지. 호랑이 새끼를 키워 소림에 먹칠을 하게 할 수는 없지."

문제는 그 후였다.

만약 사무량의 말처럼 된다면, 보명 대사가 소림을 나와 당당히 흑천주의 자리에 오른다면 가장 먼저 제거할 대상은 사무량이 될 것이다.

사무량이 천하제일인의 무공을 익혔으니 중원을 재패하려는 보명 대사에게는 커다란 걸림돌이 아닐 수 없었다.

"사무량."

"예, 말씀하십시오."

"네 부친의 무공을 접했느냐?"

"완성했습니다."

적랑회주는 다른 사람들처럼 별반 놀라지도 않았다.

그는 사무량의 부친과 조부, 두 번에 걸쳐 천하제일인을 모셨고, 그들이 어떻게 무공을 익히게 되었는지 전부 알고 있다.

그는 이 세대를 겪어온 산 증인이었다.

"그래, 소감이 어떠하더냐?"

"감각을 최대한으로 활용할 수 있다는 걸 배웠습니다. 역천의 기운이 오감을 극대화시키고, 자연은 물론 우주의 기운까지도 받아들이게 되었습니다."

적랑회주는 만족스럽게 고개를 끄덕였다.

"천하제일인의 무공은 정해져 있는 게 아니다. 본능적인 감각과 빠른 상황 판단, 상대를 제압할 수 있는 힘. 그 어느 것 하나라도 머릿속에서 잊어서는 안 될 것이야."

"명심하겠습니다."

두 사람의 이야기를 듣는 다른 이들은 머쓱해했다. 무공 이야기에 대한 예의는 지극히 엄격하기 때문에 듣고 있는 이들로선 어찌할 바를 몰랐다.

"비급의 끝까지 모두 읽어보았더냐?"

"예."

"불사체의 저주에서… 벗어나는 방법도?"

사무량은 고개를 깊게 끄덕였다.

그를 바라보는 적랑회주의 작은 두 눈은 안타까움으로 가득했다.

*   *   *

또다시 겨울을 맞이하는 중자산은 언제나처럼 평화로웠다.

달라진 점이 있다면 떠나기 전과 다르게 많은 사람들이 중자산에 터를 잡았다는 것이다. 대략 백오십 명 정도의 많은 사람들은 모두 가산에 있던 적랑회도들이다.

적랑회는 더 이상 숨어서 살 필요가 없었다.

그들에게는 혈광검의 무공을 익힌 사무량이 있고, 그가 최고의 자리에 올라갈 때까지 물심양면 돕는 걸 업으로 삼고 사는 사람들이었다.

하지만 중자산에 달라지지 않은 점이 있다면, 초입에 모여 있는 수많은 무림인들이었다. 사무량과 적랑회를 바라보는 그들의 눈빛은 예전과 전혀 다르지 않았다.

적랑회에 대한 소문은 그들의 입김을 타고 중원 전역으로 빠르게 퍼져 나갔다.

일부 문파들은 적랑회의 존재에 대해 놀람을 감추지 못했고, 적랑회는 사라져야 한다며 길길이 날뛰는 자들도 있었다. 모두 혈광검이 광적인 살인마였다는 기억이 세뇌되었기 때문이다.

적랑회, 그리고 사무량은 그런 중원의 소문이나 세파에 휘둘리지 않았다.

그들은 가산에서 살았던 때보다 더욱 바쁘게 생활했다.

기관을 설치하는 자금은 모두 용검문에서 지원했다.

"어찌 된 영문인지 알 수 없네요. 당주의 입김이 작용했는지 몰라도, 본 문에서 이런 관심을 보일 줄은 전혀 예상하지 못했어요."

은소부는 아직도 의아함을 떨치지 못했다.

"원래 무림에서 살았던 사람들은 무림을 떠나지 못해."

"그런가요?"

비록 용검문이 물질의 재미를 알았다고는 하나 근본적으로 무(武)가 바탕이 된 문파다. 무공을 잃은 우서문이 무림을 떠나지 못하는 것처럼 그들도 내심은 무림의 일에 신경 쓰고 있었다.

더욱이 소문주가 관계된 일이기에 방관만 할 수 없었다.

며칠 동안 중자산에 들락거리던 수레는 고작 네 대. 여러 종류의 암기들로 가득 차 있었지만 산처럼 규모가 넓은 곳에 설치된 기관으로 쓰기엔 적은 양이었다.

"보아하니 본 문에선 그리 돈을 많이 쓰지 않은 것 같네요."

"아니, 잘못 보았어. 귀곡자의 선천팔괘진에서 쓰이는 것은 수많은 암기가 아니야. 천연적인 요소들로만 이루어진 기관이지. 부재도에 비하면 턱없이 모자란 조건을 가지고 있지만 소신녀라면 할 수 있을 거야."

용검문에서 지원한 자금의 용도는 중자산의 자연적 요소를 인위적으로 바뀌는 데 사용될 게다.

"그나저나 이곳에 온 후로 소신녀의 모습이 보이지 않는군."

"계곡 쪽에 있는 것 같던데. 요즘 꽤 바쁜 모양이에요."

소신녀는 본래 있던 우서문의 거처에서 나와 계곡에 자리를 잡았다.

계곡 역시 적랑회도들로 북적거렸다. 그들 모두 소신녀의 지휘 아래 기관 설치 작업을 함께했다.

사무량은 많은 사람들 속에 섞여 있는 소신녀를 금방 발견할 수 있었다.

"여전하군."

소신녀는 일손을 멈추고 사무량을 바라봤다. 그녀의 얼굴엔 반가움 비슷한 감정을 찾아볼 수가 없었다. 대신 고단해 보였다. 며칠 밤을 샌 사람처럼 양쪽 눈이 퀭했다.

"기관을 설치한다고 하더니 많이 힘든 모양이군."

"별로 힘들지 않아. 오히려 잘된 일이라고 생각해. 내가 원하는 일을 마음껏 하게 되었으니까."

"귀곡자의 선천팔괘인가?"

"최대한 비슷하게 하려고 노력하고 있어. 이곳이 산이라 다행이긴 하지만 물이 없어서 좀 아쉬울 뿐이야."

"그래, 선천팔괘를 재현하기엔 물이 부족한 것 같군."

"지금 물을 끌어들이는 작업을 구상 중이야. 이곳을 천연의 요새로 만들 거니까."

아주 잠깐이었지만 기관 이야기를 하는 소신녀의 눈에 기광이 번쩍였다.

"요새라……."

"이곳은 더 이상 평범한 산이 아니야. 여기에 모인 사람들의 생활 터전이 될 거야."

"생활 터전과 기관, 어울리지 않아."

사무량은 가볍게 웃었다.

"역시 넌 다른 사람들과 달라. 보통은 그동안 어땠는지 안부부터 물어야 정상이거든."

"별로 궁금하지 않아. 네 녀석은 돌아올 줄 알고 있었으니까."

"음음!"

사무량에게서 눈을 떼지 않던 소신녀의 고개가 돌아갔다. 그곳엔 언제부터 있었는지 몰랐던 은소부가 서 있었다.

"오랜만이에요."

은소부를 바라보는 소신녀의 눈길은 곱지 않았다.

"저 계집은 하는 일도 없으면서 왜 계속 따라다니는 거야?"

소신녀의 물음은 사무량에게로 향했다. 하지만 대답은 은소부가 했다.

"그래서 말인데요. 귀곡자 어르신의 선천팔괘라면 저도 돕고 싶은데, 제가 할 수 있는 일이 있을까요?"

"네 도움 따위는 필요없어. 네가 할 수 있는 일도 없고."

생각도 하지 않은 듯 바로 튀어나온 대답이었다. 은소부는 당황했지만 곧 미소를 지었다.

"저도 기관 설치에 참여할 자격이 있다고 보는데요? 기관 설치에 필요한 자금은 저희 용검문이 지원하는 것이니까요."

소신녀의 얼굴이 순식간에 굳어졌다.

그녀 역시 기관설치 비용이 용검문에서 나왔다는 사실을 알고 있었다. 그러나 생각하기 싫어 일부러 말을 하지도 않았다.

원래 다른 사람들과 잘 어울리지 못하고 붙임성이 없는 소신녀이지만 은소부에게는 유독 심했다. 여자들 간에 생긴 감정의 골은 여간해서는 풀어질 것 같지 않았다.

팽팽한 대립 아래 먼저 등을 돌린 건 소신녀였다.

"넌, 마희 년보다 백배는 더 재수 없어."

소신녀다운 말투였다.

2

한밤중, 사무량은 우서문이 예전에 수련을 하던 동굴을 찾았다.

"어르신, 부르셨습니까?"

동굴 안은 이미 한 사람의 주거 공간이 되었다. 생활 도구들이며 집기들이 군데군데 널려 있었고, 어설프게 지은 가구들도 몇 개가 자리했다.

"제시간에 왔구나."

적랑회주는 손을 들어 사무량을 맞았다.

넓은 거적때기 위에 비스듬히 누워 있던 적랑회주가 몸을 일으켰다. 거적 위에는 사무량 말고도 다른 한 사람이 먼저 와 있었다. 적랑회주의 아들 양소였다.

"또다시 이렇게 셋이 있게 되니, 예전 엽곡에서의 일이 생각나는군요."

"허허! 듣고 보니 그러네. 그땐 네 녀석은 참으로 건방지고 오만했지."

"제가 그랬습니까?"

"아무렴. 새파랗게 어린놈이 겁대가리 없이 엽곡으로 들어와 사람을 사냥하러 왔다고 하질 않나. 나를 만나게 해주지 않으면 적랑회의 실체를 말해 버릴 거라고 각산 녀석에게 협박을 하질 않나."

"알고 계셨습니까?"

"그럼 내가 모르고 있었을 것 같으냐?"

"하하! 처음 각산을 따라 굴에 들어갔을 땐 정말 마지막인가 싶었지요. 이제야 고백하는 거지만, 전 엽곡에서 목숨의 위협을 세 번이나 느꼈습니다."

"두 번이 아니더냐?"

"처음에 각산을 따라 굴속으로 들어갔을 때 한 번, 양소와 싸울 때 한 번."

"그럼 세 번째는?"

"양소와 싸우고 있었는데 누군가 급작스럽게 싸움판에 달려들어 지팡이로 제 머리를 때렸지요. 눈앞에 별이 보였으니, 전 제가 그때 꼼짝없이 죽는 줄로만 알았습니다."

"뭐, 뭐야? 에잉, 이런 구렁이 같은 놈."

"하하하!"

오랜만의 휴식은 그간에 쌓였던 긴장과 피로를 풀어주었다.

사무량은 이렇게 좋아하는 사람들과 앉아 담소를 나누는 시간이 가장 좋았다.

"그때가 불과 일 년도 채 되지 않았을 때로구나. 정말 코흘리개 어린아이 같았는데… 네 녀석은 비정상적으로 너무 빨리 성장해 버렸어."

"한참 클 때 아닙니까? 하하!"

"능청스럽긴…… 쯧!"

적량회주는 사무량이 기특하기만 했다.

처음 그가 엽곡으로 찾아왔을 땐 배짱 깨나 있는 녀석 같아 호기심이 치밀었다. 그런데 그것이 치기였다는 것을 알게 되고 난 후의 그 실망감은 이루 말할 수 없을 정도로 컸다.

혈광검의 아들이기 때문에 기대를 많이 했었다. 하지만 그때의 사무량은 최소한의 기대치에도 미치지 못했다.

사무량이라는 인간에 대해 다시 기대를 갖게 된 것은 중원에 이름을 떳떳이 알리겠다고 했을 때였다.

‘뭐 이런 놈이 다 있나’ 하는 생각도 들었고, ‘까짓 것 밑져야 본전이다’ 라는 생각도 했었다.

적랑회주의 믿음과 선택은 틀리지 않았다.

사무량은 중원을 향해 자신의 존재를 확실히 부각시켰으며, 자신의 존재를 숨기려 했던 소림과 무당을 궁지로 몰아넣었다.

떳떳한 한 사람의 성인으로써 사무량은 제 몫을 충실하게 하고 있었다.

“곧 큰일을 치러야 할 게다.”

“…….”

사무량은 조용히 경청했다.

적랑회주가 간밤에 긴히 사무량을 부른 이유는 그간에 모은 정보를 토대로 앞으로의 일을 말해주려 함이었다.

사무량과 다른 일행들이 살 곳을 마련하고 재정을 정비했을 때, 적랑회주는 중원 전역에 퍼져 있는 적랑회의 총 전력을 기울여 정보를 취합했다.

사무량의 증언대로 보명 대사와 흑천의 일을 중점적으로 조사했으며, 소림과 다른 문파들 간의 분위기 역시 낱낱이 파헤쳤다.

“소림방장 보원 선사가 비밀리에 보명 대사를 내쳤다.”

“그렇… 습니까?”

“그로선 최선의 선택이었지. 더불어 이번 흑천의 일에 다른 문파들에게 개입하지 말라 공표했다.”

“소림과 무당 역시 관여하지 않겠다는 말이군요.”

“그래, 대신 조건이 있었다.”

“무엇인지요?”

“보현 대사가 직접 우리에게 알려왔다. 혈광검의 비급은 애초에 사라졌어야 하는 것. 이번 일이 끝나면 넌 비급을 영원히 너 혼자 간직해야 하는 것은 물론, 후세를 남기지 말아야 한다.”

사무량은 잠시 침묵했다.

과거 사무량의 조상들이 들으면 땅을 치고 분개할 일이었다.

중원은 아직까지도 불사체의 존재를 인정하지 않았다. 불사체는 인간의 범주를 벗어나 초인적인 힘을 가질 수 있는 신체.

어떻게 보면 모두에게 위협이 되는 존재가 아닐 수 없었다.

중원은 평화를 원했기에 더 이상의 불사체가 나타나는 것을 바라지 않았다.

“그렇게 하겠습니다.”

어려운 결정이었다.

사무량의 결정 하나로 여러 사람들의 희망도 사라졌다.

사무량 이외엔 앞으로 불사체는 영원히 사라져 버릴 것이며, 더 이상의 천하제일인도 없을 것이다. 또한 적량회도 이

번이 마지막이 될 수도 있었다.

"나 역시 쉬운 결정은 아니었다. 적랑회가 내 대에서 끝나게 될 줄은 몰랐지. 아니, 어쩌면 잘된 일일 수도. 그동안 피말린 사람들이 한둘이었어야지."

적랑회주의 깊은 한숨엔 공허함이 묻어 나왔다.

"괜찮으시겠습니까?"

"괜찮냐고? 오히려 내가 너에게 묻고 싶구나. 넌 괜찮겠느냐?"

"비급의 마지막, 불사체의 저주에서 풀려나는 법을 읽었습니다. 그렇기 때문에 후회는 하지 않을 것입니다."

"그래. 잔인하지, 잔인한 것이지. 불사체는 하늘이 준 신체임과 동시에 하늘로부터 버림받은 존재이기도 해. 모두 다 네 업이라 생각하고 겸허히 받아들이거라."

대화는 잠시 끊어졌다. 그러나 고요함 속에서 두 사람은 각자 생각할 것이 많았다.

소림을 원망할 수도, 중원무림을 원망할 수도 없는 일이다.

'모두를 대신하여 악을 벌하는 것도 천하제일인의 운명. 거부하지 않으리.'

이제 싸움은 흑천과 사무량을 포함한 적랑회 단 두 세력의 것이 되었다.

"보명 대사가 흑천주로 정식 위임하는 일만 남았군요."

"아마 그렇게 되겠지. 그들은 비록 흑천을 하나로 만들어

줄 수 있는 무공을 잃었지만 복수라는 전제로 모인 인간들이
니 앞으로도 계속 함께할 것이다."

"후일을 위해 단 한 사람도 살려두지 않겠습니다."

"그것이 네 아비가 죽는 순간까지도 이루지 못한 것이다."

"제 일이기도 합니다."

"또 한 가지. 이곳에 모인 사람들에 대해선 일절 염려하지
않아도 된다."

적랑회주는 사무량이 조금 걱정되었다.

처음엔 도움의 손길을 뻗는 듯하지만, 막상 위험이 닥쳐오
면 모두 자신 혼자서만 해결하려는 버릇이 있다.

적랑회주가 마차에 올라탔을 때, 그리고 앞으로 적랑회가
활동을 하겠다고 했을 때 사무량의 표정 변화를 놓치지 않았
다.

그는 어쩔 수 없이 적랑회를 받아들였지만 이들의 도움을
별로 탐탁지 않아 했다. 싫어서가 아니라 혹시나 이들에게 피
해가 갈까 우려하는 마음 때문이었다.

'저 자신만의 싸움이라 생각하고 있지. 겉과 달리 잔정이
많은 아이. 혈광검과 어찌도 이리 똑같을 수가 있을까.'

피는 속일 수 없다는 말을 다시 한 번 깨닫게 되었다.

사무량은 외모는 물론이고 마음까지 혈광검을 쏙 빼닮았
다. 그래서 걱정이었다. 앞으로 살아갈 길이 창창할진대 몹쓸
누군가에게 이용당하고 휘둘리지나 않을지.

혈광검은 그랬다. 그래서 제 명도 다 채우지 못하고 세상을 떠났다. 다들 미치광이 살인마라 손가락질을 해도 적랑회주는 그의 본모습을 알고 있었다.

"……!"

적랑회주는 급히 상념을 접었다.

혈광검 생각에 몰두하느라 사무량이 자신을 계속 바라보고 있다는 것을 이제야 깨달았다.

"어르신, 궁금한 게 있습니다."

"말해보거라."

"십사 년 전, 그날 밤의 일을 이야기해 주실 수 있겠습니까?"

*　　　*　　　*

눈을 뜨고 지켜볼 수 없을 정도로 잔인했다.

싸움이 끝난 후에도 그 장소는 몇 년 동안 피비린내가 가시질 않을 정도였으니…….

한 치 앞도 볼 수 없는 어두운 밤에 오로지 달빛 하나에 의존하며 수많은 무인들이 서로를 죽이고, 죽었다.

신체 일부가 잘려 나가는 것은 예사였다. 한 발자국만 움직여도 피와 살점이 튀겼다. 갈기갈기 찢어진 내장들이 고깃덩어리처럼 바닥에 쌓였다.

그 자리엔 구파일방도 있었고, 지금의 흑천이라 불리는 다섯 문파의 사람들도 있었다.

그야말로 전쟁을 방불케 했다.

구파일방이 내놓은 무인들 중엔 갓 무공을 익히기 시작한 어린 소년들도 있었다. 큰 싸움이 일어날 것을 알고 있었던 구파일방은 일부러 고수들을 내놓지 않았다. 고수들을 내놓았다가 잘못되기라도 한다면 문파가 크게 흔들릴지도 모른다는 불안감 때문이었다.

당시의 흑천 다섯 문파는 지금보다 더욱 힘이 있는 세력들이었다. 문도들의 수도 웬만한 대문파와 맞먹었으며, 실력 면에서도 정종무공을 익히는 문파들에게 뒤지지 않았다.

그들은 전심전력을 다해 싸우고, 구파일방은 고수들을 내놓지 않았으니 처음부터 승패가 갈린 싸움이었다. 만약 구파일방의 고수들이 나왔다면 상황이 반전되었을지도 모르지만…….

점점 밀리기 시작한 구파일방은 자신들이 데리고 있는 고수들을 내놓아야 하나 말아야 하나 서로의 눈치만 보고 있었다.

그때 나타난 사람이 혈광검이다.

구파일방에서 부탁을 했기 때문이기도 했으나 혈광검 본인 역시 정의감이 투철한 사내였다.

혈광검이 개입된 후 상황은 역전이 되었다.

그는 구파일방의 무인들은 물론, 곳곳에서 모여든 낭인들과 중소문파 무인들을 지휘하며 흑천의 다섯 문파를 멸문 직전까지 몰아갔다.

그러던 어느 순간, 혈광검이 적을 돌려 같은 편 무인들을 공격하기 시작했다.

어쩌면 거기서부터 암계가 시작되었는지도 모른다. 혈광검이 먼저 같은 편 무인들을 공격했는지, 아니면 같은 편 무인들이 먼저 혈광검을 공격했는지 그곳에 있던 사람이 아니라면 죽었다 깨어나도 모를 일이다.

혈광검이 미치광이로 둔갑했다는 소문은 삽시간에 퍼져 나갔다.

분명한 건 혈광검은 혼자였고, 같은 편 무인들은 여럿이었다는 점. 혈광검의 편에 서서 증언을 해줄 수 있는 사람은 아무도 없었다.

소문의 미치광이 살인마이자 천하제일인이었던 혈광검.

그는 정말 무공 때문에 미쳤을까.

적랑회주는 알고 있었다.

그는 이미 사무량처럼 역천을 제어하는 방법을 터득했음을. 정신력이 역천에 지배되지 않는 방법을 알았음을.

*　　　*　　　*

"혈광검의 무공은 역천이 가능해야만 익힐 수 있는 것이지."

"왜 진작 말씀해 주시지 않으셨습니까?"

"단지 복수라는 명목으로 그들이 모일 수 있을 것 같은가?"

"하지만……!"

도화신군은 말을 하지 못했다. 휘장에 가려진 인물은 그녀가 함부로 말을 받아칠 수 있는 사람이 아니었다.

"상처는 좀 어떠신가?"

휘장 뒤의 인물은 화제를 돌렸다.

"거의 회복되었습니다."

"비록 위력이 부족하다고 하나 대력금강장을 받아치는 녀석이 있다니. 허허허!"

딱딱 끊어지는 말투는 웃음소리까지 건조하게 만들었다.

"비급 따위는 필요없네. 놈들을 제압하기 위해선 내가 가진 무공만으로도 충분해."

"하나 여쭙겠습니다. 왜 혈광검의 비급을 가져야 한다고 하셨습니까?"

"가지는 게 아니네. 없애야 하는 거지. 혈광검의 비급은 물론 그 무공을 익히는 후손은 무조건 사라져야 해. 잊었나? 십사 년 전, 우위를 점하던 자네들을 눈 깜짝할 사이에 멸문 직전까지 몰아넣었던 그자의 놀라운 무공을!"

도화신군의 속마음은 타 들어갔다.

혈광검의 무공을 일반인이 익힐 수 없다는 걸 눈치 채고 설마하고 있었는데 그것이 현실이 될 줄은 정말 몰랐다.

낙뢰문, 철궁방, 혈살문과 고언문은 흑천을 떠나지는 않을 것이다. 하지만 혈광검의 무공을 익힐 수 없다고 한다면 어떻게 나올지 도화신군으로서도 알 수가 없었다.

"계속 속이실 생각이십니까?"

"우선은 그 녀석을 잡아 없애야 하니까. 정 뭣하면 대력금강장이라도 전수할까 생각 중이네만."

휘장 뒤의 인물은 웃었지만 도화신군은 웃지 못했다.

"혹 구파일방에서 나서기라도 하면……."

"쯧! 자네답지 않게 왜 그러시나. 구파일방은 여기서 손을 뗐으니 그 점에 대해선 염려 마시게."

"……."

노화신군은 휘장 뒤의 인물 몰래 한숨을 내쉬었다.

다섯 문파를 흑천이라는 세력으로 통합하고, 이들의 힘을 빌어 천하를 손에 쥐려는 커다란 야망을 가진 사람.

그의 정체는 소림의 보명 대사였다.

보명 대사는 정식으로 천주직에 있진 않았다. 소림과 흑천의 이중생활을 하기엔 너무 위험 부담이 컸다.

그동안 비어 있던 천주의 자리는 도화신군이 대신 맡았다. 죽은 천기자나 다른 네 신군을 천주와 대면하게 할 때는 지금처럼 휘장을 가려놓고, 그 뒤에 가까운 수하인 나진건을 앉혀

두었다.

하지만 이제 더 이상 그럴 필요가 없어졌다.

보명 대사는 극비리에 소림에서 내쳐졌다. 그는 털끝만큼의 미안함도 아쉬움도 갖지 않은 채 소림을 나왔다.

보통 파문을 당하면 무공을 없애는데 보명 대사는 세간에 널리 알려진 사람이기에 공개적인 파문을 할 수가 없었다. 그렇기에 지금도 소림의 무공을 몸에 지니고 있었다.

보명 대사는 정식으로 천주의 자리에 올랐다. 물론 다른 네 신군들은 그가 처음부터 이곳 천주의 자리에 있었다고 굳게 믿고 있을 터이지만.

"그럼 이제 중자산으로 가실 겁니까?"

"중원에 나서기 전에 반드시 담판을 지어야지. 사무량, 강랑 선괴의 제자, 적랑회주…… 그곳엔 없애야 하는 사람이 많아."

"떠나실 날짜를 알려주십시오. 다른 네 신군들에게 미리 통보를 하겠습니다."

"아니, 그럴 필요 없네. 올 시간이 되었을 텐데."

그때였다.

끼이익!

철문이 열리며 밀실 안으로 네 명의 사내가 들어섰다.

"천주를 뵙습니다."

네 명은 들어서자마자 휘장 앞에서 오체투지(五體投地)했다.

"자네들을 이렇게 부른 건 할 말이 있어서네."

바닥에 엎드려 있는 네 사내가 어깨를 움찔거렸다. 그들은 여태까지 천주의 목소리를 들어본 적이 없었다. 그중에서도 가장 놀란 건 초유신군이었다.

분명 천주가 없다고 알고 있었는데……. 그래서 아무런 기대도 하지 않았다. 그런데 목소리를 듣게 될 줄은 정말 몰랐다.

"곧 큰 싸움을 하러 가야 하네. 모두 가겠는가?"

천주는 목소리를 들려준 것도 모자라 직접 명령을 내렸다. 아니, 명령이 아니다. 의사를 묻고 있는 게다.

'허수아비를 세워둔 게 아니다. 이자의 목소리엔 분명 힘이 들어가 있어. 풍기는 기운도 진짜고…….'

초유신군은 자꾸만 치미는 의아함을 견딜 수가 없었다.

네 신군들도 놀라 곧바로 대답하지는 못했다. 하지만 이내 모두들 명을 따르겠다는 의사를 밝혔다.

놀라움은 거기서 끝이 아니었다.

휘장 뒤에 인물이 자리에서 일어나는 소리가 들리는가 싶더니 그동안 답답하게 처져 있던 휘장을 단숨에 걷어버렸다.

"아!"

홀로 서 있던 도화신군의 입에서 탄성이 터져 나왔다. 엎드려 있는 모두들 그녀의 반응 이유가 궁금했다.

"오래 기다렸네. 모두들 고개를 들게나."

"……."

네 신군들은 떨리는 마음으로 천천히 고개를 들었다.

"헛! 이런!"

"어엇!"

고개를 든 그들도 도화신군처럼 놀라움을 토해냈다. 그들은 천주의 얼굴을 보았기 때문에 놀란 것이 아니었다.

기다란 휘장 뒤에는 천주 말고도 짙은 녹색 복면을 한 자들이 열 명이나 있었다.

'전혀 기척을 느끼지 못했어! 어디서 이런 자들이!'

초유신군은 경악했다. 복면인들의 기세는 하나같이 범상치 않았고, 직접 손을 섞는다 해도 승패를 장담할 수 없을 정도로 강해 보였다.

복면인들로 인한 놀람도 잠시,

'……!'

천주에게로 다시 시선을 돌린 초유신군은 심장이 덜컥 내려앉는 것 같았다.

'천주가… 소림의 보명 대사였다니!'

보명 대사가 무어라 말을 하고 있었지만 초유신군의 귀에는 아무런 소리도 들리지 않았다.

『혈야광무』 5권에 계속…

입소문을 통해 아는 분은 다 알고 계십니다!
올 한해 공인중개사 최고의 화제작!

1~2권 합본 | 이용훈 지음
3~4권 합본 | 이용훈 지음
5~6권 합본 | 이용훈 지음
용어해설 | 이용훈 지음

수험생 기본 필독서
만화 공인중개사

제목 : 만화공인중개사 쓰신 분에게 감사드립니다.

학원을 두 달 다녔어요. 근데 과연 그 숫자 외우기 그런 게 몇 문제나 나올까 생각을 했어요.
아니라는 생각이 드네요. 학원강의를 뒤로하고 서점을 갔어요. 내 머리에 가장 이해될 수 있는
책이 없나 하구요. 거기서 만화를 발견했어요. 무조건 세 번 봤어요. 3개월 걸렸어요. 문제집을 보라고
했는데 그건 시행을 못했어요. 근데 합격을 했네요.
어떻게 감사의 말을 해야 될지……
도서관에서 만화책 들고 다니니까 사람들이 비웃더라구요. 만화책으로 공인중개사를 공부한다고
미친 사람처럼 보더라구요. 근데 그거 다 감수하고 했던 내가 자랑스럽습니다.
어떻게 감사의 말을 해야 할지… 정말 감사합니다.
부디 행복하세요. 제 나이 41살에 좋은 스승을 만난 것 같습니다.
엎드려 감사드립니다.

－본사 홈페이지에 독자분이 올린 메일 中 에서 발췌－